AF303747

Stefan Zeh wurde 1991 in Stuttgart geboren und verfasste bereits als Kind Tagebücher und Kurzgeschichten. Seine ersten Werke waren Stuttgart-Krimis, die in seiner Heimatstadt spielen und neben präziser Ermittlungsarbeit immer ein schwieriges, gesellschaftliches Thema behandeln. Neben seiner Tätigkeit als Autor ist er leidenschaftlicher Gassigeher, liebt Spieleabende und verreist gerne in exotische Länder.

STEFAN ZEH

FATALER WAHN

Erstausgabe August 2023

Copyright © 2023 dp Verlag, ein Imprint der
dp DIGITAL PUBLISHERS GmbH
Made in Stuttgart with ♥
Alle Rechte vorbehalten

FATALER WAHN

ISBN 978-3-98778-657-0
E-Book-ISBN 978-3-98778-361-6

Covergestaltung: Nadine Most
Umschlaggestaltung: ARTC.ore Design

Unter Verwendung von Abbildungen von
stock.adobe.com: © enjoynz, © pinkbird
Lektorat: Sandra Effert

Satz: dp DIGITAL PUBLISHERS GmbH
Druck und Bindung: Books on Demand GmbH, Norderstedt

DANKSAGUNG

Mein besonderer Dank gilt meinen
fleißigen Testlesern:
S. Maria Ahlert
Petra Baar
Nicole Wandzik
Markus Kaufmann

VORWORT

Liebe Leser,
mein Buch spielt in Stuttgart und Umgebung. Da es im Schwabenländle noch den ein oder anderen echten Schwaben gibt, und die manchmal schwer zu verstehen sind, finden sich für die entsprechenden Kapitel eine Übersetzung am Ende des Buches.
Viel Vergnügen.

PERSONENVERZEICHNIS

Martin Keller: Kriminalhauptkommissar
Julia Beck: Kriminalkommissarin
Li Cheung Kwok-Wing: Kriminalkommissar
Rudolf Preiß: Kriminalrat
Tom Böttcher: IT-Spezialist
Dr. Joachim Hanfstengel: Gerichtsmediziner
Luisa Rehm: Heilerziehungspflegerin
Adam Schenk: ehemaliger Nachbar von Luisa
Claudia Maschbach: beste Freundin von Luisa
Jens Wagner: Freund von Luisa
Katharina Proschet: Ex-Freundin von Jens
Irina Heff: Mordopfer
Herbert Heff: Vater von Irina
Dorit Heff: Mutter von Irina
Peter und Saskia Nauenstein: Vermieter von Irina Heff
Maren Nauenstein: Tochter von Peter und Saskia
Timo Ziller: Schüler
Emilia Newerth: Schülerin
Hanna Reichel: Schülerin
Mathilda: Schülerin
Günter Falkrad: Journalist
Dietmar und Helga Bischoff: Ehepaar aus Heumaden
Ralf Mattheus: Kellers ehemaliger Kollege
Carsten Niemeyer: Mörder von Mattheus
Nina: Kellers Ex-Frau

Freya: Kellers Nichte
Patrick91: Online-Pseudonym
Your-imagination: Online-Pseudonym
Ghostrider88: Online-Pseudonym

-1-

Sie schreckte hoch. Was sie geweckt hatte, wusste sie nicht. Da sie in der Dunkelheit nichts erkennen konnte, knipste sie das Licht an. Sie sah sich um. In ihrem kleinen, schäbigen Zimmer wirkte alles normal – die Stehlampe neben ihrem Bett, die Kommode an der Wand, die schlammgrüne Couch. Nichts deutete darauf hin, dass jemand in ihre Wohnung eingedrungen war. Und dennoch stieg Angst in ihr auf. Sie lauschte. Das einzige Geräusch, das sie vernahm, war das Hämmern ihres Herzschlags.

Leise, darauf bedacht keine unnötigen Geräusche zu machen, stand sie auf und ging zum Fenster. Es war Wochen her, dass sie zuletzt ihre Wohnung verlassen hatte. Wenn sie es tat, dann nur um Lebensmittel einzukaufen und davon viele, damit sie erst einmal nicht mehr nach draußen musste. Die meisten Dinge bestellte sie online. Das Risiko, ihm zu begegnen, war einfach zu hoch.

Sie schob die schwarzen Vorhänge beiseite. Aber nur ein winziges Stück, gerade groß genug, um einen Blick nach draußen zu erhaschen. Büsnau lag im Tiefschlaf. Keine Menschenseele war zu sehen. Sie war hierhergezogen, in der Hoffnung, ihren Frieden zu finden. Am äußersten Rand von Stuttgart, weit genug weg von ihm, aber nicht zu weit, um ab und an nach ihren Eltern sehen zu können.

Sie erkannte den Zaun, der das Gartengrundstück umgab. Ein paar parkende Autos. Die Straße. Nichts deutete darauf hin, dass sie jemand beobachtete. Doch da war dieses Gefühl. Sie konnte es selbst nicht erklären. Stand dort jemand neben dem dunklen Kastenwagen? Sie versuchte, etwas zu erkennen, aber der matte Schein der Straßenlaterne reichte nicht aus. Das Risiko, auf ihren Balkon hinauszugehen, würde sie auf keinen Fall eingehen. *Er ist nicht hier*, versuchte sie sich zu beruhigen. Erst eine Woche zuvor hatte sie geglaubt, er stünde direkt vor ihrer Wohnung. Doch als sie endlich den Mut aufgebracht hatte, die Tür einen Spalt zu öffnen, hatte sie nur ein leeres Treppenhaus gesehen.

Sie wandte sich vom Fenster ab. Ehe sie wieder ins Bett ging, musste sie den Rest der Wohnung überprüfen. Obwohl sie in dieser Nacht sowieso keinen Schlaf mehr finden würde. Sie schlief sehr schlecht, seit sie hier lebte. Oder besser gesagt, seit sie wusste, wie er wirklich war. Sie hatte inständig gehofft, der Umzug würde ihr helfen.

Ich finde dich überall, hallte seine Stimme durch ihren Kopf. *Du kannst dich nicht vor mir verstecken!* Dabei hatte er anfangs so nett gewirkt. Verständnisvoll. Fürsorglich. Aber der Schein hatte getrogen. Er war ein Psychopath. Sein einziges Ziel war es, sie physisch und psychisch fertig zu machen. Und es war ihm gelungen. Stück für Stück. Jeden Tag ein wenig mehr. Als sie die Wahrheit erkannt hatte, war es bereits zu spät gewesen. Es war ihm gelungen, sie systematisch aus ihrem Umfeld zu isolieren. Erst aus ihrem Freundeskreis, dann aus der Familie und zuletzt noch aus ihrem Beruf.

Er machte sie abhängig. In jeder Hinsicht. Sie erinnerte sich noch wie heute an den Tag, als sie keine andere Möglichkeit als Suizid oder Flucht mehr gesehen hatte, um der Hölle zu entkommen. Wie er sie wieder einmal verprügelt hatte, weil sie einen Fehler begangen hatte. Wie sie nackt und in ihrem eigenen Blut auf dem Boden des Badezimmers gekauert hatte. Er über ihr. Wie er sie angebrüllt und beschimpft hatte.

Sie schloss die Augen und sofort flammten die Erinnerungen wieder auf. Es war ein regnerischer, trüber Abend gewesen, als sie einen Entschluss gefasst hatte. Sie hatte all ihre Habseligkeiten in einen kleinen Koffer gepackt und war abgehauen. *Nur möglichst weit weg von ihm*, war ihr einziger Gedanke gewesen. Zuerst hatte sie überlegt, nach Hamburg oder Berlin zu flüchten, aber der Gedanke an ihre Eltern hatte sie davon abgehalten. Sie konnte die beiden nicht allein lassen. Ihre Eltern waren ihre größte Schwachstelle. Er kannte die beiden nicht persönlich, aber er wusste, dass es sie gab und dass sie ihr viel bedeuteten. Möglicherweise hatte er sie bereits aufgesucht, um ihren Aufenthaltsort zu erfahren. Er wusste, wie man Menschen zum Reden brachte. Ganz ohne Gewalt. Um ihre Eltern nicht in Gefahr zu bringen, hatte sie beschlossen, ihre neue Adresse geheim zu halten. Er durfte sie nicht finden. Niemals. Sie wusste nicht, ob es eine gute Entscheidung gewesen war, hierherzukommen, wo er doch auf das Immobilienportal gestoßen war. Er konnte nicht wissen, ob und welche Wohnung sie gemietet hatte. Aber die Auswahl war begrenzt.

Sie warf einen Blick in das Bad, anschließend in die Küche und in den Flur. Doch da war nichts. Vermutlich hatte ihr Unterbewusstsein ihr wieder mal einen Streich gespielt.

Sie ging zurück ins Schlafzimmer, das gleichzeitig als Wohnzimmer diente, und setzte sich wieder auf die Bettkante. Ihr Puls beruhigte sich. Sie überlegte, eine weitere Schlaftablette zu nehmen, die seit Wochen ihr ständiger Begleiter war. Bereits vor dem Zubettgehen hatte sie ein halbe genommen, aber es änderte nichts an dem Adrenalinschub, der bei jedem Geräusch durch ihren Körper schoss. Sie sah auf ihren Wecker, der neben dem Bett stand. Halb vier. Eigentlich viel zu spät zum Schlafen. Aber auch zu früh, um aufzustehen. Dank des Schlafmittels war sie völlig gerädert. Es knarzte. Das kurze Gefühl der Erleichterung war sofort verflogen. Ihr Puls beschleunigte sich wieder. War jemand draußen auf dem Flur? Aber das war unmöglich. Sie hatte nachgesehen. Ein weiteres Knarzen. Das passierte nicht wirklich, oder? *Da ist niemand*, redete sie sich ein, während die Angst ihr die Kehle zuschnürte. Ihr Blick war fest auf die Tür gerichtet. Er konnte hier nicht hereingekommen sein, oder etwa doch?

Sie hatte die Wohnungstür zweifach abgeschlossen und ein eingeschlagenes Fenster hätte sie gehört. Diesmal klang das Geräusch viel näher. Er stand vor ihrer Zimmertür. Jeder Muskel in ihr erstarrte. Sie war nicht fähig, aufzuspringen, zum Handy zu greifen und die Polizei zu holen. In ihrem Kopf wurde es ganz leise. Sie hörte nur noch ihren rasselnden Atem.

Nichts geschah. Weder wurde die Tür geöffnet, noch hörte sie ein weiteres Geräusch. Es war totenstill. Nachdem sie eine gefühlte Ewigkeit auf die Tür gestarrt hatte, gehorchten ihre Beine wieder. Sie stand auf. Mit zittrigen Fingern berührte sie die Türklinke. Sie hielt den Atem an. Würde sie in der nächsten Sekunde in sein höhnisch grinsendes Gesicht sehen?

Mit einer Handbewegung riss sie die Tür auf und blickte in einen leeren Flur. Sie atmete tief aus und ging zurück zur Kommode. Was war bloß los mit ihr? Sah sie Gespenster? Sie musste eine Schlaftablette nehmen, sonst überstand sie die Nacht nicht.

Plötzlich spürte sie einen kalten Windhauch, der ihren Nacken streifte. Ein Knarzen. Eine Bewegung, die sie aus den Augenwinkeln heraus wahrnahm. Und dann wusste sie es. Es war keine Einbildung gewesen. Sie war nicht verrückt. Ihr Puls beschleunigte sich auf hundertachtzig. Er stand direkt hinter ihr.

„Hallo, meine Taube. Hast du mich vermisst?"

„Entschuldigen Sie bitte.“

Der junge Mann, auf den ersten Blick asiatischer Herkunft und mindestens zwei Köpfe größer als sie, drehte sich zu ihr. Er hatte eine schlanke, schmale Figur sowie pechschwarze Haare, die seine hohe Stirn beinahe vollständig verdeckten.

„Ich bin auf der Suche nach Kriminalhauptkommissar Martin Keller. Wissen Sie zufällig, wo ich ihn finde?“

Er lächelte sie an. „Sind Sie Julia Beck?“

„Genau.“ Sie lächelte ebenfalls.

„Dann arbeiten wir zukünftig zusammen. Mein Name ist Li Cheung Kwok-Wing.“

„Oh, okay. Freut mich, Herr Ching Kwo ...“

Er lachte angesichts ihres kläglichen Versuchs, seinen Namen zu wiederholen. „Einfach Li.“

„Danke.“ Ihr neuer Kollege war ihr auf Anhieb sympathisch und sie war froh, sich vorerst nur den wesentlich einfacheren Vornamen merken zu müssen.

„Ich war gerade eh auf dem Weg zu Keller“, erklärte er und rückte seine Brille zurecht. „Komm mit.“

Julia schätzte Li auf Anfang dreißig und hatte Mühe, den großen Schritten ihres neuen Kollegen zu folgen. Den Abschluss der Polizeihochschule hatte sie in der Tasche und es war ihr erster Tag als Kriminalkommissarin. Sie war gespannt, wenn auch etwas nervös, auf das, was sie erwartete. Ihr direkter Vorgesetzter Martin Keller war ihr im Vorfeld als schwieriger Zeitgenosse beschrieben worden. Noch wusste sie nichts Näheres über ihn, hoffte aber, dass er genauso offen und freundlich wie Li war.

Ihr neuer Kollege war mittlerweile vor einer Glastür stehen geblieben und klopfte.

„Was?", brummte eine raue Männerstimme.

Julia betrat hinter Li das große, geräumige Büro, in dem ein Mann Anfang bis Mitte vierzig saß. Er hatte eine kräftige Statur, braune, kurz geschnittene Haare, Schnurrbart und einen grimmigen Gesichtsausdruck.

„Chef, ich möchte Ihnen die neue Kollegin Julia Beck vorstellen."

„Hallo, schön Sie kennenzulernen." Julia ging zu dem Schreibtisch und strecke Martin Keller die Hand entgegen.

Keller machte jedoch keinerlei Anstalten, auch nur aufzustehen. Stattdessen musterte er sie von Kopf bis Fuß. „Für Praktikanten sind die Kollegen zuständig." Er wandte sich wieder den Unterlagen zu.

Na, das war ja eine freundliche Begrüßung, dachte Julia und entschied, das Missverständnis direkt aus der Welt zu räumen. „Keine Praktikantin, sondern Ihr neues Teammitglied, Kriminalkommissarin Julia Beck."

Keller hob den Blick und gab einen Seufzer von sich. „Stellen wir jetzt schon Schulmädchen ein, oder was?"

Julia war im ersten Moment zu perplex, um zu antworten. Auch wenn sie mit ihren dreiundzwanzig Jahren definitiv die Jüngste in der Runde war, gab ihm das nicht das Recht, sie so zu behandeln. Sie presste die Zähne zusammen.

Li grinste entschuldigend und ging zum Schreibtisch. „Chef, das kam gerade rein." Er reichte Keller eine Notiz. „In Büsnau wurde die Leiche einer jungen Frau gefunden. Sieht nach einem Mord aus. Die Kollegen sind schon vor Ort."

Die Aufregung kribbelte in Julias Gliedern. Ihr erster Tag am Kommissariat und direkt ein Leichenfund. Vielleicht konnte sie ihren griesgrämigen Vorgesetzten doch noch von ihren Fähigkeiten überzeugen. Dieser stand auf und warf ihr im Vorbeigehen einen vernichtenden Blick zu. „Frauen wie Sie kenne ich zur Genüge", grummelte Keller.

„Was soll das denn bedeuten?" Sie starrte ihn mit offenem Mund an.

Keller antwortete nicht.

„Ist der immer so?" Sie drehte sich zu ihrem Kollegen.

Ehe Li antworten konnte, donnerte Kellers Stimme durch den Flur. „Wing-Wing, heut noch!"

„Man gewöhnt sich dran", erklärte ihr Li und folgte seinem Vorgesetzten mit zügigen Schritten.

Julia nahm einen tiefen Atemzug. „Was ist mit mir?", rief sie Keller hinterher.

„Kaffee. Schwarz, ohne Zucker."

Das soll doch wohl ein Scherz sein, dachte Julia. Na warte, so leicht wirst du mich nicht los.

Keller startete gerade den Motor seines schwarzen Mercedes AMG, als die Beifahrertür geöffnet wurde und Julia neben ihm Platz nahm.

„Welchen Part von Kaffee haben Sie nicht verstanden?" Er funkelte sie an.

„Ich bin nicht hier, um Kaffee zu kochen, und ich bin auch nicht Ihre Praktikantin“, sagte Julia mit fester Stimme, auch wenn sie sich bei weitem nicht so selbstbewusst fühlte, wie sie sich gab.

„Ich muss Ihnen wohl mal klar machen, wie das hier läuft.“ Er drehte sich zu ihr. „Ich, Anweisungen geben.“ Er deutete mit dem Zeigefinger auf sich. „Sie …“ Er zeigte auf Julia. „… Anweisungen ausführen. Und wenn ich sage, Kaffee kochen, dann tun Sie das gefälligst auch!“

„Sie kriegen Ihren Kaffee, wenn wir zurückkommen. Bis dahin hat mir der Kriminalrat aufgetragen, Ihnen über die Schulter zu gucken, und das ist schwierig, wenn Sie nicht da sind.“ Sie spürte Kellers finsteren Seitenblick, während sie nach vorne sah und abwartete, ob er losfuhr oder sie endgültig rauswarf.

„Nervensäge.“

Die Erwiderung ‚Kotzbrocken‘ lag ihr auf der Zunge, verkniff sie sich aber. Er stellte die Soundanlage so laut, dass ihr fast das Trommelfeld platzte, während er mit quietschenden Reifen den Parkplatz verließ. *Das kann ja heiter werden!*

Einige Zeit später erreichten sie den Eisenauer Weg, der sie zum Ortsrand von Büsnau führte. Julia kannte die Gegend. Sie hatte als Kind mit ihren Eltern oft Ausflüge im angrenzenden Spitalwald, zum Bärenschlössle oder zu einer der vielen Seen gemacht. Die Erinnerung an ihre Mutter versetzte ihr sofort einen Stich. Ihre letzten Tage. Ihre letzten Stunden.

Das Zuschlagen der Autotür riss sie aus ihren Gedanken. Keller marschierte wortlos zu dem weißen Mehrfamilienhaus, vor dem bereits mehrere Streifenwagen parkten. Julia folgte ihm in die Dachgeschosswohnung im zweiten Stock. Sie band ihre schulterlangen, dunkelblonden Haare zu einem Pferdeschwanz zusammen und schlüpfte in einen weißen Einwegoverall, der für die Ermittler am Tatort obligatorisch war. Dann betrat sie das Zimmer.

Auf dem Bett lag die Leiche einer jungen Frau. Sie musste Mitte zwanzig sein und hatte eine etwas füllige Figur. Julia trat vorsichtig einen Schritt näher, um sich die Frau genauer anzusehen. Sie war vollkommen nackt und lag auf dem Rücken. Der Kopf war eigenartig zur Seite gekrümmt. Die Augen quollen hervor, das Gesicht wies eine bläulich-rote Färbung auf und war von roten Punkten übersät. Der Hals war geschwollen und stark gerötet. Oberkörper und Beine zeigten mehrere Verletzungen. Es war nicht das erste Mal, dass Julia eine Leiche zu Gesicht bekam, aber sonst lagen diese im Institut der Gerichtsmedizin und befanden sich daher in einem vorzeigbaren Zustand. Anhand der Verfassung der Leiche, vermutete Julia, dass die junge Frau bereits einige Tage tot war. Allein der Geruch löste bei ihr einen Würgereiz aus, den sie gerade noch so unterdrücken konnte. Sie wollte ihrem neuen Vorgesetzten keinen Grund liefern, sie zukünftig wirklich im Kommissariat sitzen zu lassen. Mal abgesehen von der Genugtuung, die ihm das verschaffen würde.

„Todeszeitpunkt?" Keller, der sie seit ihrer Abfahrt ignoriert hatte, drehte eine Runde ums Bett.

„Vielleicht drei, höchstens vier Tage. Ich tippe auf Freitag." Der Arzt, ein Mann Mitte fünfzig mit Vollbart, erhob sich und wandte sich Keller zu. Die Leute der Spurensicherung, in weiße Faseranzüge gehüllt, waren bereits eingetroffen, sammelten Indizien und schossen Fotos.

„Todesursache?“

„Vermutlich erstickt. Der Täter muss sie gewürgt haben. Die roten Flächen am Hals sind Würgemale, dazu passen auch die Petechien im Gesicht.“

Die punktförmigen roten Stellen im Gesicht stachen Julia ins Auge, während sie noch überlegt hatte, wie der Fachbegriff dafür war.

„Vergewaltigung?“

„Kann ich noch nicht sagen. Muss die Obduktion klären.“

„In Ordnung. Schaffen Sie die Leiche in die Gerichtsmedizin!“ Keller wandte sich einem nebenstehenden Beamten zu, der sich augenblicklich in Bewegung setzte. „Also gut. Was wissen wir?“

Im ersten Moment dachte Julia, er hätte mit ihr gesprochen. Doch tatsächlich galt die Frage Li, der hinter ihr aufgetaucht war.

„Bei der Leiche handelt es sich um Irina Heff, achtundzwanzig Jahre alt.“ Li warf einen Blick auf seine Notizen. „Laut Angaben der Vermieter eine Etage tiefer lebte sie allein und sehr zurückgezogen. Die Nachbarin von gegenüber hat sich mit den Vermietern in Verbindung gesetzt, nachdem sich ein unerträglicher Geruch im Treppenhaus ausgebreitet hatte. Der Geruch ging ganz klar von Frau Heffs Wohnung aus. Sie haben gemeinsam die Polizei gerufen, die sie so vorgefunden hat.“

„Ist das alles?“

Julia fragte sich, ob ihr Vorgesetzter jemals diesen pampigen Ton, den er offenbar gegenüber jedem anschlug, wechselte. Ihr ging das mächtig gegen den Strich.

„Keiner im Haus kannte sie näher. Einige der Nachbarn wussten noch nicht einmal, dass sie hier wohnte. Offensichtlich ist sie erst vor einigen Wochen hierhergezogen und hat mit niemandem mehr als ein Wort gewechselt.“

„Eine Eigenbrötlerin also“, sagte Keller.

Und das perfekte Mordopfer, ergänzte Julia gedanklich. Niemanden, den es interessiert, niemanden, dem es auffällt. Außerdem eine Leiche, die erst Tage später gefunden wird.

„Die Nachbarin von gegenüber gab an, Frau Heff habe oft nervös und angespannt gewirkt. Wenn sie mit ihr ein Gespräch beginnen wollte, habe sie nur große Augen gemacht und sich sofort in ihre Wohnung verzogen“, sagte Li.

Julia rieb sich die Stirn. „Vielleicht wurde sie verfolgt. Oder hat sich vor jemandem versteckt.“

„Oder sie war einfach ein ängstlicher Typ.“ Keller maß ihrer Vermutung wie erwartet keinerlei Beachtung bei. „Und zertrampeln Sie nicht alle Hinweise! Sie sehen doch, dass die Spurensicherung hier noch zugange ist. Haben Sie auf der Polizeischule denn gar nichts gelernt?“

Tief durchatmen, ermahnte sich Julia und verfolgte Keller, der selbst, ohne nach rechts oder links zu gucken, durch den Tatort pflügte. Mit sturer Miene stieß er gegen einen Forensiker, der sich gerade noch an der

Wand festhalten konnte, ohne über die Leiche zu fallen. Julia verdrehte die Augen. Würde die Zusammenarbeit so funktionieren?

-3-

Luisa Rehm parkte ihren blauen Mini Cooper an der Gnesener Straße. Ein eisiger Wind schlug ihr entgegen, als sie die Wagentür öffnete. Sie schlang ihren dicken Wollschal enger um sich und setzte die Mütze auf. Dick eingepackt lief sie die wendelförmige Stahltreppe hinab und überquerte den großen Innenhof, der zum Haus Clemens von Galen gehörte. Zu ihrer Linken befand sich die Bildungs- und Begegnungsstätte mit dem passenden Namen ‚Treffpunkt', die allerlei Freizeitmöglichkeiten für Menschen mit körperlicher und geistiger Behinderung anbot und in der Luisa einen Teil ihrer Ausbildung absolviert hatte. Sie war gelernte Heilerziehungspflegerin und betreute Menschen verschiedenster Altersgruppen bei der Bewältigung und Unterstützung ihres Alltags. Bereits während ihres freiwilligen sozialen Jahres hatte es ihr die Betreuung angetan und sie war überglücklich, in unmittelbarer Umgebung ihrer Wohnung eine Stelle gefunden zu haben.

Luisa steuerte auf das rot-weiß gekachelte Hochhaus auf der anderen Seite zu, in der sich auch die Wohngruppen befanden, in denen sie arbeitete. Es war ein ungemütlicher, kalter Februarabend und sie war froh, ihre Nachtschicht in einem gemütlichen, beheizten Büro verbringen zu können.

Sie drückte auf den Aufzugknopf, als ihr Handy vibrierte.

Luisa konnte sich ein Grinsen nicht verkneifen. Die Nachricht stammte von Jens, ihrem Freund, den sie erst wenige Monate zuvor in einer Dating-App kennengelernt hatte. Sie hatte Jens von Tobias erzählt, einem jungen Mann mit Downsyndrom, der ihre Nachtschicht hin und wieder zu einem abenteuerlichen Erlebnis machte. Er pflegte die Angewohnheit, mitten in der Nacht durchs Treppenhaus zu schleichen. Warum genau er das tat, war allerdings unklar. Ihr Smartphone piepte erneut und der Chat zeigte ein großes, rot loderndes Herz an. Sie schickte Jens einen Kusssmiley zurück und steckte das Mobiltelefon weg.

Trotz der kurzen Zeit, die sie zusammen waren, schmiedete Jens bereits Umzugs- und Heiratspläne, was Luisa ein wenig zu schnell ging. Sie liebte Jens. Ein Blick in seine stahlgrauen Augen genügte und sie hatte ein Kribbeln im Bauch. Er war fürsorglich, hilfsbereit und in seiner Nähe fühlte sie sich wohl und geborgen. Dennoch hatte sie manchmal das Gefühl, erdrückt zu werden.

„Hey, Luisa“, begrüßte ihre Kollegin Sheela sie, was zugleich eine Wiederholung durch zwei Bewohner nach sich zog.

„Hi, Sheela. Hallo, Tobias, hallo, Klaus. Geht's euch gut?“

„Jetzt, wo du da bist, sofort“, nuschelte Tobias und hielt ihr die flache Hand entgegen.

„Oh, wie lieb von dir." Sie schlug ein. Tobias war ein eingefleischter Macho, der sich für den größten Frauenheld auf dem Planeten hielt, was in Bezug auf die meisten Bewohnerinnen auch zutraf. Luisa erhielt mindestens zwei bis dreimal pro Schicht Komplimente von ihm, gefolgt von einer Einladung zum Abendessen. Luisa lehnte zwar jedes Mal ab, was ihn aber nicht davon abhielt, sie von seinen Qualitäten als Liebhaber überzeugen zu wollen.

„Fangen wir an?" Sheela wies auf die Unterlagen.

Luisa nickte und dirigierte Tobias und Klaus unter lautstarkem Protest aus dem Büro, damit sie und ihre Kollegin den Schichtwechsel durchführen konnten. Luisa nahm sich einen Stuhl und rückte zu Sheela an den kleinen Plastiktisch heran, wo ihre Kollegin bereits den Medikamenten- und Tagesplan bereitgelegt hatte. Sheela unterrichtete sie knapp über die wichtigsten Vorkommnisse des Tages, während sie ein Gähnen unterdrückte.

Luisa betrachtete sie. Ihre Kollegin sah blass aus und hatte violette Ringe unter den Augen. Sie wusste, dass Sheela neben dem Beruf noch drei Kinder hatte, denen ihre verbleibende freie Zeit gehörte. Mit Füße hochlegen nach Feierabend war bei ihr nichts, wie sie erst neulich erzählt hatte. Dann hieß es, die Kleinen bespaßen, kochen und schlafen. Luisa beneidete sie nicht um diese Aufgabe, obwohl sie sich später auch Kinder wünschte. Sie wusste, dass Jens dem Thema aufgeschlossen gegenüberstand, aber da sie erst ein Jahr zuvor ihre Ausbildung abgeschlossen hatte, musste die Kinderplanung erst einmal hintenanstehen.

„Alles klar soweit?" Sheela musterte sie amüsiert.

„Klar, wieso?"

„Nichts." Sheela winkte ab und suchte ihre Sachen zusammen.

Luisa war das Grinsen auf dem Gesicht ihrer Kollegin nicht entgangen. „Was ist?"

„Dein neuer Freund tut dir gut." Sheela drehte sich zu ihr. „Du lächelst viel öfter und deine Augen leuchten."

„Ach, quatsch." Luisa errötete und strich sich durch die schulterlangen, kastanienbraunen Haare.

„Schätzchen, du bist total verknallt."

„Psst. Sonst wird Tobias noch eifersüchtig." Sie warf einen Blick zur Tür.

„Ich glaube, das würde ihn nicht davon abhalten, dir Komplimente zu machen." Sie öffnete die Bürotür, wo Tobias auf der Stelle hüpfte.

Sheela wies ihn gereizt zurecht. Sie konnte es überhaupt nicht leiden, wenn er herumzappelte, was diesen aber nicht beeindruckte.

„So, Tobias." Luisa stand auf. „Wie wärs, wenn du dich jetzt bettfertig machst?"

Zwei Stunden später war es ruhig geworden. Wie immer hatte Tobias die letzte Stunde damit verbracht, Faxen zu machen, einer Mitbewohnerin die Zahnbürste zu klauen und lauthals Liebeslieder in falscher Tonlage zu singen. Erst als Luisa ihm mit einem nutellafreien Frühstück drohte, hörte er auf und kroch unter seine Bettdecke. Nicht, dass sie ihm das ernsthaft antun würde. Tobias raubte ihr manchmal den letzten Nerv, aber im Gegensatz zu Sheela wurde sie nicht laut oder verhängte Strafen, weil sie das nicht in Ordnung fand. Dennoch war sie in der Lage, sich durchzusetzen. Sie mochte die Bewohner und freute sich immer wieder, wenn sie von diesen als ihre absolute Lieblingsbetreuerin bezeichnet wurde.

Luisa ging die Änderungen für kommende Woche durch, als ihr Mobiltelefon vibrierte. Sie sah, dass sie bereits mehrere Nachrichten von Jens erhalten hatte. Es waren allesamt Liebesbekundungen. Sie fand es süß, aber manchmal war es einfach zu viel des Guten. Sie schickte ihm ein Herz und entschuldigte sich, dass sie hier noch einiges zu tun habe.

Sie war gerade dabei, einige Änderungen in den PC zu übernehmen, als sie auf dem Gang Schritte hörte. Sie seufzte. Der Blick auf die Uhr zeigte kurz nach elf. Das hieß, Tobias begann seine nächtliche Runde deutlich früher als sonst. Luisa betrat den langgestreckten Flur, an dessen Seiten mehrere Räume abzweigten. Tobias Zimmer am Ende des Gangs verschwand in der Dunkelheit.

„Tobias?" Sie lauschte. Bis auf ein Schnarchen, das aus dem Nebenzimmer drang, war nichts zu hören. Sie drehte eine Runde durch das offene Esszimmer, das nur schwach vom Licht des Büros beleuchtet wurde. Sie erkannte die Eckbank, den Tisch und die Pflanzen auf dem Fenstersims. Nirgends war jemand zu sehen. Hatte sie sich geirrt? Luisa warf noch einen letzten Blick in den Gang, ehe sie sich wieder ihrem Büro zuwandte. Sie hatte gerade wieder die Arbeit aufgenommen, als sie meinte, erneut etwas gehört zu haben. Spielte ihr einer der Bewohner einen Streich? Ihr Puls beschleunigte sich. Sie trat zurück in den Flur.

„Tobias? Bist du das?" Tiefe Schwärze empfing sie. Sie knipste das Licht an, beinahe hoffend Tobias zu sehen.

Doch der Flur war leer. Sie drehte sich um. Kam das Geräusch aus dem Treppenhaus? Aber es war ausgeschlossen, dass Tobias oder sonst jemand unbemerkt am Büro vorbeigelaufen war. Die Eingangstür unten war abgeschlossen, sodass niemand Fremdes das Gebäude betreten konnte. Außer Sheela hatte wieder einmal vergessen, abzuschließen.

Das Treppenhaus lag ebenfalls im Dunkeln. Die Glastür, die den Aufenthaltsraum vom Treppenhaus trennte, war zu und da sich die Tür nur langsam schloss, konnte hier niemand durchgehuscht sein. Ihre Beine schlotterten.

Sie schaltete das Radio ein, um sich ein wenig abzulenken. Sie war kein ängstlicher Mensch und hatte sich nie im Dunkeln gefürchtet. Aber heute fand sie es unheimlich. Ein kalter Luftzug durchfuhr ihre Haare. Blitzschnell drehte sie sich um. Die Tür zum Treppenhaus fiel ins Schloss. *Das gibt's doch nicht!* Sie rannte ins Esszimmer. „Wer ist da?"

Ein spitzer Schrei entfuhr ihrer Kehle, als sie jemand von hinten packte.

-4-

Das Kaninchen wand sich unter meinen Händen und schlug mit seinen Hinterläufen und Vorderpfoten wie verrückt um sich. Es zerkratzte meine Unterarme, aber ich ließ nicht los. Das Kaninchen hatte keine Chance – ich presste meine Hände fest um seinen Hals. Es wand sich immer wilder und seine Augen quollen ihm fast aus dem Kopf.

Ich drückte meine Hände noch tiefer in das weiße Fell und plötzlich wurden die Bewegungen langsamer. Immer langsamer.

Dann zuckte es nur noch. Und irgendwann bewegte sich Twix gar nicht mehr. *Twix, was für ein blöder Name für ein Kaninchen.* Den Namen hatte sich mein Mitschüler Leon ausgedacht, als seine Eltern es ihm ein Jahr zuvor geschenkt hatten.

Ich ließ das Kaninchen los und starrte auf meine Hände. Und dann wieder auf Twix.

Mein Herz schlug so heftig, dass ich kaum Luft bekam.

„Happy birthday to you, happy birthday, lieber Leon, happy birthday to you!", hörte ich sie von drinnen singen. Sie klatschten.

Ich starrte immer noch auf Twix und streichelte das weiche Fell. Er fühlte sich ganz warm an.

Ich sah hinüber zu den anderen, die Leon gratulierten. Leon feierte heute seinen sechsten Geburtstag und hatte die ganze Klasse zu einer Gartenparty eingeladen.
Sogar mich.

-5-

„Du hast mich zu Tode erschreckt!" Luisa hielt sich die Hand an die Brust und wartete, dass sich ihr Puls wieder normalisierte. „Was machst du hier?" Sie blickte ihren Freund Jens mit zusammengezogenen Augenbrauen an.

„Ich hatte Sehnsucht nach dir." Er grinste schief.

Luisas schnaufte. „Jens, ich finde es ja schön, wenn wir uns treffen, aber ich habe dir doch gesagt, dass ich keine Besuche auf Arbeit möchte. Wenn dich jemand erwischt, bekomme ich riesigen Ärger!" Sie versuchte, ihrer Stimme Strenge zu verleihen, was ihr angesichts Jens intensivem Blick schwerfiel. „Wie kommst du überhaupt hier rein?"

„Unten war offen."

Sheela. Sie musste zukünftig selbst daran denken, die Haustür abzuschließen.

„Ich habs einfach nicht mehr ohne dich ausgehalten", fuhr Jens fort und trat näher an sie heran.

Erst jetzt bemerkte Luisa, dass er etwas hinter seinem Rücken hielt und traute ihren Augen nicht, als dieser einen riesigen Strauß roter Rosen hervorzog.

„Die sind für dich." Er lächelte.

„Oh, wow, danke." Rote Rosen liebte sie mehr als alles andere und Jens wusste das. Sie lächelte ebenfalls und legte den Bund auf die Anrichte neben dem Schreibtisch. Auch wenn Jens damit ihrem Ärger einen Dämpfer verpasst hatte, war es nach wie vor nicht okay. Luisa öffnete gerade den Mund, um zu widersprechen, als Jens sie an sich zog und küsste.

„Luisa, für mich war die lange Zeit, in der wir uns nicht gesehen haben, echt hart." Er sah sie mit seinen stahlgrauen Augen eindringlich an. Jens hatte eine große, schmächtige Figur, eine hohe Stirn und dunkelblonde, raspelkurze Haare. Sein Blick hatte etwas Hypnotisierendes.

„Lange Zeit?" Sie konnte sich das Grinsen nicht verkneifen. „Wir haben uns vorgestern erst gesehen."

„Ich finde das lange." Er zog sie dicht an sich und strich ihr übers Gesicht. „Ich liebe alles an dir", flüsterte er. „Deine kastanienfarbenen Haare, die wunderschönen nussbraunen Augen und die süßen Grübchen, wenn du lächelst. Ich mag deine sanfte Stimme ebenso wie deinen bezaubernden Körper, dein Tattoo und einfach alles an dir."

O mein Gott, wollte er ihr einen Heiratsantrag machen?

„Alles klar." Sie schob ihn weg. „Jetzt trägst du ein bisschen dick auf, meinst du nicht?"

„Finde ich nicht." Seine Stimme klang ernst. „Du bist etwas Besonderes und du sollst wissen, was du mir bedeutest."

Sie atmete tief aus. „Hör mal, ich liebe dich auch, aber ich habe dir klar zu verstehen gegeben, dass ich keine Besuche auf der Arbeit wünsche. Du kannst mir schreiben, mich aber bitte nicht mit Nachrichten bombardieren und mir auch ein wenig Zeit zum Antworten geben, okay?"

„Okay.“ Er senkte den Blick. „Sehen wir uns morgen?“

„Mal schauen. Ich muss mich nach der Schicht erst mal hinlegen und Schlaf nachholen, danach melde ich mich.“

„Luisa?“

Die wimmernde Stimme aus einem der Zimmer ließ sie herumfahren. „Ich muss jetzt weiter machen. Wir sehen uns.“

„Ich liebe dich“, rief ihr Jens hinterher, während er mit hängenden Schultern in Richtung Ausgang trottete. Sie ließ es unkommentiert und machte sich auf den Weg zu Tobias Zimmer, dessen Stimme sie sofort erkannt hatte. Sie war beinahe dankbar für die Unterbrechung, sonst hätte sie womöglich noch mit Jens debattieren müssen. Es ging einfach nicht, dass er ohne Ankündigung hier auftauchte. Sie hatte mehr als genug zu tun. Ihr gefielen die schmeichelnden Komplimente und die nette Geste mit den Blumen, aber es war einfach zu viel. Sie wollte mitentscheiden, wann sie sich trafen, und er musste respektieren, dass ihr die Trennung von Arbeit und Privatem wichtig war. Ihr Smartphone vibrierte. Sie warf einen kurzen Blick darauf. Die Nachricht stammte wie erwartet von Jens, der ihr mitteilte, dass es ihm leidtäte und er sie liebte. Seufzend steckte sie das Mobiltelefon wieder weg und betrat Tobias Zimmer.

Der Schein einer kleinen Nachttischlampe beleuchtete den großen Raum. Tobias’ Bett befand sich auf der rechten Seite gegenüber von einem großen Wandschrank. Die Tapete war mit zahllosen Plakaten von Rockstars geschmückt, die Luisa allesamt nicht kannte.

Die einzige Ausnahme bildete ein großer Zeitungsausschnitt, in dem Tobias frech in die Kamera grinste.

Sie setzte sich zu ihm an die Bettkante und betrachtete ihn. Sein Blick war auf seinen hellblauen Schlafanzug gerichtet.

„Was ist los, Großer? Kannst du nicht schlafen?"

Tobias schüttelte den Kopf. „Ich hab von Monstern geträumt, die mich fressen wollen." Er sah sie mit großen Augen an, die Luisa eher an ein kleines Kind als an einen erwachsenen Mann erinnerten. „Riesenspinnen. Und sie waren überall."

Luisa wusste, dass Tobias von jeher eine Spinnenphobie hatte. Auch wenn sie es ernst nahm, musste sie jedes Mal ein Grinsen unterdrücken, wenn ein eingebildeter Macho wie Tobias schreiend aus seinem Bett stürmte, weil sich irgendwo in seinem Zimmer eine winzige Spinne versteckt hatte.

„So ein großer, starker Kerl wie du wird sich doch nicht von ein paar Spinnen Angst einjagen lassen, oder?"

„Das stimmt. Ich bin ganz schön stark." Tobias schmunzelte.

„Na siehst du. Und starke Männer brauchen ihren Schlaf. Also mach die Augen zu und ich verbanne die Spinnen mit einem Schnips aus deinen Träumen." Luisa schnipste einmal laut mit den Fingern, bevor sie Tobias einmal zuzwinkerte und sich erhob.

„Was ist das?" Tobias machte große Augen. Ihr Pullover war ein wenig nach oben gerutscht und offenbarte eine kleine, gelbe Stelle darunter.

„Ein Schmetterling." Sie lächelte.

„Wie cool. Wofür steht der?"

„Für ein Gefühl von Freiheit."

„Echt?" Tobias Augen leuchteten.

„Ja. Mich haben die kleinen Tiere schon als Kind immer begeistert, weißt du. Wenn ich in einer Situation war, die mir unangenehm war, dann habe ich mir vorgestellt, dass ich wie ein Schmetterling einfach auf und davon fliege. Als ich dann alt genug war, habe ich mir einen Zitronenfalter tätowieren lassen, weil ich finde, die haben eine besonders hübsche Farbe."

„Finde ich auch." Tobias grinste übers ganze Gesicht.

„Jetzt weiterschlafen?"

„Na gut." Er ließ sich wieder in sein Kissen fallen und schloss augenblicklich die Augen.

Luisa verließ das Zimmer. Für sie waren ihre persönlichen Freiräume von hoher Bedeutung, das hatte sie Jens bereits bei ihrem ersten Treffen gesagt. Er hatte genickt und sich verständnisvoll gezeigt. Doch je länger sie zusammen waren, desto stärken wurden ihre Zweifel, dass Jens es genauso sah. In dieser Sekunde vibrierte ihr Smartphone. Sie brauchte gar nicht erst draufzugucken, um zu wissen, von wem die Nachricht stammte. Vielleicht sollte sie ihre Beziehungssituation nochmal überdenken.

-6-

Julia und Li waren auf dem Weg zu Irina Heffs Eltern. Herbert und Dorit Heff wohnten in der Wellingstraße in Sillenbuch, nur wenige Gehminuten vom Silberwald und dem Fernsehturm entfernt, der sich über ihren Köpfen erhob.

Julia war froh, dass sie mit Li zu den Eltern fahren durfte, da die Art, wie Keller mit ihr umsprang, ihr gehörig gegen den Strich ging. Auch wenn das, was sie den Eltern mitteilen mussten, alles andere als ein Vergnügen war.

Li durchquerte den Garten, der zu dem großen weißen Neubau gehörte und klingelte bei den Heffs. Julia gefiel die Gegend. Es war ruhig und dennoch zentral gelegen. Ihre kleine Wohnung im Stuttgarter Westen hätte sie sofort dagegen eingetauscht. Hinter der milchigen Glastür tauchte eine Gestalt auf. „Ja, bitte?"

Die Frau musste Ende fünfzig bis Anfang sechzig sein, mit grauschwarzen Haaren, einem rundlichen Gesicht und einer Brille. Sie machte einen liebenswürdigen Eindruck und Julia hatte einen Kloß im Hals, als sie an die Nachricht dachte, die sie der Mutter gleich mitteilen mussten. Glücklicherweise übernahm Li die Führung.

„Guten Tag, mein Name ist Cheung Kwok-Wing, meine Kollegin Frau Beck. Wir sind von der Kripo Stuttgart. Dürfen wir kurz reinkommen?"

Auf Frau Heffs Stirn bildeten sich Sorgenfalten. „Kripo? Ist etwas passiert?"

„Wäre es möglich, dass wir kurz reinkommen?", wiederholte Li, nachdem Frau Heff nach wie vor in der Tür stand.

„Sicher." Sie trat einen Schritt zur Seite.

Dorit Heff dirigierte Julia und Li durch einen dunklen Flur, an dessen Seite die Küche angrenzte. Sie wies auf ein graues, abgenutztes Sofa, das an der Längsseite des großen Wohnzimmers stand. Obwohl es ein sonniger Februartag war, drang die Helligkeit nicht bis ins Wohnzimmer vor. Der Raum wirkte düster, sodass Julia beinahe ihre Augen zusammenkneifen musste, um etwas zu erkennen. Auf der gegenüberliegenden Seite saß ein älterer Herr, vermutlich Herbert Heff, der sie interessiert beobachtete.

„Herbert, das sind Frau Beck und Herr ..." Sie warf Li einen kurzen Blick zu.

„Cheung Kwok-Wing", ergänzte Li.

Was machte Li wohl, wenn er irgendwo anrief? Der banale Gedanke half Julia die erdrückende Situation besser zu ertragen.

„Die beiden sind von der Kripo."

Herbert Heff machte ein ächzendes Geräusch, bei dem Versuch, sich vom Sofa zu erheben.

„Oh, bitte, bleiben Sie sitzen", sagte Julia höflich.

„Verzeihen Sie, meine Knie sind nicht mehr die Besten." Er lächelte.

„Kein Problem." Julia brachte ebenfalls ein Lächeln zustande.

Herr Heff schien älter zu sein als seine Frau. Julia schätzte ihn auf Ende sechzig. Was seine Beine anging,

tippte sie auf Rheuma. Oder Multiple Sklerose. *Klopf,
klopf. Ich komme Mutter.*

Julia schob die Gedanken rasch beiseite, bevor ihre
Erinnerungen sie wieder in die Vergangenheit katapul-
tierten, und richtete ihre Aufmerksamkeit auf das Ehepaar.

Li, der es vorgezogen hatte, zu stehen, räusperte sich.
„Es geht um Ihre Tochter Irina.“ Er legte eine kurze
Pause ein. „Wir müssen Ihnen leider mitteilen, dass sie
einem Gewaltverbrechen zum Opfer gefallen ist.“

„Was?“ Dorit Heff quollen fast die Augen aus dem
Kopf.

„Ist sie …?“ Sie war nicht in der Lage, den Satz zu Ende
zu führen.

„Tot, ja.“ Li nickte. „Tut uns sehr leid.“

„Das … Das kann nicht sein.“ Sie schüttelte den Kopf.
„Wir telefonieren regelmäßig. Sie wollte sich bald wieder melden. Stimmt’s Herbert?“ Sie sah zu ihrem Mann,
der wie versteinert auf den Boden blickte und jetzt mit
entsetzter Miene aufsah. Sie rannte zum Telefon und
tippte eine Nummer ein. „Irina, mein Schatz, geh ran.“
Sie hielt das Telefon fest umklammert, Tränen liefen
ihr über die Wangen.

„Frau Heff, Ihre Tochter ist …“, setzte Julia an.

„Nein, nein.“ Frau Heff zitterte am ganzen Körper. Sie
legte auf, um die Nummer gleich darauf wieder zu wäh-
len. „Meiner Tochter geht es gut.“

„Frau Heff.“ Li ging zu ihr. „Wir können einen Psychologen anrufen, falls Sie Hilfe benötigen.“

Dorit Heff antwortete nicht. Stattdessen, starrte sie
ins Leere, das Telefon noch immer fest umklammert.
Im nächsten Augenblick klappte sie zusammen.

Li fing sie in letzter Sekunde auf und verfrachtete sie mit Julias Hilfe auf einen Stuhl. Julia hatte einen Stich im Magen.

Sie konnte den Schmerz der Eltern gut nachempfinden. Die Verzweiflung war für sie beinahe greifbar. Die meisten Menschen, die noch nie eine nahe stehende Person verloren hatten, wussten nicht, wie sich ein solcher Verlust anfühlte. Sie schon. Sie hatte es am eigenen Leib erfahren. Bevor ihre Aufmerksamkeit wieder abdriftete, lief sie in die Küche und füllte Leitungswasser in ein Glas.

Herbert Heff hatte die ganze Szene wortlos beobachtet. Offenbar überforderte ihn die Situation.

Julia reichte ihr das Glas und Dorit Heff nahm dankend einen Schluck.

„Geht es wieder?“ Sie musterte Dorit Heff besorgt.

Heff nickte kaum merklich.

„Es tut uns wirklich sehr leid. Wir werden alles in unserer Macht Stehende tun, um den Verantwortlichen so schnell wie möglich zu fassen. Dafür müssten wir Ihnen allerdings ein paar Fragen stellen.“ Julia ließ bewusst einen Augenblick verstreichen. „Sind Sie dazu bereit?“

Noch immer unter Tränen stand Frau Heff auf und nahm ein Päckchen Taschentücher zur Hand. „Geben Sie mir einen Moment.“

„Natürlich.“ Julia nickte. Sie warf einen Blick zu Herbert Heff, der noch immer in seinem Sessel saß und geistesabwesend nach draußen starrte.

Dorit Heff wies erneut auf das Sofa und zog sich einen Stuhl vom Esstisch gegenüber heran. „Was ist denn passiert?“

„Wir dürfen Ihnen zu den laufenden Ermittlungen im Moment leider keine Auskunft geben." Julia warf ihr einen mitfühlenden Blick zu.

„Können Sie mir dann wenigstens sagen, wann es passiert ist?"

„Man hat Ihre Tochter heute Morgen tot aufgefunden." Sie ersparte ihr die Information, dass die Leiche nackt war und vermutlich schon mehrere Tage in der Wohnung verweste. Dorit Heff konnte ein erneutes Schluchzen nicht unterdrücken. Sie warf einen Blick zu Li. Dieser nahm neben Julia auf dem Sofa Platz und legte die Handflächen auf den Oberschenkeln ab. „Frau Heff, hatte Ihre Tochter irgendwelche Feinde oder jemanden, der ihr schaden wollte?"

Sie überlegte einen Moment, ehe sie den Kopf schüttelte. „Nicht, dass ich wüsste." Sie schniefte. „Meine Tochter war so ein liebes Mädchen. Oft ein bisschen schüchtern und zurückgezogen, aber sie hat nie einem Menschen etwas Böses getan. Ich kann das gar nicht fassen!" Dorit Heff bestätigte das Bild, das sie bereits zuvor von Irinas Nachbarn bekommen hatten. Julia wusste nur nicht, ob die Mutter Irinas ängstliches Verhalten als Schüchternheit bezeichnete.

„Hatte Irina denn eine Art Sozialphobie?", fragte Julia.

„Sozialphobie?" Ihre Mutter blickte sie mit offenem Mund an, als hätte sie eine völlig irrwitzige Idee vorgetragen. „Nein, das glaube ich nicht. Ich meine, sie hat sich in der Schule schwergetan und nicht immer gleich Anschluss gefunden, aber dass sie wirklich Angst vor anderen Menschen hatte, das kann ich mir nicht vorstellen. Sie hatte ja sogar einen festen Freund."

Li und Julia horchten auf.

„Kennen Sie den Namen?“ Li betrachtete sie genau.

Frau Heff rieb sich die Stirn. „Marius, glaube ich.“

„Nachname?“

„Marius Mast.“ Sie legte die Stirn in Falten. „So hieß er doch, oder?“ Sie warf einen Blick zu ihrem Mann, der noch immer nach draußen starrte.

„Ja, Mast“, krächzte ihr Mann und sah nur kurz in ihre Richtung.

Julia fragte sich, ob Herbert Heff immer so zurückhaltend war. Sie betrachtete sein Gesicht noch einen Moment in der Scheibe, ehe sie die Aufmerksamkeit wieder auf die Mutter richtete.

„Kannten Sie diesen Marius Mast persönlich?“, fuhr Li fort und tippte den Namen in sein Smartphone.

„Leider nein. Aber ich weiß, dass Irina in ihn verliebt war. Sie hat regelrecht von ihm geschwärmt. Ich war skeptisch, weil bei einer Onlinebekanntschaft weiß man ja nie, aber anfangs wirkte sie so glücklich.“ Sie hielt einen Moment inne. „Und jetzt ist sie tot.“

Die Bitterkeit in Heffs Stimme versetzte Julia einen Stich.

„Anfangs?“, fragte Li.

„Ja.“ Dorit Heff seufzte. „Was danach war, weiß ich nicht. Ich glaube, sie hatten öfters Streit, aber Irina erzählte nie Genaueres. Unser Kontakt wurde in letzter Zeit seltener. Ich glaube, zuletzt gesehen habe ich sie vor zwei Monaten. Ich habe sie gefragt, ob wir sie nicht mal wieder besuchen sollen.“ Sie putzte sich geräuschvoll die Nase. „Aber sie meinte, das sei gerade schlecht.“

„Der Besuch fand bei ihr daheim statt?“ Li beugte sich vor.

„Genau, in der Augustenstraße.“

„Augustenstraße?" Ihr Kollege zog die Brauen hoch.

„Ja, in ihrer Wohnung in der Innenstadt." Sie blickte irritiert von Li zu Julia. „Wieso überrascht Sie das?"

„Geben Sie mir einen ganz kurzen Augenblick." Li erhob sich und nahm das Mobiltelefon zur Hand. „Übernimmst du kurz?" Er warf Julia einen Blick zu, ehe er in der Küche verschwand.

Julia war nicht weniger verwundert. Sie hatten die Leiche von Irina in ihrer Wohnung im Eisenauer Weg in Büsnau gefunden. Auch wenn die Nachbarn berichtet hatten, dass Irina Heff noch nicht lange dort wohnte, war es dennoch überraschend, dass sie ihren Eltern den neuen Wohnort verschwiegen hatte. Was mochte der Grund dafür sein?

„Frau Heff, wie war denn Ihr Eindruck von Ihrer Tochter, als Sie sie das letzte Mal gesehen haben?"

„Es schien ihr nicht gut zu gehen. Sie wirkte nervös. Woran es lag, wollte sie mir aber nicht verraten. Ich könnte mir vorstellen, dass es mit ihrer Stelle in der Werbeagentur zu tun hatte, bei der sie erst kurz zuvor gekündigt wurde."

„Nannte sie einen Grund für die Kündigung?"

Dorit Heff zuckte mit den Schultern und nahm sich ein weiteres Taschentuch. „Laut Irina gab es immer mal wieder Ärger mit dem Chef, weil dieser mit ihren Leistungen nicht zufrieden war. Offenbar hatte der sie auf dem Kieker und als sie dann eine Abgabefrist für ein Projekt versäumte, hat er ihr gekündigt."

Sie konnte sich das nicht vorstellen. Zwar war das vermutlich die Version, die Irina ihren Eltern erzählt hatte, aber es war keine Erklärung, warum sie unter Angstgefühlen litt. Sie warf einen Blick zu Herbert

Heff, der noch immer aus dem Fenster starrte und dem es offensichtlich die Sprache verschlagen hatte.

„Waren Sie bei dem Besuch auch dabei?" Sie redete bewusst lauter.

Herbert Heff drehte sich zu ihr und nickte kaum merklich.

„Wir haben die Leiche ihrer Tochter in Büsnau gefunden. Dort hat sie offensichtlich auch die letzten Wochen gewohnt." Julia ließ einen Augenblick verstreichen, damit die Information sacken konnte.

„In Büsnau?" Dorit Heff sah sie mit großen Augen an.

„Es ist schon ein wenig sonderbar, dass Irina Ihnen nichts von dem Umzug erzählt hat. Finden Sie nicht auch?"

„Doch natürlich", fuhr die Mutter fort. „Sie hat während eines Telefonats mal erwähnt, dass die Innenstadt nichts für sie sei. Zu voll, zu laut, zu viele Menschen. Von einem Umzug war aber nicht die Rede."

Auch wenn das ein möglicher Grund war, vermutete Julia etwas anderes. „Wie war denn Ihr Eindruck von Irina?" Sie wendete sich Herbert Heff zu.

„Es ging ihr schlecht. Und ich wette, dass es mit diesem Marius zu tun hatte." Herbert Heff hustete.

„Ach Herbert. Du mochtest doch nie einen Freund von Irina", schaltete sich Dorit Heff mit unwirscher Stimme ein. „Entweder war er nicht klug genug, hatte keinen Humor oder den falschen Job. Irgendetwas fandest du immer, deswegen wollte Irina ihn uns vermutlich gar nicht erst vorstellen. Die Stelle in der Werbeagentur ..."

„Tut mir leid, wenn ich Sie unterbreche", sagte Julia laut. „Aber ich würde gerne die Version von Ihrem

Mann hören." Sie drehte sich zu Herbert Heff. „Wieso glauben Sie, dass Irinas Verhalten mit Marius zu tun hatte?"

Die Mutter lehnte sich mit verschränkten Armen zurück.

„Ach wissen Sie, Irina erzählte von einem Mann, der wahnsinnig gut aussah, der einen Traumjob bei Porsche hatte, eine eigene Penthousewohnung besaß und ein Geschenk des Himmels sei. Wenn Sie mich fragen, war der zu gut um wahr zu sein. Zumal sie die besagte Wohnung auch nie zu Gesicht bekommen hat. Ich glaube, das war jemand, der wusste, wie man eine Frau um den Finger wickelt, und ihr das erzählte, was sie hören wollte. Ich habe das Irina auch gesagt, als sie so von ihm schwärmte, aber das wollte sie mit ihrer rosaroten Brille überhaupt nicht hören. Und jetzt sehen wir, was wir davon haben. Unsere Tochter liegt in einem Leichensack in der Gerichtsmedizin."

Dorit Heff stöhnte, hielt sich die Hand vors Gesicht und stürmte aus dem Wohnzimmer. In diesem Moment betrat Li wieder das Wohnzimmer mit überraschter Miene.

„Was ist los?" Er blickte Frau Heff stirnrunzelnd nach.

„Es nimmt sie nur sehr mit. Bitte, erzählen Sie weiter." Julia blickte Herrn Heff auffordernd an.

„Irina hatte Angst vor Marius. Für mich war das ganz offensichtlich. Irina war ein Mensch, der sich uns immer anvertraut hat, wenn es Ärger auf der Arbeit gab, ihr Chef ihr wieder einmal Überstunden aufgebrummt hat oder ein Kerl sie hat sitzen lassen. Irina hatte es nicht immer einfach. Sie war schon von jeher ein sensibler Mensch. Aber in letzter Zeit hat sich etwas verändert. Sie flüchtete sich mehr und mehr in ihre eigene Welt, wollte uns nicht mehr besuchen, rief immer seltener an. Wenn wir sie nach dem Grund gefragt haben, hieß es nur, sie habe gerade viel um die Ohren und das als Arbeitslose. Für mich gab es dafür nur eine Erklärung – und das war ihr Freund. Ihr Verhalten änderte sich wenige Wochen, nachdem sie zusammenkamen. Erst schwärmte sie von ihm, dann erwähnte sie ihn plötzlich mit keiner Silbe mehr."

„Hat er sie geschlagen?", fragte Julia.

„Weiß ich nicht. Aber ausschließen tu ichs nicht."

„Gut, dann vielen Dank für Ihre Zeit." Sie warf einen Blick zu Li. Sie war gespannt darauf, was er herausgefunden hatte.

„Eine Frage hätte ich noch." Li trat zu ihm an den Sessel. „Haben Sie zufällig die Adresse von dem besagten Marius Mast?"

-7-

Martin Keller brauste mit seinem schwarzen Mercedes die Rotebühlstraße entlang. Nachdem er von Li erfahren hatte, dass Irina Heff noch eine Zweitwohnung in der Augustenstraße besaß, hatte er beschlossen, sich diese anzusehen, bevor die Spurensicherung sie auf den Kopf stellte.

Er warf einen Blick aus dem Fenster. Rechts von ihm lag der Feuersee, der einst von der Feuerwehr als Löschwasserteich genutzt wurde und diesem Umstand auch seinen Namen verdankte.

Er ärgerte sich maßlos über den Kriminalrat. Auch wenn er sich Unterstützung für sein Team gewünscht hatte, so hatte er überhaupt keine Lust auf irgendeinen Frischling, dem er alles erklären musste und der nur dumme Fragen stellte, anstatt zu helfen. Und dann auch noch eine Frau! Als Li sie ihm vorgestellt hatte, hielt er es für einen schlechten Scherz, aber der Kriminalrat hatte sie tatsächlich eingestellt. Wenn sie wenigstens täte, was man ihr sagte, aber stattdessen war sie ein Dickschädel mit vorlauter Klappe. Er fand sie auf Anhieb unsympathisch und würde dem Kriminalrat klarmachen, dass er auf ihre Hilfe dankend verzichten konnte. Wenn sie nicht sowieso schon nach spätestens einer Woche das Handtuch warf. Er kannte diesen Typus Frau. Am ersten Tag hochmotiviert, um dann am nächsten Tag festzustellen, dass der Beruf kein Zuckerschlecken war.

Keller bog in die Senefelder Straße und kurz darauf in die Augustenstraße ab, in der Irina Heff gewohnt hatte. Als er die Adresse erreicht hatte, stellte er seinen Mercedes in der Hofeinfahrt ab. Er griff in das Handschuhfach und holte einen grauen Flachmann heraus. Anders würde er den Tag heute nicht überstehen. Er nahm einen kräftigen Schluck von dem Whiskey, der angenehm in seiner Kehle brannte. Er sah zu dem trist wirkenden Backsteinbau, der eng an den Nachbarhäusern stand. Nicht die schönste Ecke zum Wohnen.

Keller ließ den Flachmann im Handschuhfach verschwinden und stieg aus. Die Klingeln an der Hauswand wiesen mehrere Namen auf. Tatsächlich war der Name ‚Heff‘ auf einer der oberen Klingeln angebracht, obwohl sie offiziell in Büsnau wohnte. Er fragte sich, woher eine Arbeitslose das Geld für zwei Wohnungen in Stuttgart nahm. Und wozu benötigte sie diese? Hoffentlich fand er Antworten.

„He, Sie do!“

Keller wandte sich um. Die verärgerte Stimme gehörte einem älteren Herrn, der eine rote Cappy aufhatte und ein rot-schwarzes Holzfällerhemd unter einer offenen Jacke trug. In der Hand hielt er einen Besen, mit dem er den Hof fegte.

„Do kennet Sie fei ned parga, des isch a Hofeifahrd!“

Keller ignorierte seinen Einwand. „Haben Sie einen Schlüssel zu den Wohnungen?“

„Hend Se ned gherd, was i gsagd han? Wie sollad de andere do jedzd rausfahra?“

„Nicht mein Problem." Er drückte die nächstbeste Klingel. Eine helle Frauenstimme erklang, Keller nannte sein Anliegen und der Türöffner summte.

„Wenn Sie ned augabligglich Ihrn Karra do wägfahrad, no hol i d'Bolizei!"

Der Kerl ging ihm mit seinem schwäbischen Gebrabbel auf die Nerven. „Ich bin die Polizei." Er ließ den Mann völlig verdattert stehen und betrat das Treppenhaus. Eine mollige ältere Dame musterte ihn mit neugieriger Miene.

„Ich bin auf der Suche nach Irina Heff. Wissen Sie, wo sie wohnt?"

Sie zuckte mit den Schultern. „Glaube eins höher. Bin aber nicht sicher."

„Gibt es jemanden, der einen Schlüssel zu der Wohnung hat?"

„Da fragen Sie am besten mal Herrn Zwist. Er ist der Hausmeister hier. Ist die Wohnung im Erdgeschoss, ganz unten links."

Wenige Augenblicke später stand Keller dem älteren Herrn mit der roten Cappy und dem karierten Hemd erneut gegenüber.

„Soso, Sie send also von dr Bolizei?" Er musterte ihn mit verächtlichem Gesichtsausdruck. „Kennd i mol bidde Ihrn Ausweis sää?"

Keller stieß einen genervten Seufzer aus und hielt ihm seinen Dienstausweis unter die Nase.

„Wenn i Ihnen d'Schlüssel geb, fahr'n Se dann Ihrn Karra aus d'Eifahrd?"

„Gwies ned." Ein Satz, den sein früherer Kollege immer gesagt hätte, wenn er ihn ärgern wollte. Ohne dessen Dialekt hätte Keller, der selbst in Wuppertal aufgewachsen war, vermutlich kaum ein Wort des Hausmeisters verstanden.

Zwist warf ihm einen weiteren finsteren Blick zu und verschwand in seiner Wohnung. „D'Bolizei dai Fraind ond Helfr. Von wäaga", murmelte er. Kurz darauf tauchte Zwist mit einem Schlüssel in der Hand auf und führte ihn wortlos zu der Wohnung im dritten Stock. Er steckte den Schlüssel ins Schloss, drehte ihn einmal herum und die Tür schwang auf. „So, biddschee!" Zwists Tonlage hätte kaum eisiger sein können.

Keller war das herzlich egal. Er betrat den Raum, der in völlige Dunkelheit getaucht war. Es roch muffig. Ein flaues Gefühl breitete sich in ihm aus. Er knipste das Licht an und betrachtete die Jalousien, die jegliches Licht von draußen fernhielten.

„Haben Sie die Jalousien heruntergelassen?"

„I be no nia in dära Wohnong gwäa." Zwist, der in der Tür stehen geblieben war, ließ ihn keine Sekunde aus den Augen.

„Wie lange hat Frau Heff hier gewohnt?"

„Zwoi Johr velleichd." Es klang mehr nach einer Frage.

„Und wann haben Sie sie zuletzt gesehen?"

Zwist zuckte mit den Achseln. „Scho' a weng her."

Die Wohnung war vollständig möbliert. Irina Heff schien nur das Nötigste mitgenommen zu haben. In dem Raum befand sich ein großes, hellgelbes Sofa sowie ein Esstisch mit mehreren Stühlen. Daran angrenzend fand Keller eine große Küche, in der noch mehrere Töpfe und Pfannen herumstanden. Heff hatte ihre Wohnung offiziell umgemeldet, sonst hätte auf ihrem

Personalausweis nicht die Adresse in Büsnau gestanden. Trotzdem machte die Wohnung auf ihn den Eindruck, als hätte sie schnell das Weite gesucht. Wie passte das zusammen?

„Kannten Sie Frau Heffs Freund?“

„Noi, i misch me net ens Privadläaba von andre Leit ei!“

Schwaben, dachte Keller resigniert. Er warf einen Blick in das Bad und entdeckte einen zertrümmerten Spiegel, wo nur noch eine einzelne Glasscherbe an ihrem Platz saß. Keller zog sich die Latexhandschuhe über und öffnete den Schrank. Dieser war mit Ausnahme einer Gesichtslotion komplett leergeräumt. Keller wollte die Schranktür gerade schließen, als ihm etwas ins Auge stach. Er rückte die Lotion etwas zur Seite und entdeckte eine kleine Medikamentendose, die dahinter versteckt war. Keller nahm sie heraus und inspizierte sie. *Diazepam.* Er musste nicht erst googeln, um zu wissen, dass es sich um ein starkes Beruhigungsmittel handelte. *Beruhigungsmittel, ein zerbrochener Spiegel und eine abgedunkelte Wohnung.* Keller hatte den Eindruck, dass sich Irina Heff hier alles andere als sicher gefühlt hatte.

„Sagad Se mol, machad des ned Ihre Kollega von dr Schbusi?“ Zwist war hinter ihm aufgetaucht und spähte ihm über die Schulter.

„Warten Sie draußen!“, wies Keller ihn an.

„Kennd i velleichd nommol Ihrn Ausweis säa?“

„Nein, und jetzt lassen Sie mich meine Arbeit machen!“, bellte Keller und schob Zwist unter lautstarkem Protest aus dem Raum.

„I werd me ibr Sie beschwära!", hörte er Zwists Stimme von draußen. Er atmete tief aus. Offensichtlich hatte es heute jeder darauf abgesehen, ihm auf die Nerven zu gehen.

An das Wohnzimmer grenzte ein geräumiges Schlafzimmer. Auch dieser Raum wirkte auf ihn unpersönlich. Er entdeckte lediglich ein Bett, ein Regal mit mehreren Büchern sowie einen großen Kleiderschrank. Weder in dieser noch in der anderen Wohnung gab es Fotografien oder Ähnliches, die ihm Aufschluss über Heffs Leben geben konnten.

Keller öffnete den Schrank und entdeckte ein paar vereinzelte Klamotten, die zurückgeblieben waren. Die Fensterscheiben waren ebenfalls durch heruntergezogene Jalousien bedeckt. Es roch, als wäre seit einer Ewigkeit nicht gelüftet worden. Keller spähte durch eine der Jalousien hindurch und konnte einen Blick in die Augustenstraße erhaschen. Von der Straße aus konnte man hier normalerweise problemlos hereinschauen. War das der Grund für die abgedunkelten Fenster? Hatte seine unliebsame Kollegin möglicherweise Recht gehabt und Irina Heff hatte sich beobachtet gefühlt? Keller trat zu dem Regal und schob ein paar Bücher beiseite – auf den ersten Blick hauptsächlich Liebesromane –, in der Hoffnung, etwas zu entdecken, dass ihm weiterhalf. Auf dem Boden vor dem Regal befand sich ein kleiner, dunkler Fleck. Keller bückte sich und betrachtete ihn eingehend. War das Blut? Handelte es sich um das von Frau Heff? Keller war gespannt, was die Spurensicherung herausfinden würde. Er wollte gerade aufstehen, als etwas Anderes seine Aufmerksamkeit weckte. Unter dem Bett lag ein kleiner, schwarzer

Gegenstand. Keller ging auf die Knie und streckte den Arm, bis er ihn mit den Fingerspitzen greifen konnte. Er zog ihn hervor. Sein Herz machte einen Satz, als er erkannte, was er da in der Hand hielt.

Er nahm das Funkgerät zur Hand. „Ist die Spurensicherung schon unterwegs?"

-8-

Mitten auf dem Tisch stand eine Schokoladentorte mit ganz vielen Erdbeeren. Meine Lieblingstorte! Und heute waren sogar noch sieben Kerzen darauf. Mama hatte einige Teller und Kakao-Becher auf den Tisch gestellt und überall Luftballons und Luftschlangen aufgehängt.

„Kommt Papa auch?"

„Nein, du weißt doch, dass Papa arbeiten muss!", antwortete Mama.

Wie immer. Dabei hatte ich doch Geburtstag.

„Freust du dich auf deine Freunde?" Mama sah mich mit großen Augen an. „Schau mal, was ich alles für euch vorbereitet habe. Und nachher spielen wir noch Topfschlagen, Verstecken, Twister und lauter schöne Sachen."

Nein. Ich freute mich nicht. Das war meine Torte. Meine ganz alleine! Und die Süßigkeiten, die Mama gekauft hatte, wollte ich auch behalten. Ich schüttelte den Kopf.

„Warum denn nicht? Ich habe mir solche Mühe gegeben. Gleich kommen deine Freunde und dann haben wir alle ganz viel Spaß. Das wird toll!"

„Nein! Neiiin! Neiiiiin!" Ich trat gegen den Tisch, bis die Kakao-Becher wackelten und zwei Erdbeeren von der Torte rollten.

„Das reicht jetzt!", schrie sie. „Du reißt dich zusammen und spielst brav mit deinen Freunden, wenn sie gleich kommen."

Freunde? Das waren nicht meine Freunde! Tobias, Sascha, … alle doof. Sie schubsten mich immer, kickten meinen Ranzen durchs Klassenzimmer und riefen mir im Schulhof blöde Sachen hinterher. Und sie wählten mich beim Sport nie in ihre Mannschaften. Ich war jedes Mal der Letzte. Zum Glück kam Leon nicht – der flennte immer noch wegen seinem dämlichen Kaninchen. Als ob er sich kein neues kaufen könnte.

Hoffentlich kommt einfach keiner!

Es klingelte.

„Mach auf!", rief Mama.

Ich tat so, als hörte ich nichts, aber das half nicht. Sie ließ die Jungs herein, die sich grölend und kichernd auf meine Spielsachen stürzten.

Ich schreckte hoch. Mitten in der Nacht. Hatte da jemand geschrien? Ich sah auf meinen Wecker. Zwei Uhr. Hatte ich schlecht geträumt? Nein, da waren Stimmen. Und Krach. In unserer Wohnung. „Mama?"

Sie kam nicht.

„Mama!"

Ich kletterte aus meinem Bett und schlich auf Zehenspitzen Richtung Schlafzimmer. Papa war nach Hause gekommen. Ich roch sein Deo. Diesen Duft mochte ich sehr. Die Tür zum Schlafzimmer war einen Spaltbreit geöffnet. Offenbar regte sich mein Vater über den Zustand der Wohnung auf. Es war früher Abend gewesen, als sich die letzten Gäste endlich verabschiedet hatten und meine Mutter beschlossen hatte, die Wohnung erst am nächsten Tag aufzuräumen. Das schien meinem Vater ganz und gar nicht zu gefallen.

„… keine Lust, in einem Saustall zu leben!“ Mein Vater war puterrot angelaufen und brüllte, dass mir die Ohren klingelten. Meine Mutter lag auf dem Boden. Offenbar hatte mein Vater ordentlich zugehauen. Meine Brust wurde eng, als würde mein Herz mit einer Kneifzange zerdrückt. Ich wollte nicht, dass er so mit Mama umsprang. Sie hatte doch nichts falsch gemacht. Sollte ich ihr helfen? Normalerweise beruhigte er sich schnell wieder, aber heute schien er besonders wütend. Das konnte auch dem Alkohol geschuldet sein, der sich in den Deogeruch vermischt hatte.

„Hörst du, was ich sage?“, schrie mein Vater.

Meine Mutter reagierte nicht. Stattdessen versuchte sie, aufzustehen und sich mit den Händen auf das Bett zu ziehen.

„Ob du mich verstanden hast?“, schrie er wieder, packte sie am Arm und zerrte sie aufs Bett. Dann setzte er sich auf sie drauf und haute ihr mit der Faust ins Gesicht. Meine Mutter winselte und presste ein kaum hörbares ‚Ja‘ hervor. Aus ihrer Nase lief Blut.

Am liebsten wäre ich in mein Zimmer gelaufen und hätte mir die Ohren zugehalten, aber ich konnte es nicht. Ich konnte meinen Blick nicht abwenden. Es war nicht nur Entsetzen, sondern auch noch etwas anderes. Mein Puls beschleunigte sich. In meiner Hose regte sich etwas. Das Gefühl von Macht und Überlegenheit, das mein Vater ausstrahlte, hatte eine magische Wirkung auf mich.

„Gut, dann geh jetzt in die Küche und mach sauber.“

„Aber ich hab doch schon den ganzen Tag gearbeitet,
den Kuchen gebacken, alles für die Gäste vorbereitet …"

„Ich hab deine scheiß Ausreden satt!" Er hob die Faust
und ließ sie in ihr Gesicht krachen. „Das hast du jetzt
davon, du Schlampe! Wer nicht hören will, muss fühlen." Er knallte ihren Kopf gegen den Bettpfosten und
legte seine Hände um ihren Hals. „Du blöde, nutzlose
Kuh. Ich dreh dir den Hals um."

Ich konnte nicht anders, als die Tür etwas weiter zu
öffnen. Beobachtete, wie mein Vater immer fester zu-
drückte. Mir wurde gleichzeitig heiß und kalt. Mein
Teil wurde steinhart. Mein Atem raste. Mama strampelte mit den Beinen, während sie mit den Händen versuchte, seine von ihrem Hals zu reißen. Doch gegen
meinen Vater hatte sie keine Chance.

-9-

„Wie wir inzwischen herausgefunden haben, existiert besagter Marius Mast nicht. Im näheren Umkreis von Stuttgart gibt es nur zwei Leute mit diesem Namen und die sind über siebzig. Wer immer Irina Heffs ominöser Freund war, er hat sich ihr unter falschem Namen vorgestellt. Wenn er Heffs Smartphone mitgenommen hat, können wir ihn nicht anhand der Nummer, Fotos oder Sonstigem identifizieren." Li legte eine Pause ein und blickte in die Runde. Es war kurz vor acht und draußen schob sich die Sonne über die Dächer.

Keller hatte es sich am Ende des langen Besprechungstisches bequem gemacht. Hinter ihm stand ein Whiteboard mit den Fotos der ermordeten Irina Heff darauf. Links daneben befand sich ein weiteres Board mit den beiden Adressen sowie ein Pfeil zu ihrem mysteriösen Freund, der bisher nur ein namenloses Bild ohne Gesicht war.

„Handyortung?" Keller nahm einen kräftigen Schluck aus seinem Kaffeebecher.

Li schüttelte den Kopf. „Fehlanzeige. Das Telefon ist ausgeschaltet."

„Laut den Eltern hat sie ihren Freund online kennengelernt. Vielleicht finden wir auf ihrem Laptop oder dem PC Hinweise auf eine Datingseite ", sagte Julia.

„Was riecht hier eigentlich so?" Keller ging gar nicht auf ihren Vorschlag ein.

„Grüner Tee." Sie wies mit dem Kopf zu ihrer Tasse.

„Können Sie nicht wie jeder andere Mensch Kaffee trinken?"

„Können Sie nicht wie jeder andere Mensch wenigstens ansatzweise nett sein?"

Einen Moment lang herrschte eisiges Schweigen. Julia ließ sich ihre Wut nicht anmerken und nahm mit einem Lächeln einen großen Schluck aus ihrer Tasse. Dieser Idiot ließ keine Gelegenheit aus, ihr eine dumme Bemerkung an den Kopf zu werfen. Anstatt sich zu bedanken, dass sie ihm einen Kaffee gemacht hatte, beschwerte er sich über den Geruch ihres Tees. *Tief durchatmen*, sagte sie sich. *Nicht aufregen.*

„PC und Laptop werden gerade untersucht", fuhr Li fort. „Könnte aber sein, dass sie eine Dating-App auf dem Smartphone genutzt hat. In diesem Fall wird es schwieriger, etwas herauszufinden."

„Haben wir die Ergebnisse der kriminaltechnischen Untersuchung?" Keller vermied es, Julia anzusehen.

„Jup." Li schlug die vor ihm liegende Mappe auf. „Laut KTU fanden sich am Tatort mehrere DNA-Spuren, für die es im System aber keine Übereinstimmung gibt. Die Auswertung ist allerdings noch nicht abgeschlossen. Außerdem wurden ein Dutzend Beruhigungs- und Schlafmittel gefunden. Offensichtlich hatte Irina Heff massive psychische Probleme, die nach bisherigen Erkenntnissen mit ihrem Freund zu tun haben könnten."

„Beruhigungsmittel und das hier." Keller stellte einen Asservatenbeutel mit einem Pfefferspray auf den Tisch.

„Stammt das aus ihrer Wohnung in der Augustenstraße?" Li begutachtete den Gegenstand und rückte noch ein Stück näher.

„Ja. Pfefferspray, ein eingeschlagener Spiegel und Blutspuren in der Wohnung. Habe mit den Kollegen telefoniert, die Auswertung der Spuren in der Augustenstraße dauert noch an. Sie informieren uns, sobald sie durch sind."

Julia verkniff sich die Frage, wieso Keller in der früheren Wohnung von Heff herumtrabte, bevor die Spurensicherung durch war. Li schien sich nicht daran zu stören, dass Keller gerne seine eigenen Vorschriften machte und Gegenstände von Tatorten mitnahm, noch bevor sie untersucht worden waren. „Gibt es denn niemanden, der besagten Marius Mast gesehen hat und ihn uns beschreiben kann? Freunde, Nachbarn? Er kann doch nicht unsichtbar gewesen sein." Julia legte ihre Stirn in Falten.

„Wenn dem so wäre, bräuchten wir ja nicht mehr darüber rätseln, oder?", blaffte Keller.

„Das war nur eine Frage." Sie hob die Hände.

„Sie gehen mir mit ihren überflüssigen Fragen auf die Nerven. Sie wollen sich nützlich machen? Gut, dann machen Sie neuen Kaffee, der hier ist nämlich alle." Er schob die leere Kanne in ihre Richtung.

Am liebsten hätte Julia die Kanne genommen und sie Keller über den Kopf gezogen. Sie packte diese und stürmte in die Küche. Vielleicht wäre es besser gewesen, ihn seinen dämlichen Kaffee selber machen zu lassen, aber sie wusste, dass das unweigerlich zum nächsten Konflikt geführt hätte. Der Mann versuchte offensichtlich alles, um ihr den Einstieg so beschissen wie möglich zu machen. Aber wenn er dachte, sie würde klein beigeben und zukünftig als sein persönlicher Lakai zur Verfügung stehen, hatte er sich geirrt. Sie fragte sich, wie es Li mit diesem Menschen aushielt. Wobei er sich ihm gegenüber einigermaßen anständig benahm. Es war natürlich nicht auszuschließen, dass Keller grundsätzlich ein Problem mit Frauen hatte.

Julia füllte Kaffeepulver in den Filter und wartete, bis der Kaffee mit einem röhrenden Geräusch durchlief. Sie hatte sich bereits überlegt, ob sie den Kriminalrat informieren sollte, der ihr im Falle von Problemen angeboten hatte, sich an ihn zu wenden. Andererseits war es ihr zweiter Tag und dann käme sie sich wirklich wie eine Petze vor. Sie wollte Kellers Bild von ihr als Schulmädchen auf keinen Fall noch weiter verstärken.

In diesem Moment betrat Li die Küche. „Alles in Ordnung?"

„Passt schon." Sie stieß einen tiefen Seufzer aus.

„Ich weiß, der Chef kann manchmal schwierig sein, aber ich finde, du machst das genau richtig."

„Indem ich für ihn Kaffee koche?" Sie sah ihn mit hochgezogenen Brauen an.

„Nein, indem du ihm Paroli bietest. Wir hatten erst ein paar Monate zuvor eine junge Praktikantin hier. Die ist bereits am ersten Tag heulend auf dem Fußboden zusammengebrochen, weil sie Akten durcheinandergebracht hatte und Keller sie deswegen zur Sau gemacht hat."

„Immerhin den ersten Tag habe ich ohne Nervenzusammenbruch geschafft, aber der kann ja noch kommen."

„Du kommst mir nicht wie jemand vor, der sich heulend auf den Fußboden setzt, nur weil Keller ihn mal finster anschaut." Li schmunzelte.

„Hatte ich zumindest nicht vor." Sie warf ihm ein flüchtiges Lächeln zu. „Wieso bist du eigentlich hier? Machen wir eine Pause?"

„Keller musste kurz eine rauchen."

„Hätte mich auch gewundert, wenn er extra für mich eine Pause einlegt." Sie goss den heißen Kaffee, der einen verführerischen Duft verströmte, in die Kanne.

„Kein Kaffeetrinker?"

„Vertrage das Koffein im Kaffee nicht so gut, im grünen Tee ist es kein Problem."

„Verstehe. Für mich ist er quasi überlebenswichtig." Li lehnte sich an den Küchentisch und betrachtete sie. „Weißt du, Keller war nicht immer so." Er ließ einen Augenblick verstreichen. „Sei gnädig mit ihm. Er hat eine schwere Zeit hinter sich."

„Das habe ich auch. Ist aber kein Grund, seine Mitmenschen wie den letzten Dreck zu behandeln." Sie sah Li mit verschränkten Armen an.

„Ich weiß, aber Keller ist eigentlich ein guter Kerl. Nur seit der Geschichte mit seinem Kollegen hat er sich verändert."

„Was ist passiert?" Julias Neugier war geweckt.

Li warf einen kurzen Blick zur Tür, als fürchte er, Keller könne jeden Augenblick hereinplatzen. „Es gab in der Gegend rund um Stuttgart mehrere Banküberfälle. Darunter auch einen, bei dem der Filialleiter getötet wurde. Hast du vielleicht mitbekommen?!" Er warf ihr einen fragenden Blick zu. „Über Polizeifunk ging die

Meldung einer Passantin ein, die die beiden Tatverdächtigen in einem heruntergekommenen Wohnhaus in der Nähe von Bad Cannstatt gesichtet hatte. Keller und sein damaliger Kollege Mattheus waren die ersten vor Ort." Li legte eine kurze Pause ein. Julia ahnte bereits, was folgen würde.

„Keller wollte nicht auf Verstärkung warten. Schließlich waren ihm die beiden Bankräuber keine Unbekannten und bereits beim letzten Überfall zwei Monate zuvor nur knapp entwischt. Ein zweites Mal wollte er das nicht riskieren. Auf Drängen von Keller zogen sie im Alleingang los. Soweit ich mich erinnern kann, übernahm Keller die Vorderseite des Gebäudes, Mattheus die Rückseite. Den einen Bankräuber erschoss Keller, nachdem dieser das Feuer eröffnet hatte. Der andere flüchtete durch den Hinterausgang, wo Mattheus bereits auf ihn wartete. Aber ehe er reagieren konnte, schoss ihm der Bankräuber in die Brust. Die Kugel traf das Herz. Er war sofort tot."

Für einige Sekunden war nur noch das Ticken der Wanduhr zu hören.

„Großer Gott", flüsterte Julia, nachdem sie ihre Fassung wiedergefunden hatte. Sie blickte Li mit offenem Mund an.

„Jup. Auch wenn er nie etwas gesagt hat, ich glaube, er gibt sich die Schuld an dem Tod seines Kollegen, mit dem er im Übrigen auch eng befreundet gewesen war." Li starrte zu Boden. „Und seitdem versucht er seine Trauer in Alkohol und Zigaretten zu ertränken."

In diesem Moment begriff Julia, dass es eine Gemeinsamkeit zwischen ihr und Keller gab. So verschieden sie auch sein mochten, sie hatten beide einen Verlust erlitten, nur dass sie damit völlig unterschiedlich umgingen. „Wie lange ist das her?"

„Etwa vier Monate." Li seufzte. „Eigentlich wollte man Keller direkt danach in eine Zwangspause stecken – Sitzungen beim Psychologen, Wiedereingliederung, du weißt schon. Aber Keller wollte nicht. Er konnte den Kriminalrat überzeugen, ihn weiter arbeiten zu lassen, da ihm die Ablenkung angeblich guttun würde. So durfte er bereits nach wenigen Wochen wieder in den Dienst zurückkehren. Wenn du mich fragst, eindeutig zu früh. Seitdem ist er nicht mehr derselbe."

„Ganz schön heftig." Julia fuhr sich durch die dunkelblonden Haare. „Was wurde aus dem zweiten Bankräuber?"

Li zuckte mit den Schultern. „Er wurde nie gefasst."

„Hey, könnt ihr zwei jetzt mal euer Kaffeekränzchen beenden? Ich will weitermachen." Kellers raue Stimme polterte aus dem Besprechungsraum.

„Wir kommen." Li nickte Julia zu. „Kein Wort zu Keller. Dafür würde er uns beide ans Kreuz nageln."

„Klar." Julia griff die Kanne. Es fiel ihr nicht schwer, die Information für sich zu behalten, schließlich redete Keller nicht mit ihr. *Also auf ein Neues*, dachte sie und folgte Li in den Nebenraum.

„Wir verbleiben wie folgt", erklärte Keller eine Stunde später. „Wing-Wing, Sie fahren bei der Werbeagentur, in der Frau Heff gearbeitet hat, vorbei und hören sich dort um." Ein Blick zu Li verriet ihr, dass er sich an seinen Spitznamen schon gewöhnt hatte. Eigentlich war es auf dem Kommissariat Standard, sich zu duzen, aber anstatt ihn einfach Li zu nennen, verwendete Keller diesen dämlichen Namen.

„Ich werde mich bei der Krankenkasse schlaumachen, woher Frau Heff ihre Medikamente bezogen hat, und spreche mit ihrem Arzt. Anschließend fahre ich in die Gerichtsmedizin. Sobald die Obduktionsergebnisse vorliegen, gebe ich Ihnen Bescheid.“

Die Informationen galten Li. Sie brauchte das selbstverständlich nicht zu wissen.

„Melden Sie sich, wenn der Bericht der Spurensicherung da ist. Ich will wissen, wem das Blut auf dem Boden gehört.“

Li nickte.

„Gut, dann wäre das geklärt.“ Keller stand auf.

„Okay, und was mache ich solange?“ Julia kam sich schon doof vor, die Frage das zweite Mal innerhalb von zwei Tagen zu stellen.

„Kaffee, schwarz, ohne Zucker.“ Mit diesen Worten verließ er den Besprechungsraum.

Sie ballte die Hände zu Fäusten und stürmte Keller hinterher „Das kommt überhaupt nicht in Frage! Ich bin hier, um Sie bei Ihren Ermittlungen zu unterstützen und nicht um Ihnen Kaffee zu kochen“, schrie sie über seine Schulter hinweg. „Lassen Sie mich helfen. Sie können schließlich jede Unterstützung gebrauchen.“

„Danke, wir sind jahrelang prima ohne Sie ausgekommen, da wird es auch in Zukunft gehen.“

War das zu fassen? Der Kerl war doch die Höhe. Sie dachte daran, was Li vorhin gesagt hatte. Wenn er hoffte, sie würde sich heulend auf den Fußboden setzen, dann hatte er sich geschnitten.

„Glauben Sie, ich würde eine Zeugenbefragung nicht hinbekommen? Oder eine Abfrage im System? Ist es das?"

„Was ist hier los?" Der Kriminalrat Rudolf Preiß tauchte hinter ihr auf.

„Alles bestens. Herr Keller wollte mir nur gerade meine Aufgabe erklären, nicht wahr?" Julia warf Keller einen fordernden Blick zu.

Preiß, eine korpulente Gestalt Ende fünfzig mit grau melierten Haaren und Nickelbrille, blickte den Hauptkommissar fragend an.

Diesem war es sichtlich unangenehm, dass Preiß genau in dieser Sekunde aufgetaucht war und blickte hin und her auf der Suche nach einem Ausweg. „Na schön", presste er schließlich zähneknirschend hervor. „Fragen Sie bei der IT-Abteilung nach, was die über Heffs Laptop und PC herausgefunden haben. Danach nehmen Sie sich ihre Finanzen vor."

„Gerne." Julia warf Keller ein breites Lächeln zu, während dieser mit hochrotem Kopf wie angewurzelt vor seinem Büro stand.

„Gut." Der Kriminalrat grinste. „Keller, kommen Sie mal bitte mit, es gab schon wieder eine Beschwerde über Sie."

Beflügelt ging Julia in das Großraumbüro zurück. Sie würde Keller schon beweisen, was in ihr steckte.

Wenige Minuten später stand Julia einem gut genährten Mann, Ende vierzig, mit schütterem Haaren gegenüber, der sie durch eine große, runde Brille hindurch musterte.

„Guten Morgen", begrüßte sie ihn freundlich.

„Morgen, Tom Böttcher." Sein fester Händedruck zerquetschte ihr fast die Hand. „Julia, richtig?"

„Genau." Sie lächelte.

„Preiß hat schon angekündigt, dass Kellers Team Verstärkung bekommt. Und? Wie kommst du mit dem alten Gauner zurecht?"

„Wir haben unsere Anfangsschwierigkeiten, aber ich bin zuversichtlich." Sie hatte keine Lust, jedem auf die Nase zu binden, wie sich Keller ihr gegenüber benahm. Schließlich wollte sie nicht diejenige sein, die hintenherum über ihn herzog. Sie würde den Kerl schon noch in seine Schranken weisen.

„Alles andere hätte mich auch gewundert."

Sein Blick sprach Bände. Sie mochte ihn auf Anhieb.

Tom ging um seinen PC herum. „Nimm Platz." Er wies auf den Stuhl neben ihn, sodass sie den Bildschirm sehen konnte. „Also pass auf, ich habe ein paar spannende Dinge herausgefunden. Zunächst haben wir uns Heffs private Dateien auf ihrem PC angeschaut. Wir hatten die Hoffnung, ein paar Fotos von ihrem dubiosen Freund zu finden, aber leider Fehlanzeige. Wir fanden Familienfotos, Bilder von einem Zoobesuch ... weiter bin ich noch nicht gekommen. Vielleicht würden wir mehr auf ihrem Smartphone finden."

„Das ist ja nicht sehr viel", sagte Julia und ließ ihren Atem fahren.

„Na ja, jedenfalls habe ich noch, zusammen mit einem Kollegen, die E-Mails von Irina Heff durchgesehen. Wir sind noch nicht ganz fertig, aber trotzdem habe ich im Papierkorb die Bestätigungsmail von einer Dating-App, die sie auf dem Smartphone haben muss, gefunden."

„Oh." Julia setzte sich auf. „Laut ihren Eltern hat sie ihren Freund online kennengelernt, da wäre eine Dating-App das Naheliegendste." Sie selbst war kein großer Freund von Dating-Apps, ihr war das viel zu unpersönlich.

„Ja. Interessanterweise habe ich nur einen Monat später eine Kündigungsbestätigung gefunden, laut derer sich Irina Heff wieder abgemeldet hatte. Das heißt, ihr könnt den Zeitraum relativ gut eingrenzen."

„Das ist super." Es war mehr, als sich Julia erhofft hatte. „Und die Kündigungsbestätigung kam wann?"

„Vor einem halben Jahr."

Julia zog die Augenbrauen hoch. „Sicher?" Sie dachte nach. Es war zwei Monate her, dass Irina Heff ihre Eltern zuletzt gesehen hatte. Die Kündigung in der Werbeagentur lag drei Monate zurück. Es war sechs Monate her, dass sie ihren Freund das erste Mal getroffen hatte, möglicherweise eine Beziehung einging und anschließend vor ihm flüchtete.

Nur sechs Monate, um Irina Heff in ein emotionales Wrack zu verwandeln. Julia lief ein kalter Schauer über den Rücken. Was musste der Täter für ein Mensch sein?

„Gibt es eine Möglichkeit herauszufinden, mit wem Heff in dieser Zeit über die App kommuniziert hat?"

„Theoretisch ja." Tom seufzte. „Ohne das Smartphone ist das aber nicht so einfach. Ich konnte dank der Nummer den Provider von Heffs Smartphone ermitteln und mithilfe der IMEI-Nummer, also der Seriennummer, das Gerät identifizieren. Wenn die Informationen aber nicht über ein Backup gesichert wurden, ist es schwierig, da ranzukommen. Bring mir einen richterlichen

Beschluss, dann kann ich bei dem zuständigen Unternehmen die entsprechenden Daten anfordern und sie dir schicken."

„Okay, dann frag ich Preiß nachher gleich nach dem Beschluss." Sie stand auf. „Dank dir."

„Immer gern." Tom erhob sich ebenfalls. „Und falls sich Keller wieder mal wie der letzte Arsch aufführt, kommste vorbei und wir trinken einen Kaffee." Tom grinste.

„Hast du auch grünen Tee?"

-10-

Strohblonde Haare, Stupsnase und Sommersprossen. Die Rede ist von meiner Mitschülerin Mathilda, hohl wie eine Nuss und nerviger als alle anderen Mädchen zusammen.

Sie hatte immer Herrn Rex, ihren Stoffdinosaurier, dabei. Total hirnrissig. Welche Zehnjährige läuft den ganzen Tag mit einem Stofftier durch die Gegend? Er war ihr ständiger Begleiter. Im Sportunterricht, beim Schwimmtraining, selbst in der Pause saß das hässliche Vieh neben ihr. Eines Morgens machte sie ein riesiges Drama, weil sie ihn nicht mehr finden konnte. Sie hatte ihn beim Spielen irgendwo liegen gelassen und dann den ganzen Tag mit versteinerter Miene auf ihrem Stuhl gesessen, als wären ihre Eltern gestorben. Als ihr Vater den Dino dann im Sandkasten fand und ihr gewaschen brachte, strahlte sie wie ein Honigkuchenpferd. Ich konnte die Vorlieben so mancher Kinder nicht nachvollziehen, aber Mathilda hatte eindeutig ein Rad ab.

Eines Tages, als ich im Kunstunterricht neben ihr saß, kam mir eine Idee. Ich entdeckte Herrn Rex in ihrem Schulranzen. Normalerweise packte sie ihn sofort aus und stellte ihn auf den Tisch, aber an diesem Tag hatte sie nicht daran gedacht. Ich beugte mich zu ihr und nahm ihren Liebling aus der Tasche. Dann meldete ich mich und bat, auf die Toilette gehen zu dürfen. Herrn

Rex packte ich unter mein Sweatshirt, in der Hoffnung, dass Mathilda nichts bemerkte. Tatsächlich gelang es mir, den Stoffdino unbemerkt hinaus zu schleusen.

Ich betrachtete ihn. Es war mir völlig schleierhaft, was Mathilda an diesem völlig verfranzten und mittlerweile auch stinkenden Spielzeug fand. Kurz überlegte ich, ihn einfach die Toilette hinunterzuspülen, aber das wäre langweilig gewesen. Stattdessen holte ich ein Feuerzeug hervor und zündete ihn an. Fasziniert beobachtete ich die Flammen, die sich langsam abwärts zogen und die fröhlichen Farben in ein einheitliches Schwarz verwandelten. Statt einem T-Rex besaß sie jetzt einen Kohlrex. Ich fand, er sah besser aus als vorher.

Mit Herrn Kohlrex unter dem Pullover schlich ich mich ins Klassenzimmer und steckte ihr das Stofftier zurück in den Schulranzen. Dann hieß es Warten. Am liebsten hätte ich ihr gesagt, schau doch mal in deinen Ranzen, aber das wäre zu auffällig gewesen. So geduldete ich mich. Ich verkniff mein Grinsen, was mir gar nicht leicht fiel. Dann war es soweit. Die nächste Stunde begann. Matheunterricht. Mathilda, dieser Einfaltspinsel, hatte die abenteuerliche Vorstellung, ihr Stoffdino könne ihr beim Lösen der Aufgaben helfen. *Ich meine, wie bescheuert muss man sein? Wie soll denn ein Spielzeug helfen, Rechenaufgaben zu lösen?*

Schließlich griff sie in ihre Tasche. Einigen Sekunden verstrichen, ehe etwas passierte. Dann kreischte sie wie am Spieß. Ein heller verzweifelter Schrei, den man in der ganzen Schule hörte. Es war Musik in meinen Ohren. Ihre Augen waren vor Entsetzen weit aufgerissen, ihre Hände zitterten. Dem Schrei folgte ein Heulkrampf. Es war ein Tränenmeer, das gar nicht mehr versiegen wollte. Am liebsten hätte ich lauthals losgelacht, aber das musste ich mir verkneifen. Dieses Mädchen war so hohl, sie hatte es nicht anders verdient. Ich hatte meinen Spaß. Leider hielt die Erheiterung nicht lange an.

Ein anderes Kind hatte mich dabei beobachtet, wie ich den Dino zurück in ihre Tasche gesteckt hatte. Und irgendwie schien klar, dass das mein Werk war. Zur Strafe musste ich nachsitzen, aber das störte mich nicht im Geringsten. Denn immer, wenn ich schlechte Laune hatte, musste ich nur an Mathildas weit aufgerissene Augen denken, als sie ihr verkohltes Stofftier in den Händen gehalten hatte.

-11-

Klopf, Klopf.

„Ich komme Mutter." Julia torkelte schlaftrunken durch den Raum. Alles um sie herum war dunkel. Nur ein bläuliches, kaum wahrnehmbares Schimmern drang aus dem winzigen Spalt des modrigen Zimmers.

Klopf, klopf. Ihre Mutter lag auf dem Bett. Mit ihren knochigen, zittrigen Händen umschloss sie den Krückstock, mit dem sie gegen die Wand des Zimmers klopfte. Der jahrelange Kampf mit ihrer Krankheit hatte schwere Spuren hinterlassen. Ihr Gesicht war fahl, die Wangen eingefallen, das rechte Augenlid zuckte. Sie war nur noch ein Schatten ihrer selbst.

Julia setzte sich auf die Bettkante. „Was brauchst du denn?", flüsterte sie.

Ihre Mutter krächzte etwas Unverständliches. Schließlich begriff sie, dass es um die Wasserflasche ging, die zwar neben dem Bett stand, aber für ihre Mutter dennoch unerreichbar war. Sie hielt sie ihrer Mutter hin.

„Du weißt, mein Engelchen, ich liebe dich." Die Stimme der Mutter klang plötzlich verändert. Wie früher. Bevor die Krankheit ihren Körper vergiftet, ihre Sinne betäubt und ihren Lebensmut aufgefressen hatte. Plötzlich saß ihre Mutter auf einem Karussell, das sich immer schneller drehte. Sie hatte Sorge, ihre Mutter könne von dem Pony, auf dem sie saß, fallen.

Sie streckte ihre Hand aus, doch ihre Mutter lachte nur. Das Karussell drehte sich so schnell, dass ihr schwindlig wurde. „Mutter, warte!", rief sie. Julia versuchte aufzuspringen, doch es gelang ihr nicht. Sie hörte nur noch die begeisterten Rufe ihrer Mutter. „Mama, nimm meine Hand!"

Das Karussell schien mit einem Mal unerreichbar. Ihre Mutter war verschwunden. Julia durfte nicht aufgeben. Sie musste hier noch irgendwo sein. „Mutter!", schrie sie. Sie rannte. In den Nebel. Ein Friedhof. „Mama, warte!"

Julia schreckte hoch. Ihr Herz hämmerte. Einen Moment brauchte sie, um sich zu orientieren. Sie lauschte. Kein Laut war zu hören. Ihre Albträume waren in den letzten Wochen häufiger geworden. Julia wusste, dass es an der Jahreszeit lag. In zwei Tagen wäre ihre Mutter sechsundsechzig geworden. Nur einen Tag vor ihrem vierundsechzigsten Geburtstag war sie gestorben. Viel zu jung. Und seitdem war für Julia der Februar der schlimmste Monat, was neben ihrem Verlust, auch den kalten, oft dunklen Tagen geschuldet war. Sie zog die völlig verschwitzte Decke zur Seite und ging zum Fenster. Triste Häuserfronten blickten ihr entgegen. Nieselregen hatte eingesetzt. *Na super*, dachte sie entnervt. Das perfekte Wetter für einen solchen Tag.

Sie ging ins Bad und warf einen Blick in den Spiegel. Eine junge Frau mit blauen Augen, hohen Wangenknochen und einem schmalen Kinn blickte ihr entgegen. *Mein Engel, du bist das schönste Mädchen von allen*, hatte ihre Mutter immer gesagt, wenn sie als Jugendliche mal wieder vor dem Spiegel verzweifelte. Heute war sie einfach nur froh, dass sie nicht so müde aussah, wie sie sich fühlte. Ein heißer, grüner Tee würde ihre Lebensgeister schon zurückholen.

Julia lief in die Küche, befüllte den Wasserkocher und schaltete ihn ein. Sie hatte sich nach ihrem Studium sehr auf die Arbeit bei der Polizei gefreut und war froh gewesen, keine zwei Jahre Strafzettel verteilen zu müssen. „Sie haben es sich verdient", hatte ihr ehemaliger Professor sie gelobt und ihr mit dem hohen Ehrgeiz und Ambitionen, die sie mitbrachte, eine große Karriere vorausgesagt. Mit einem Vorgesetzten wie Keller, der jede Gelegenheit nutzte, sie herunterzuputzen, war das jedoch kein leichtes Unterfangen. Sie seufzte.

Kurze Zeit später fuhr sie mit ihrem schwarzen Toyota Aygo die viel befahrene Heilbronner Straße entlang und ließ die Baustelle, die eines Tages Stuttgart 21 werden würde, sowie das Milaneo, eine riesige Einkaufspassage, hinter sich. Sie musste unweigerlich an ihren Traum denken, als zu ihrer Rechten der Pragfriedhof auftauchte, auf dem ihre Mutter beigesetzt worden war. Ein Stechen in ihrer Brustgegend machte sich bemerkbar, als sie an die Beisetzung dachte. Sie hatte sich wie eine stille Beobachterin gefühlt, welche hinter einer Schallwand stand, die alle Geräusche verschlang. Kurze Zeit später fuhr sie über den Pragsattel, wo zu dieser Zeit noch wenig los war und erreichte das Präsidium in der Hahnemannstraße 1.

Als sie das Büro betrat, empfingen sie seltsame Laute. Li stand mit ausgestreckten Armen vor dem Schreibtisch und führte zum Klang der Musik rudernde Bewegungen aus. Sie kannte die Bewegungen von ihrem Aufenthalt in einer Rehaklinik und tippte auf Tai Chi oder Qigong. Auch wenn sie es spannend fand, bevorzugte sie Sportarten mit ein wenig mehr Dynamik. Julia stand einen Augenblick fasziniert da und beobachtete, wie er mit konzentriertem Blick die Bewegungen vollzog. Die anderen Kollegen im Raum nahmen davon keine Notiz; offensichtlich war sein Morgenritual allseits bekannt. Als sie sich gerade abwandte, stimmte Li einen seltsamen Singsang an, während er seine Position veränderte. Julia konnte sich ein breites Grinsen nicht verkneifen, während sie sich auf den Weg zur Küche machte, um vor der Teamsitzung noch einen heißen Tee zu trinken.

Der Vormittag verlief relativ zäh. Auch nach seiner Unterredung mit dem Kriminalrat verhielt sich Keller genauso unverschämt wie am Vortag. Julia ignorierte ihn und konzentrierte sich auf die Fakten. Keller händigte Li und ihr die Ergebnisse der Spurensicherung aus. Wie zu erwarten waren in der Wohnung reihenweise Packungen von Beruhigungs- und Schlafmittel gefunden worden, und da diese fast leer waren, hatte Heff wohl auch große Mengen davon konsumiert. Blutspuren, die Keller in der alten Wohnung entdeckt hatte, fanden sich auch im Bad. Offensichtlich hatte jemand mit Reinigungsmitteln versucht, sie zu entfernen, was demjenigen nicht ganz gelungen war. Da das Blut von Irina Heff stammte, brachte sie diese Spur jedoch nicht weiter.

Unklar blieb, wie sich der Täter Zutritt zu Heffs Wohnung in Büsnau verschafft hatte. Das Team der Spurensicherung hatte jedes Fenster und jede Tür überprüft und konnte daher ausschließen, dass der Täter eingebrochen war. Entweder hatte Heff ihn hereingelassen oder dem Täter war es gelungen, einen Zweitschlüssel anzufertigen. Julia vermutete Letzteres, da sie Irina Heff als sehr vorsichtig einschätzte und diese sicher niemanden in die Wohnung gelassen hätte. Das warf die Frage auf, wie der Täter an den Zweitschlüssel kam. Julia teilte Keller und Li ihre Gedanken mit und schlug vor, mit dem Vermieter zu sprechen, der eine Etage tiefer wohnte. Kellers Antwort bestand aus einem unverständlichen Grummeln, was sie als Zustimmung deutete.

„Außerdem haben wir die Ergebnisse der Gerichtsmedizin erhalten", erklärte Li und händigte Keller den Bericht aus. „Laut dessen Angaben starb Irina Heff in den frühen Morgenstunden des 27. Januars zwischen 2:00 und 6:00 Uhr morgens. Hinweise auf eine Vergewaltigung gab es keine. Sie wurde, wie bereits vermutet, mehrfach mit den Händen gewürgt. Es fanden sich neben den Hämatomen am Hals sowohl ein gebrochenes Zungenbein als auch ein gebrochener Kehlkopf, wie es für diese Todesart typisch ist. Sie wurde erst gewürgt und anschließend wieder losgelassen, bis der Täter es beendet hat. Er wollte, dass sie leidet."

Julia schauderte es bei der Vorstellung. Das klang für sie absolut sadistisch.

„Laut der toxikologischen Untersuchung fanden sich noch minimale Rückstände von Benzodiazepinen, also starke Schlaf- und Beruhigungsmittel in ihrem Blut", fuhr Li fort.

„Hm." Keller überflog den Bericht. „Was ergab die Befragung des Arbeitgebers?"

Li räusperte sich. „Ihr Chef meinte, Irina Heff war, als sie in der Werbeagentur angefangen hat, sehr motiviert und hat gute Arbeit geleistet. Im Laufe der Zeit häuften sich die Fehltage, manchmal fehlte sie einfach unentschuldigt und reichte erst Tage später eine Krankmeldung ein. Er meinte, wenn sie mal da war, wirkte sie häufig abwesend und unkonzentriert. Woran das lag, konnte er mir nicht sagen." Li zuckte mit den Schultern. „Auf Nachfrage bekam er nur ausweichende Antworten. Laut dem Chef hatte Heff zu niemandem auf der Arbeit einen engeren Kontakt."

Das passt zu dem, was ich von Herbert Heff erfahren haben, dachte Julia.

Keller sah einen Moment nach draußen, dann richtete er seine Aufmerksamkeit wieder auf Li. „Wir werden der Suche nach Heffs dubiosem Freund oberste Priorität einräumen. Ihr Arzt hat bestätigt, dass sie seit einigen Monaten unter Angst- und Panikattacken sowie Schlafstörungen litt, ohne dass Heff einen konkreten Grund genannt habe." Es entstand eine kurze Pause, in der sich Keller demonstrativ zu Julia drehte. „Mit wem hat sich Frau Heff über die Dating-App getroffen?"

Julia wusste, dass die Frage nur dazu diente, ihr eine Klatsche zu verpassen. Schließlich hatte sie die Information erst am Abend zuvor erhalten und konnte daher noch keine Auskunft geben. Sie presste die Zähne zusammen. „Kann ich Ihnen noch nicht sagen, schließlich weiß ich erst seit gestern Abend davon."

„Kuchen essen mit Tom können Sie auch nach der Arbeitszeit."

Julia ließ die Bemerkungen unkommentiert. Sie wusste, dass es keinen Sinn machte, etwas zu erwidern, und beschloss, sich davon nicht runterziehen zu lassen.

„Was ergaben die Kontoauszüge?"

„Konnte ich nichts Auffälliges entdecken." Sie zuckte mit den Schultern.

Keller seufzte. „Wing-Wing, Sie sprechen noch mal mit dem Vermieter in Büsnau. Ich will wissen, wie der Täter in die Wohnung kam."

Julia bezweifelte, dass Li etwas Neues herausfinden würde. Schließlich war der Vermieter in Büsnau bereits von Kollegen befragt worden und dieser hatte behauptet, dem Täter keinen Schlüssel ausgehändigt zu haben. Doch so ängstlich wie Irina Heff war, schloss Julia es aus, dass sie jemandem die Tür geöffnet hatte. Aber irgendeine Möglichkeit, sich Zutritt zu verschaffen, musste er gefunden haben.

-12-

Das Klingeln ihres Handys riss Luisa aus dem Tiefschlaf. Helles Licht flutete die Wohnung, ihr Digitalwecker zeigte kurz nach 14:00 Uhr an. Sie griff nach ihrem Smartphone und warf einen Blick auf das Display.

„Hey, Sheela", murmelte sie verschlafen.

„Hey, du, hoffe ich hab dich nicht geweckt."

„Schon okay." Luisa konnte ein Gähnen nicht unterdrücken. „Hatte sowieso noch vor, ein paar Dinge zu erledigen, von daher passt das ganz gut. Was gibt's denn?"

„Schlechte Nachrichten", verkündete ihre Kollegin. „Yasemin ist stark erkältet und fällt daher den Rest der Woche aus."

„Oh, das klingt gar nicht gut." Luisa ahnte bereits, was kommen würde.

„Nee und ich weiß, eigentlich hast du die nächsten beiden Tage frei, aber ich wollte dich fragen, ob du dennoch ihre Nachtschicht übernehmen kannst. Du weißt ja, wie dünn wir aktuell besetzt sind."

Luisa stieß einen Seufzer aus. Das wusste sie in der Tat. Es stellte für sie kein Problem dar, für die Kollegin einzuspringen. Allerdings hatte sie sich für heute Abend mit ihrem Freund verabredet und ihr graute jetzt schon vor dem Telefonat. Aber es ging nicht anders.

„Klar, mach ich."

„Du bist die Beste." Sheela darauf zuschauen

atmete hörbar aus. „Hab unseren Chef schon auf das Schlimmste vorbereitet. Aber wenn du übernimmst, dann haben wir die Lücken abgedeckt."

„Ist okay, ehrlich. Mach ich gerne." Das war nicht gelogen, so hatte sie auch die Möglichkeit, sich in ihrer neuen Stellung zu beweisen.

„Bin dir was schuldig."

Die beiden Frauen verabschiedeten sich und Luisa legte das Smartphone beiseite. Sie hielt inne, als sie eine Bewegung am Fußende wahrnahm. Luisa blickte nach unten und entdeckte ihre Katze Lily, die auf ihrem Bett herumturnte. „Hey, du." Als die Katze bemerkte, dass Frauchen sie ansah, maunzte sie, was ein deutliches Signal für die Essenszeit war. Luisa strich ihr über das weiche, braun-weiß gescheckte Fell und stand auf. Die Katze dirigierte sie zielstrebig zum Futternapf in der Küche, nicht ohne sicherzugehen, dass Frauchen ihr folgte. Noch während Luisa die Schale befüllte, vibrierte ihr Smartphone erneut. Sie sah auf das Display und entdeckte, dass sie bereits mehrere Nachrichten von Jens erhalten hatte, die ihr zuvor gar nicht aufgefallen waren. Sie ging die Nachrichten durch, in denen er sich mehrfach für sein nächtliches Erscheinen entschuldigte und ihr mitteilte, wie sehr er sich auf das anstehende Treffen freute. Luisa wusste, dass ihr kein angenehmes Telefonat bevorstand. Jens hasste es, versetzt zu werden. Ihr tat es leid, aber die Arbeit ging nun einmal vor.

Sie beschloss, eine Kleinigkeit zu frühstücken und ihn anschließend anzurufen.

Ihr Freund hob gleich nach dem ersten Klingeln ab. „Hey, Hübsche." Seine Stimme klang voller Vorfreude, was ihr einen kleinen Stich versetzte. „Ausgeschlafen?"

„Ja, ist okay. Hör mal, unsere Verabredung heute Abend muss ich leider absagen. Meine Kollegin ist krank geworden und Sheela hat mich gebeten, für sie die Nachtschicht zu übernehmen."

Am anderen Ende der Leitung herrschte Schweigen. „Kann das niemand anderes übernehmen?"

„Leider nein." Luisa fuhr sich durch die Haare. „Du weißt ja, dass wir nur zu viert sind. Yasemin ist krank, Theresa auf den Kanaren, bleiben nur noch Sheela und ich."

„Und wieso macht es dann Sheela nicht?" Jens schnaufte.

„Weil sie tagsüber gearbeitet hat. Sie kann nicht zwei Schichten hintereinander übernehmen."

Erneutes Schweigen.

„Es tut mir echt leid. Hatte mich auch auf das Treffen heute Abend gefreut, aber Arbeit geht vor und da ich noch nicht lange die Stelle hab, möchte ich meine Kollegin nicht hängen lassen."

„Aber mich hängen zu lassen ist okay, ja?"

„Wir holen es nach, versprochen." Sie nutzte einen besonders feinfühligen Ton, in der Hoffnung einen Streit zu vermeiden.

„Ich finde das nicht in Ordnung. Ich freue mich seit vier Tagen auf das Treffen und jetzt schiebst du die Arbeit vor. Allmählich hab ich den Eindruck, du machst das extra, damit du mich nicht sehen musst."

„Wie bitte?" Luisa schnappte hörbar nach Luft. „Ich schiebe die Arbeit doch nicht vor. Man braucht mich dort! Wie kommst du auf so einen Unsinn?"

„Ich brauche dich auch. Sag einfach, du bist ebenfalls krank und nicht in der Lage, zu arbeiten."

„Das kommt überhaupt nicht infrage." Luisa wurde allmählich wütend. Sie hatte gewusst, dass Jens die Nachricht schlecht aufnehmen würde, aber dass er ihr solche Vorhaltungen deswegen machte, war ihr neu. „Ich habe mit der Stelle gerade erst angefangen und ich werde ganz bestimmt nicht behaupten, krank zu sein, nur damit wir uns treffen können. Zumal ich gerade am Telefon noch kerngesund klang."

„Natürlich!", rief Jens. „Nur damit wir uns treffen können! Ich schenke dir Rosen und wie dankst du es mir? Du versetzt mich. So was geht für mich einfach nicht."

Ihr Freund zeigte keinerlei Verständnis für ihre Situation und Luisa hasste es, sich ständig rechtfertigen zu müssen. Wieso konnte er nicht einfach akzeptieren, dass sie das Treffen verschoben, zumal sie es ihm hinreichend erklärt hatte?

„Du, ich muss mich jetzt noch ein bisschen hinlegen. Wir reden ein andermal, okay?"

„Du kannst mich doch nicht einfach abkanzeln! Ich find das echt mies."

Ein unangenehmes Hämmern machte sich in Luisas Kopf breit. „Ich muss auflegen, bis bald."

„Luisa, ich ..."

Sie drückte den Anruf weg. Erst jetzt bemerkte sie, wie sehr ihr Puls raste. Sie nahm einen tiefen Atemzug. Das Gespräch hatte an ihren Nerven gezehrt. Warum tat sie sich das an? Weil sie ihn nicht verlieren wollte?

Es war erst fünf Monate her, dass sie Jens kennengelernt hatte und anfangs war sie total verknallt gewesen. Er war nicht nur einfühlsam und verständnisvoll, sondern auch in keiner Weise aufdringlich. Zumindest dachte sie das. Vielleicht hatte sie in ihrer rosaroten Brille auch gar nicht sehen wollen, wie er tatsächlich war.

Bei ihrer ersten Absage waren sie gerade einen Monat zusammen gewesen, nachdem sie eine schwere Grippe heimgesucht hatte. Obwohl sie es nicht verlangt hatte, kam Jens sofort vorbei und kümmerte sich um sie. Er machte ihr Tee, kochte eine heiße Brühe und bemutterte sie von früh bis spät. Luisa, die das von daheim aus nicht kannte, war hin und weg von seiner Fürsorglichkeit. Was sie damals für besondere Zuneigung gehalten hatte, kam ihr allmählich merkwürdig vor. Dabei hatte es ihre frühere Therapeutin als gutes Zeichen interpretiert, dass sie zu jemandem Vertrauen gefasst hatte.

Seit ihr Vater sie als Kind sitzengelassen hatte, hatte sie Schwierigkeiten, Nähe zuzulassen, weil sie Angst hatte, verletzt zu werden. Wenn sie sich dann auf jemanden einließ, wie zuletzt auf Jens, neigte sie dazu, eine Beziehung vorschnell zu beenden, weil sie sich eingeengt fühlte. War das jene Stelle, vor der ihre Therapeutin sie gewarnt hatte? Eine intakte Beziehung nicht aufzugeben, nur weil es mal Stolperstellen gab? Sie kaute an ihren Fingernägeln. Nach einer intakten Beziehung fühlte es sich im Moment nicht an. Vielleicht war Jens einfach nicht der Richtige für sie und sie hatte die Anzeichen nicht sehen wollen.

Das Smartphone vibrierte erneut. Sie brauchte erst gar nicht darauf zu schauen, um zu wissen, von wem der Anruf stammte. Sie drückte ihn weg und schaltete das Handy in den Flugmodus. Inständig hoffte sie, er ließe sie in Ruhe. Sie vergrub das Gesicht in einem Kissen. Auf wen hatte sie sich da nur eingelassen?

-13-

Ich war letztes Jahr so stolz gewesen, weil ich eine Ehrenurkunde bekommen hatte. Zum ersten Mal. Mit zwölf Jahren hatte ich die beste Urkunde bekommen, die es bei den Bundesjugendspielen gab. Ich hatte hart dafür trainiert, war mehrere Runden um den Block gejoggt und hatte den Weitsprung im Sandkasten geübt. Ich konnte es kaum erwarten, meinem Vater davon zu berichten. Daheim angekommen, fand ich meine Mutter, wie üblich laut schnarchend auf dem Sofa vor, die leere Wodkaflasche lag neben ihr auf dem Boden. Ich wusste nicht mehr genau, wann sie dem Alkohol verfallen war, aber inzwischen hatte ich mich daran gewöhnt.

Als mein Vater endlich nach Hause kam, war es bereits weit nach 23:00 Uhr. Das war nicht ungewöhnlich, schließlich arbeitete er als Eventmanager bei einer großen Firma und ging danach noch öfter mit Kollegen etwas trinken. Seine Begrüßung bestand aus: „Was machst du noch hier? Du solltest doch längst im Bett sein?!" Er lallte und war mies gelaunt, auch wenn ich den Grund dafür nicht kannte. Ich erzählte ihm dennoch, dass ich eine Ehrenurkunde erhalten hatte. Er zuckte bloß mit den Schultern und fragte, was daran so besonders sei. Ich erklärte ihm, dass es die höchste Auszeichnung war, die man bei den Bundesjugendspielen erreichen konnte. Mein Vater sah mich an, als hätte ich eine Meise. Sein exakter Wortlaut: „Steck dir das scheiß Ding in Arsch!"

Mist! Dabei hatte ich mich so angestrengt.

Bundesjugendspiele – schon wieder. Ich saß auf der Tribüne oberhalb der Sportanlage und beobachtete eine Gruppe von Schülern, die mit verschwitztem Gesichtsausdruck beim Sprint gegeneinander antraten.

„Hey, Alter, was geht?"

Ich drehte mich um und blickte in Timos grinsendes Gesicht. Er war in der gleichen Klasse wie ich und war einer der wenigen, die meine Aktion mit Herrn Rex damals gefeiert hatten. Er hatte braune, kurze Haare, die er stets nach oben gelte, weil das seiner Meinung nach affengeil aussah, und ein rundliches Mondgesicht. Eigentlich war alles an ihm rund, aber das hielt ihn nicht davon ab, zu glauben, für Mädels ein unglaublich heißer Typ zu sein.

„Ich warte, bis der Mist vorbei ist und ich endlich gehen kann", antwortete ich.

„Hab was entdeckt, mit dem die Zeit ganz schnell rumgeht." Er grinste noch immer.

Eigentlich hatte ich kein Interesse an, was immer er entdeckt haben mochte. Denn entweder hatte es etwas mit Mädels zu tun, an denen ich sowieso kein Interesse besaß, oder aber er hatte irgendeine Möglichkeit gefunden, an Alkohol zu kommen. Bei Timo drehte sich sowieso alles um diese beiden Dinge: Mädchen und Alkohol. Alles andere war zweitrangig. Aber da mir langweilig war und ich keine bessere Idee hatte, ließ ich mich überreden.

„Komm mit!“ Er gab mir ein Handzeichen, ihm zu folgen, und wir verließen die Tribüne in Richtung Hauptausgang. Er führte mich auf die rückwärtige Seite der Gaststätte, die an die Sportanlage grenzte, bis wir schließlich vor den Umkleidekabinen standen.

„Und jetzt?“ Ich blickte ihn mit zusammengezogenen Augenbrauen an.

„Warts ab“, flüsterte er und öffnete die Tür zur Mädchenumkleide. Ich sah mich zu allen Seiten um, um sicher zu sein, dass wir nicht beobachtet wurden, dann folgte ich ihm. Die Umkleidekabine war leer. Auf der linken und rechten Seite lagen reihenweise Sporttaschen, Klamotten und Schuhe. Und es stank. Eine unangenehme Mischung aus Parfüm und Schweiß.

Ich entdeckte Timo, der am anderen Ende des Raums stand und mir zuwinkte. Ich stellte mich neben ihn, vermutete bereits, was kam. Meine Vorahnung bestätigte sich, als er durch die halb geöffnete Tür zeigte. Angrenzend an die Umkleidekabine befanden sich die Duschen. Gleich an der ersten stand eine junge Frau mit schulterlangen, strohblonden Haaren, markanten Gesichtszügen und vollen Lippen. Ihre Augen waren geschlossen, während sie sich das Shampoo aus den Haaren wusch.

Ich kannte sie. Es war Emilia aus der Neunten. Eine unerträgliche Zicke, aber die Hälfte der Schule war verrückt nach ihr. Im Gegensatz zu manchen Mädchen aus unserer Klasse besaß sie keinen kindlichen Körper mehr. Mein Blick wanderte zu den üppigen Rundungen, an denen das Shampoo langsam hinabfloss. Darunter zeichnete sich ein flacher Bauch mit einem Bauchnabelpiercing ab. Ihr Intimbereich war rasiert und die langen Beine waren ebenso makellos wie der Rest.

„Geil, oder?", flüsterte Timo und glotzte sie an.

Tatsächlich übte sie auch auf mich eine gewisse Faszination aus. Sie war die erste Frau, von meiner Mutter abgesehen, die ich unbekleidet sah. Zu diesem Zeitpunkt besaß ich noch kein Smartphone und verspürte auch kein Interesse, mir irgendwelche Pornohefte oder Ähnliches auszuleihen. Für mich waren Mädels bis zu diesem Zeitpunkt nur nervig. Wenn ich mit einer mehr als ein Wort sprach, dauerte es nicht lange, bis sie doof kicherten oder das Gespräch in eine sinnlose Richtung verlief. Das Bedürfnis nach einer Frau, die stöhnend auf mir lag, weckte bei mir keine wirklichen Gelüste. In meiner Fantasie stellte ich mit Mädchen ganz andere Dinge an.

„Gehen wir rein?" Timo blickte mich vielsagend an. Ich hatte keine Ahnung, was er vorhatte, daher nickte ich nur. Wir betraten die Dusche. Emilia hatte uns noch nicht bemerkt, da sie uns den Rücken zugewandt hatte. Plötzlich drehte sie sich um und schrak zusammen. „Was habt ihr hier zu suchen?" Sie stellte die Dusche ab und starrte uns mit offenem Mund an. Der entspannte Gesichtsausdruck war einer gewissen Verunsicherung gewichen, was mir ein Kribbeln durch den Bauch jagte.

„Los, verzieht euch!", schrie sie. Sie verdeckte ihren Intimbereich und ihre Brüste notdürftig mit den Händen. Wenn sie ahnen würde, dass wir schon alles gesehen hatten, hätte sie sich die Mühe sparen können.

„Ach Süße, wir wollten nur mal Hallo sagen." Timo gab sich wie üblich besonders cool und zwinkerte mir zu.

„Raus hier oder ich schreie!" Sie blickte erst mich, dann Timo an, ihre azurblauen Augen waren vor Angst weit aufgerissen. Und in diesem Moment spürte ich es. Mir wurde gleichzeitig heiß und kalt. In meinem Kopf drängte sich eine Fantasie auf, die intensiver war als alles, was ich bisher erlebt hatte.

Ich stellte mir vor, wie ich Emilia an die Wand drückte und meine Hände um ihren Hals legte. Starr vor Angst war sie nicht in der Lage, zu reagieren. Das Adrenalin durchflutete ihren Körper in solchen Mengen, dass ich beinahe glaubte, ihre Panik riechen zu können. Ihr nackter, unverhüllter Körper vor mir, ihre Augen, aus denen langsam das Leben entwich, während sie strampelte und kämpfte.

Die Bilder erloschen. Hitze stieg mir in die Wangen. Mein Teil wurde hart. Ich konnte gar nicht anders, als auf Emilia zuzugehen. Sie wich einen Schritt zurück. Noch konnte ich ihre Angst nicht riechen, aber ich sah, wie sich ihre Pupillen weiteten. Timo grinste, in der freudigen Erwartung auf das, was als Nächstes geschah.

„Hau ab!", zischte sie. Ihre Stimme klang brüchig. Sie wich zurück, bis sie mit dem Rücken an die Wand knallte. Ich streckte die Hand nach ihr aus. In dieser Sekunde riss mich ein schepperndes Geräusch aus meiner Fantasie.

„Fuck!", rief Timo. „Los, verschwinden wir!" Mein Blick ruhte noch einen Moment auf der verstört dreinblickenden Emilia, dann folgte ich Timo aus der Dusche. Zwei Mädchen, ebenfalls etwas älter als wir, starrten uns mit offenen Mündern an.

„Was wollt ihr denn hier?", rief eine Brünette mit aufgebrachter Stimme. „Ihr verdammten Spanner habt sie doch nicht alle!"

Während wir aus der Umkleide rannten, vernahm ich schluchzende Geräusche aus der Dusche und besorgt klingende Stimmen. Vermutlich erzählte Emilia gerade den größten Unsinn, was wir angeblich alles angestellt hätten.

Dabei habe ich noch nicht mal angefangen. Nur zu gerne hätte ich meine Fantasie in die Tat umgesetzt. Ich war nur noch wenige Schritte davon entfernt. Ich musste es erleben, dieses berauschende Gefühl von Macht und Kontrolle. Die völlige Überlegenheit. Das nächste Mal war ich besser vorbereitet. Und dann würde keiner zu Hilfe kommen.

-14-

Zu ihrer großen Überraschung erhielt Julia bereits am späten Nachmittag erste Informationen des Dating-Betreibers und klickte sie neugierig an. Da sich der Zeitraum von Irina Heffs Online-Aktivitäten nur über einen Monat erstreckten, war die Datenmenge überschaubar. Auf der ersten Seite erhielt Julia eine grobe Übersicht über die Nutzerdaten, die Heff hinterlegt hatte und soweit alle stimmig waren. Als Username hatte sie *Irina94* angegeben, entsprechend ihres Geburtsdatums. Auf der nächsten Seite fand Julia die Chatverläufe und die dazugehörigen User, allerdings ohne deren Kontaktdaten oder Fotos. Sie beschloss, gleich eine Mail hinterherzuschicken, damit sie die vollständigen Informationen erhielt. Insgesamt zählte Julia neun Chatverläufe. Sie ging die Liste durch, konnte aber kein Pseudonym finden, das den Namen Marius enthielt. Doch sie würde ihn schon aufspüren.

Als Erstes sortierte sie sämtliche User aus, dessen Unterhaltung mit Heff nur aus einem ‚Hey' bestand. Sie war immer wieder erstaunt, wie plump manche Männer eine Unterhaltung starteten. Auf ein ‚Hey' würde sie ebenso wenig reagieren wie auf ‚Hi Zuckerschnute, stehst du auf Süßes?'. Irina Heff schien das ähnlich zu sehen.

Julia nahm Papier und Stift zur Hand und schrieb sich einen User namens *Ghostrider88* auf. Was für ein schräger Name. Die Unterhaltung war relativ umfangreich und endete damit, dass genannter Ghostrider Heff seine Handynummer schrieb, und wenn sie ihre Reaktion richtig interpretierte, die Kommunikation via WhatsApp fortgesetzt wurde. Das verkomplizierte die Sache. Bis sie die Daten von WhatsApp erhielt, konnte es dauern. Sie bezweifelte, dass es sich um den gesuchten Marius Mast handelte. Nicht nur wegen des Namens, sondern weil ihm noch eine Reihe anderer Chats folgten. Aber das musste nichts bedeuten. Als Nächstes notierte sie sich einen User, der sich als *Your-imagination* ausgab, dem es mit gezielten Fragen gelang, von Heff private Details in Erfahrung zu bringen. Von *Your-imagination* kamen meistens kurze Sätze oder Fragen, zu denen sich Heff anfangs zögerlich, später ausführlich äußerte. Auch hier endete die Kommunikation mit einer Handynummer. Sie überflog den Gesprächsverlauf erneut und verglich ihn mit dem vorherigen. Die Unterschiede waren nicht zu übersehen.

Während *Ghostrider88* offenkundig um Irina Heffs Aufmerksamkeit buhlte und seine Aussagen mit vielen Smileys untermauerte, wirkte *Your-imagination* viel souveräner und selbstbewusster. Handelte es sich hier um den gesuchten Marius Mast? Zu ihrer Enttäuschung war in dem gesamten Gesprächsverlauf kein Name gefallen. Weder bei *Ghostrider88* noch bei *Your-imagination*. Heff hatte seltsamerweise auch nicht danach gefragt. War das nicht einer der ersten Dinge, die man wissen wollte? Vermutlich würde sie die Antwort erst auf WhatsApp finden.

Das letzte, längere Gespräch führte Heff mit *Patrick91*. Hier dümpelte die Konversation erst ein wenig

vor sich hin, bis sie schließlich bei Eissorten hängen
blieben und Patrick sich als humorvoller Kerl ent-
puppte und das Gespräch deutlich entspannter wurde.
Julias Herzschlag beschleunigte sich, als Patrick ganz
gezielt nach einem Date fragte. Die zeitliche Abfolge
zeigte Julia, dass sich Irina Heff mit der Antwort eine
Stunde Zeit ließ, ehe sie reagierte. Schließlich stimmte
sie zu und sie verabredeten sich im Sausalitos, einer
Bar in Stuttgart.

Bingo, dachte Julia und markierte den Namen dick
unterstrichen auf ihrer Liste. Sobald sie entsprechende
Informationen erhielt, würden sie sich *Patrick91* vorknöpfen.

-15-

Wenige Stunden später erreichte Luisa den Parkplatz. Der Wind hatte zugelegt und peitschte ihr ins Gesicht. Mit zügigen Schritten stieg sie die Stufen hinab und überquerte den Innenhof. Ein mulmiges Gefühl beschlich sie. Es war, als beobachte sie jemand. Trotz der eisigen Temperaturen blieb sie stehen und sah sich um. Weder an den Zimmerfenstern oberhalb noch sonst wo war jemand zu erkennen. Sie lief weiter, konnte jedoch das beklemmende Gefühl nicht abschütteln. Gerade als sie die Tür ins Treppenhaus öffnete, bemerkte sie eine Bewegung. Eine dunkle Gestalt lehnte am Hofeingang und starrte zu ihr herüber. War das jemand von den Bewohnern? Wenn ja, was hatte er um die Uhrzeit hier zu suchen? Sie kniff die Augen zusammen. Es war ein Mann, dessen war sie sicher, mehr konnte sie im matten Schein der Straßenlaternen nicht erkennen. Er starrte in ihre Richtung. Sie wandte den Blick schnell ab und betrat das Gebäude.

„Hey, Schätzchen, meine Güte, bin ich froh, dass du da bist", rief Sheela außer Atem und umarmte sie. „Ich muss gleich los. Die Kleine macht daheim schon wieder Terror. Alles Wichtige hab ich dir aufgeschrieben und nochmal vielen Dank." Ehe Luisa etwas erwidern konnte, war Sheela auch schon aus der Tür. Luisa entspannte sich. Sie trat ans Fenster und warf einen Blick nach draußen. Die dunkle Gestalt war verschwunden.

-16-

Mein Äußeres veränderte sich. Inzwischen besuchte ich die zehnte Klasse und die Frauen begannen, sich für mich zu interessieren. Anstelle des unheimlichen Sonderlings wurde ich der unnahbare, attraktive Typ mit kräftigen Schultern, muskulösen Oberarmen und einem markanten Gesicht.

Die neue Situation bot mir eine Chance. Die Gelegenheit, meinen Plan endlich in die Tat umzusetzen. Ich hatte die Veränderungen, die sich an meinem Körper vollzogen hatten, genutzt, um auch meine sozialen Fertigkeiten zu verbessern. Nicht mit den Mädels aus meiner Klasse; die unnötige Aufmerksamkeit wollte ich mir ersparen. Sondern mit anderen Frauen, die ich beim Bäcker traf oder auf dem Weg zum Einkaufen. Ich musste wissen, wie sie auf meine Annäherungsversuche reagierten. Schließlich wollte ich nichts dem Zufall überlassen. Die meisten machten es mir einfach. Ein paar Komplimente da, ein paar Schmeicheleien dort und sie hingen mir an den Lippen. Anhand ihrer Blicke erkannte ich, wie sehr sie nach meiner Aufmerksamkeit gierten. Es würde ein Kinderspiel werden.

Noch während ich mich ausprobierte, nahm mein Plan Form an. Als ich eines Nachmittags durch die Gegend spazierte, entdeckte ich einen kleinen Garten, der sich in der Nähe von Heumaden am Waldrand befand.

Er lag etwas außerhalb der anderen Gärten und beherbergte eine kleine Holzhütte, die sich inmitten des Grundstücks befand. Während in den anderen Gärten bei schönem Wetter reges Treiben herrschte, war dieser verlassen. Das Gras wucherte unkontrolliert, die Hecke breitete sich zu allen Seiten aus, die beiden Klappstühle, die draußen auf der steinernen Terrasse standen, waren verrostet. Der Garten schien keinen Besitzer zu haben. Oder er kümmerte sich nicht darum.

Bei einer günstigen Gelegenheit kletterte ich über den Zaun. Ich wollte mir die Hütte näher ansehen. Sie könnte der perfekte Ort für mein Vorhaben sein.

Als ich davorstand, stellte ich zu meinem Bedauern fest, dass die Tür verschlossen wer. Wem immer der Garten mit Hütte gehörte, hatte zumindest daran gedacht, sie vor Eindringlingen zu schützen. Die Laube besaß nur ein kleines, vergilbtes Fenster, das aber inzwischen so verdreckt war, dass ein Blick ins Innere unmöglich war.

Ein paar Tage später packte ich in meine Tasche einen alten Dietrich ein und ging zurück in den Garten. Auch heute lag er verlassen da. Nichts deutete darauf hin, dass während meiner Abwesenheit jemand hier gewesen war. Das Schloss zu knacken, war simpel. Ich öffnete die Tür, gespannt darauf, was mich dahinter erwarten würde.

Die Hütte bestand aus nur einem Raum und maß vielleicht zwei mal zwei Meter. Sie war vollgestellt mit zusammengeklappten Campingstühlen, einem Holzkohlegrill, etwas Plastikbesteck sowie ein paar Saftflaschen auf einer hölzernen Anrichte. Einen Lichtschalter gab es nicht.

Vor meinem inneren Auge entstanden Bilder. Ich würde sämtlichen Kram entsorgen und stattdessen eine Matratze hineinstellen. Von der Größe dürfte es kein Problem sein. Alles, was ich tun musste, war, den Garten ein wenig herzurichten. Mit dem Rasenmäher, den ich hinter der Tür entdeckte hatte, war das schnell erledigt. Ich musste nur ein paar batteriebetriebene Lampen besorgen und wenn ich dann die Tür hinter uns zuzog, konnte ich mit ihr anstellen, was ich wollte. Die anderen Gärten waren zu weit weg; niemand würde hören, was in der Hütte geschah. Es war etwas Arbeit und brauchte Zeit für die Vorbereitung, aber dafür würde das Erlebnis dann umso größer werden.

Gesagt, getan. Ich kam von nun an jeden Tag in den Garten. So würde ich es auch merken, sollte der Besitzer zwischenzeitlich auftauchen. Aber es passierte nicht. Der Garten gehörte ganz mir.

Während ich nach der Schule vollauf in meine Vorbereitungen vertieft war, wechselte eine junge Frau zu uns an die Schule. Ich bemerkte es, weil ich sie zuvor noch nie gesehen hatte. Sie war auffallend attraktiv und die Ähnlichkeit zu Emilia war frappierend. Sie hatte die gleichen schulterlangen, blonden Haare und den ebenso schlanken Körper mit großem Vorbau. Nur das Gesicht war schmaler und sie schien keine so arrogante Tussi zu sein, wie Emilia es war. Während der Pausen, die ich in der Regel allein auf dem Schulhof verbrachte, beobachtete ich sie und fragte mich, ob sie das geeignete Opfer sein könnte. Mir gefiel die Ähnlichkeit zu Emilia. Allein der Gedanke an das, was ich mit ihr in der Dusche tun wollte, ließ mein Herz höherschlagen. Emilia hatte ich danach nur noch ein oder zweimal gesehen, sie aber zum Glück mich nicht. Inzwischen war sie entweder mit der Schule fertig oder hatte sie gewechselt – zumindest hatte ich sie das bisherige Schuljahr nicht gesehen.

Ähnlich wie Emilia war auch die Neue etwas älter als ich, wobei der Altersunterschied weitaus geringer war. Wie es der Zufall wollte, verließ sie eines Tages kurz nach mir das Schulgebäude. Offensichtlich war sie in Gedanken versunken, denn sie übersah die Schwelle, die sich am Ausgang vor dem Schultor befand. Sie flog bäuchlings hin und die Hefte, die sie eben noch in der Hand getragen hatte, segelten neben ihr auf den Boden. Es musste ein Zeichen sein.

Schnell eilte ich zu ihr. „Warte, ich helf dir." Ich kniete mich neben sie.

„O Gott, ich bin immer so schusselig." Sie warf mir einen kurzen, dankbaren Blick zu.

„Kann doch jedem mal passieren." Ich reichte ihr die Hefte.

„Danke." Sie lächelte. Was für ein bezauberndes Lächeln.

In diesem Moment wusste ich, dass sie die Richtige war. Sie würde mein erstes Opfer sein. Ich konnte ein Grinsen bei dem Gedanken an das Kommende nur schwer unterdrücken.

Luisa stand vor dem Mauritius, einer Cocktailbar in der Marienstraße, und wartete auf ihre Freundin. Der Wind hatte nachgelassen, aber die eisige Kälte kroch in jeden Winkel ihres Körpers. Sie rieb sich fröstelnd die Schultern, während sie die jungen, fröhlichen Teenager beobachtete, die das Wochenende nutzten, um feiern zu gehen. Das Fast-Food-Restaurant, das sich daneben befand, war um diese Uhrzeit wie üblich voll, und Luisa hatte schon mit einem Blick festgestellt, dass das Mauritius mindestens genauso gut besucht war. Sie war im Gegensatz zu Claudia kein Fan von Menschenmassen. Doch ihre Freundin hatte auf Cocktails bestanden und nach den Streitereien mit Jens sowie der langen Arbeitszeit freute sie sich auf ein wenig Abwechslung.

Die letzten beiden Tage war es erstaunlich ruhig gewesen. Jens hatte ihr zwar in gewohnter Manier ein Dutzend Nachrichten geschickt, aber von weiteren Anrufen und Anfragen nach Treffen abgesehen. Luisa wusste noch nicht, ob sie das als Fortschritt oder als Grund zur Besorgnis sehen sollte.

„Hey, Süße!" Claudia umarmte sie überschwänglich. „Von dir hört man ja gar nichts mehr."

Luisa betrachtete ihre Freundin. Diese trug wie üblich einen farbenfrohen Mix aus einer weinroten Jeans, einem blauen Pullover, der unter einem gelben Mantel hervorschaute, sowie violette, hochhackige Schuhe. Ihre langen, dunkelbraunen Haare wirkten im Vergleich beinahe normal, aber Luisa wusste, dass Claudia diese auch schon in den verschiedensten Tönen gefärbt hatte.

„Alles gut bei dir?" Claudia musterte sie.

„Ja und selbst?" Luisa hatte beschlossen, ihrer Freundin vorerst nichts von Jens Verhalten zu erzählen. Diese wusste zwar von ihrer Beziehung, aber Luisa kannte ihre Freundin gut genug, um zu wissen, dass sie ihr raten würde, die Beziehung sofort zu beenden. Diese Entscheidung wollte sie alleine treffen. Zumal Claudia, was den Umgang mit Männern und manchmal auch Frauen anging, sehr lockere Bekanntschaften pflegte und auf Dinge wie eine feste Beziehung keinen Wert legte. Ihre Freundin liebte die Abwechslung und das Abenteuer.

„Na komm, bevor wir hier noch einfrieren." Claudia haute ihr auf den Po und schob sie in Richtung Eingang.

Luisa mochte Claudias quirlige und lebensfrohe Art, die sie auch durch ihre Kleidung zum Ausdruck brachte, und wünschte sich manchmal, Probleme mit der gleichen Gelassenheit wie ihre Freundin anzugehen. Heute Abend zumindest würde sie abschalten können und das wollte sie auf keinen Fall gefährden, indem sie von ihren Beziehungsproblemen anfing.

Luisa war hundemüde, als sie an der U-Bahn-Haltestelle Bergfriedhof ausstieg und die letzten Meter zu Fuß in ihrer Wohnung in der Metzstraße ging. Sie hatte bewusst auf das Auto verzichtet, da sie mehrere Cocktails getrunken hatte.

Der Abend hatte ihr gut getan. Claudia hatte munter drauflos geplappert, von ihren neuen Bekanntschaften berichtet und sich nur kurz nach Luisas Arbeit und ihrem Freund erkundigt. Sie winkte das Thema ‚Jens' ab, was ihrer Freundin nicht auffiel, da sie bereits wieder einen süßen Typen am Nachbartisch entdeckt hatte. Luisa störte das nicht. Es hatte Zeiten gegeben, wo sie sich gewünscht hatte, Claudia möge ein wenig mehr Interesse an ihren Problemen zeigen, aber im Moment war das genau richtig.

Luisas Wohnung befand sich direkt neben der Parkanlage Villa Berg, der neben der Villa selbst auch das große SWR-Funkhaus sowie eine Schule beherbergte. Luisa liebte es, in den Sommermonaten dort spazieren zu gehen, und erfreute sich an den Wiesen und kleinen Seen. Sie war von jeher sehr naturverbunden. Schon als Kind hatte sie die langen Wanderungen mit ihren Großeltern auf der Schwäbischen Alb oder in den Schwarzwald sehr genossen.

Sie stieg die Stufen in den zweiten Stock hinauf, in der sich ihre Wohnung befand. Die Cocktails benebelten ihre Sinne und machten sie leicht schläfrig. Sie wollte sich nur noch auf ihre Matratze fallen lassen und am besten bis morgen Mittag durchschlafen. Das hatte sie sich verdient. Sie drehte den Schlüssel und war überrascht, dass die Tür nicht verriegelt war. Hatte sie in der Eile vergessen, abzuschließen?

Luisa spürte sofort, dass etwas nicht stimmte. Lily, die normalerweise laut maunzend zur Tür stürmte, kam nicht. Die Wohnung, sonst in völlige Dunkelheit gehüllt, wurde schwach von einem flackernden Licht erhellt. Essensgeruch lag in der Luft. Mit einem dumpfen

Gefühl im Magen betrat sie das Wohnzimmer und blieb wie vom Blitz getroffen stehen. Auf dem Esstisch standen mehrere große Kerzen und ein Rosenstrauß in einer Vase. Davor waren zwei Teller platziert sowie Essen, das noch in der Tüte des thailändischen Restaurants eingepackt war. Daneben stand Jens, der sie mit einem Grinsen im Gesicht ansah. Sowohl die Tischplatte als auch der Fußboden waren mit Rosenblüten übersät. Sie war im ersten Moment so perplex, dass es ihr die Sprache verschlug.

„Hey, mein Schatz." Er küsste sie. „Nachdem du dich die letzten Tage nicht mehr gemeldet hast, dachte ich, ich komme einfach vorbei und bestelle uns was Schönes. Komm, setz dich." Noch immer wie in Trance ließ sich Luisa an den Tisch führen, während Jens bereits die Gerichte auspackte. Ihre Katze hatte sie auf dem Kratzbaum entdeckt.

Jens schenkte ihr ungefragt ein Glas Rotwein ein, während er sie noch immer erwartungsvoll ansah. „Na, was sagst du?"

Luisa hatte sich von ihrem ersten Schock erholt und fand endlich ihre Sprache wieder. „Ähm, was soll das Ganze hier?"

Jens betrachtete sie mit großen Augen. „Eine kleine Überraschung für die Frau, die ich liebe. Ist das denn so verkehrt?"

Es war vollkommen verkehrt. Luisa hätte ihm am liebsten den Teller gegen den Kopf geworfen und ihn rausgeschmissen, aber sie zwang sich, ruhig zu bleiben. „Wie kommst du in meine Wohnung?" Ihr schwante Übles.

„Koste mal das Thai-Essen. Mir wurde gesagt, es sei das beste in Stuttgart.“ Ihren Einwand ließ er völlig unkommentiert.

„Ich habe gefragt, woher du einen Schlüssel zu meiner Wohnung hast.“ Sie bemühte sich ihrer Stimme einen festen Ton zu verleihen, obwohl ihre Hände zitterten und ihr das Herz bis zum Hals schlug. Wie kam er dazu, ihre Wohnung ohne ihr Wissen und ihre Erlaubnis zu betreten?

Jens stockte. „Ich habe mir einen Zweitschlüssel machen lassen. Ich dachte mir, da wir sowieso bald zusammenziehen, hast du sicher nichts dagegen.“

Luisa verschlug es abermals die Sprache. Sie war von ihrem Freund merkwürdige Sichtweisen gewohnt, aber das übertraf alles. Es war nie die Rede von Zusammenziehen gewesen und dass er sich heimlich einen Zweitschlüssel machte, war ungeheuerlich.

Luisa stand auf. „Ich möchte, dass du auf der Stelle meine Wohnung verlässt und mir vorher den Zweitschlüssel aushändigst.“

Jens ließ die Gabel fallen und sah sie mit offenem Mund an. Luisa hatte manchmal Schwierigkeiten, direkt zu sagen, was ihr durch den Kopf ging, aber er hatte eine Grenze überschritten.

„Schatz, sei nicht sauer.“ Er stand ebenfalls auf und kam einen Schritt auf sie zu.

Sie wich zurück. „Ich soll nicht sauer sein? Du lässt dir, ohne mich zu fragen, einen Zweitschlüssel machen, stehst ungefragt mitten in der Nacht in meiner Wohnung und erzählst von irgendwelchen Zusammenziehplänen, die es nie gegeben hat? Sag mal, hast du sie noch alle?“ Sie war laut geworden.

Jens sah sie mit heruntergezogenen Mundwinkeln an. „Ich wollte dir nur eine Freude machen“, flüsterte er. „Ich dachte, es ist an der Zeit, den nächsten Schritt zu gehen.“

Luisa starrte ihn an. Er hatte nichts verstanden. Ein dumpfer Schmerz machte sich in ihrem Kopf bemerkbar.

„Jens, es reicht mir. Bitte nimm dein Zeug und geh!“ Sie wies zur Tür. Ihre Stimme klang eisig. „Ich hab keine Lust mehr. Weder auf deine tausend Anrufe und Nachrichten, noch dass du ständig irgendwo auftauchst. Ich will mich auch nicht mehr dauernd rechtfertigen müssen. Und am allerwenigsten will ich, dass du dir ohne Erlaubnis einen Zweitschlüssel anfertigen lässt.“

„Heißt das, du machst Schluss?“ Die Tränen standen ihm in den Augen. Der Anblick versetzte ihr einen Stich.

Er kam auf sie zu. „Es tut mir leid. Ich wusste nicht, dass du das so schlimm findest. Bitte“, flehte er und tätschelte ihren Arm, „gib mir noch eine Chance. Ich verspreche dir, es besser zu machen.“

Auch ihre Augen füllten sich mit Wasser. Aber sie durfte jetzt nicht nachgeben. Jens war einfach zu weit gegangen.

„Luisa, ich weiß, dass du Angst hast, verletzt zu werden. Aber das musst du nicht. Ich würde dir niemals weh tun. Ich liebe dich.“

Luisa stieß seinen Arm mit einer energischen Bewegung weg. „Raus hier!“, schrie sie.

Jens wich zurück. Er nahm seine Jacke vom Stuhl, legte den Schlüssel auf den Esstisch und öffnete die Tür. „Bitte, du weißt, dass wir zusammengehören."

„Geh einfach." Ihre Stimme war nur noch ein Flüstern. Er zog die Tür hinter sich zu. Die Schritte im Treppenhaus wurden langsam leiser.

Lily kam maunzend zu ihr. Luisa kauerte sich auf dem Sofa zusammen und drückte die Katze an sich, während sie ihren Tränen freien Lauf ließ.

-18-

Julia klopfte an Kellers Bürotür und trat ein. „Das sind die wichtigsten Infos, die ich über *Patrick91*, *Your-imagination* und *Ghostrider88* gefunden habe." Sie reichte ihrem Vorgesetzten die Unterlagen.

„Hm." Keller blätterte sie einmal durch und legte sie dann zur Seite.

Julia hatte nicht mit Begeisterung gerechnet, aber dass seine Reaktion lediglich aus einem undefinierbaren Brummlaut bestand, versetzte ihr einen Stich. Sie nahm einen tiefen Atemzug. „Vielleicht wäre es am sinnvollsten, die Personen nacheinander zu befragen?"

„Erst mal Patrick Sennberg. Das machen wir zusammen."

Julia fragte sich, welchen Sinn das hatte. Traute er ihr keine Zeugenbefragung zu? Um keinen neuen Streit vom Zaun zu brechen, verkniff sie sich einen entsprechenden Kommentar.

„Chef, ich habe mit Heffs Vermieter gesprochen." Li tauchte unvermittelt neben ihr auf. „War allerdings ein Reinfall. Das Ehepaar konnte uns keine neuen Infos liefern, die Tochter war nicht da. Allerdings bezweifle ich, dass uns eine Zehnjährige weiterhelfen kann."

„Na super." Keller stand auf. „Wing-Wing, Sie befragen *Your-imagination*, Frau Beck und ich fahren zu Patrick Sennberg." Ohne eine Antwort abzuwarten, hastete Keller aus dem Büro und Julia musste sich beeilen, damit Keller nicht ohne sie losfuhr.

Eine halbe Stunde später standen Keller und sie vor einem beigefarbenen Mehrfamilienhaus in der Wulfilastraße in Bad Cannstatt. Laut den Klingelschildern wohnten hier nur drei Parteien – Patrick Sennberg bewohnte anscheinend die mittlere Etage.

Keller drückte die Klingel.

„Ja?" Eine hohe Männerstimme meldete sich durch die Sprechanlage.

„Kripo Stuttgart. Machen Sie auf, wir haben ein paar Fragen."

Es entstand eine kurze Pause. „Bitte heute noch, wir haben nicht den ganzen Tag Zeit", blaffte Keller.

Julia schüttelte den Kopf. Angesichts Kellers freundlicher Tonart hätte sie es nicht gewundert, wenn Sennberg sie vor der Tür stehen ließ.

Der Türöffner summte und sie folgte Keller durch das Treppenhaus in den ersten Stock. Sie war neugierig auf den Mann, mit dem sich Heff getroffen hatte. Wie mochte er sein? Anstelle von Patrick Sennberg entdeckten sie allerdings nur eine geöffnete Tür.

„Hallo?" Keller trat ein.

Julia folgte ihm. Aber alles, was sie sah, war ein dunkler Flur, der rechts in einem großen Wohnzimmer mündete, sowie zwei weitere Türen. Von Sennberg keine Spur.

„Wo steckt denn der Kerl jetzt?" Keller marschierte ins Zimmer zu ihrer Linken.

Julia kam das Verhalten ebenfalls seltsam vor. Hatte Sennberg dringend auf die Toilette gemusst? „Herr

Sennberg?“ Sie warf einen kurzen Blick in das gegenüberliegende Badezimmer, doch auch dort war niemand. Ein kalter Luftzug streifte ihr Gesicht.

Ihr Vorgesetzter marschierte an ihr vorbei in Richtung Balkon, dessen Tür halb offenstand. „Der will mich doch wohl verarschen!“ Keller stürmte fluchend an ihr vorbei ins Treppenhaus. Julia lief auf den Balkon und sah einen jungen Mann in Richtung Kurpark rennen.

Sie sah hinab. Der Garten war nur anderthalb Meter unter ihr. Sie kletterte über die Brüstung, sprang hinab und nahm die Verfolgung auf. Hinter ihr hörte sie Kellers Schnaufen.

„Wing-Wing, wo sind Sie?“ Seine Stimme donnerte durch das Funkgerät.

Sennberg lief verdammt schnell. Er ließ die Wulfilaanlage hinter sich und überquerte die Eisenbahnbrücke, die in den Kurpark führte. Julia beschleunigte ebenfalls. „Herr Sennberg, bleiben Sie stehen!“ Er war höchstens dreißig Meter vor ihr, machte aber keinerlei Anstalten, anzuhalten. Sie fragte sich, warum er abhaute. Sie hatten ihm noch nicht mal ihr Anliegen genannt. Hatte er etwas mit Irina Heffs Tod zu tun? Aber warum hatte er sie dann überhaupt in die Wohnung gelassen?

Julia schob die Gedanken beiseite und lief weiter. Sennberg durfte ihnen das selbst erklären, sobald sie ihm die Handschellen anlegte.

Dieser hatte den großen Park erreicht und flüchtete über die Wiese. Der Kurpark war mit seinen fünfzehn Hektar weitläufig und besaß mehrere Ausgänge. Trotzdem musste ihm doch klar sein, dass man ihn früher oder später erwischte. Julia holte auf. Ein Blick über ihre Schulter verriet ihr, dass Keller noch nicht aufgegeben hatte, aber nur langsam nachkam. *Tja, der Nachteil, wenn man raucht,* dachte Julia. Der Abstand verkürzte sich. Ein unangenehmes Stechen machte sich in ihrer Seite bemerkbar. Sennberg verschwand um eine Ecke. Julia musste einen Moment stehen bleiben, um Luft zu holen. So flink wie Sennberg war, musste er ein trainierter Läufer sein. Sie sah sich um. Links von ihr war der Tennisplatz, rechts die große Wiese, ein paar Bäume und ein Brunnen, der um diese Jahreszeit abgeschaltet war. Ein paar Passanten glotzten sie irritiert an. Wo war Sennberg?

Julia biss die Zähne zusammen und joggte weiter. Durch das Funkgerät donnerte Keller Anweisungen, die Parkausgänge abzuriegeln. Sie bezweifelte, dass das funktionierte. Bis die Beamten einträfen, wäre Sennberg weg.

Plötzlich entdeckte sie ihn wieder. Er rannte den Weg hinab in Richtung der Minigolfanlage.

„Frau Beck, wo sind Sie?" Kellers Stimme polterte durch das Funkgerät.

„Bei der Aussichtsplattform. Sennberg läuft runter in Richtung Kursaal. Er müsste bei einer der Hauptstraßen herauskommen."

Zumindest vermutete sie das. Ihr letzter Besuch im Kurpark war Jahre her. Die genaue Position der Ausgänge hatte sie nicht im Kopf. „Ich bleib dran."

Sie überlegte kurz, Sennberg den geschlängelten Weg hinab zu folgen, aber dann entdeckte sie die Treppen ein paar Meter weiter. Wenn sie nicht alles täuschte, kam sie an derselben Stelle heraus, wohin auch der

Weg führte. Ein Versuch war es wert. Sie rannte los. Kurz darauf stand sie vor der Gottlieb-Daimler-Gedächtnisstätte. Von Sennberg war nirgends eine Spur. Der Weg, den er genommen hatte, musste doch hier entlangführen. Oder hatte er irgendwo abgekürzt? Julia blickte sich nach allen Seiten um.

„Frau Beck, Statusmeldung!"

„Stehe jetzt an der Gedächtnisstätte."

„Sehen Sie ihn?"

Anstelle einer Antwort lief sie in Richtung der Minigolfanlage, doch auch hier war Sennberg nirgends zu finden. *Er kann sich doch nicht in Luft aufgelöst haben!* Julia fluchte lautstark. Sie rannte in die entgegensetzte Richtung, wo ein weiterer Weg abwärtsführte, aber auch hier war nur ein älteres Ehepaar unterwegs. Entweder hatte Sennberg den Park längst verlassen oder er versteckte sich. In diesem Moment sah sie ihn. Er kam völlig außer Atem auf sie zu. Noch bemerkte er sie nicht.

Sie nutzte den Umstand für sich und ging hinter einem der Bäume in Deckung. Sie wollte nicht riskieren, die Verfolgungsjagd in die entgegengesetzte Richtung zu wiederholen. Er war nur noch wenige Meter von ihr entfernt. Mit erhobener Waffe trat sie aus der Deckung. „Stehen bleiben und Hände hoch!"

Sennberg erstarrte. Offensichtlich hatte er nicht damit gerechnet, dass Julia plötzlich vor ihm stand. Das Ehepaar stockte und hob die Hände in die Höhe. In diesem Augenblick tauchte Keller schwer schnaufend hinter Sennberg auf. Sein Gesicht war puterrot angelaufen.

„Sie verdammter Idiot!" Er packte Sennberg am Arm und legte ihm die Handschellen an. „Können Sie mir mal verraten, was der verdammte Mist soll?"

Sennberg antwortete nicht.

Hinter Julia kamen mehrere Fahrzeuge mit quietschenden Reifen zum Stehen und ein Dutzend Beamter stiegen aus. Li entdeckte sie ebenfalls.

„Bringen Sie Herrn Sennberg ins Vernehmungszimmer. Den knöpfe ich mir später vor." Keller stieß ihn in Richtung der Beamten, die ihn sogleich in einer der Fahrzeuge verfrachteten.

„Frau Beck, nehmen Sie endlich die Waffe runter, sonst erschießen Sie noch jemanden."

„Gern geschehen." Sie warf ihm einen finsteren Blick zu. Hatte sie etwas anderes erwartet?

Keller ließ sie stehen und wandte sich dem Streifenwagen zu.

Julia hielt sich die Seite und wartete darauf, dass der Schmerz nachließ. Ihr Puls raste nach wie vor und Schweiß brannte in ihren Augen. Sie war eindeutig aus der Übung.

„Gut gemacht." Li klopfte ihr auf die Schulter.

„Immerhin einer, der es zu schätzen weiß." Sie zwang sich zu einem Lächeln.

„Keller auch. Er kann das nur nicht so zeigen."

„Was du nicht sagst."

Li zwinkerte ihr zu und Julia folgte ihm in Richtung der Fahrzeuge.

„Warum der Typ wohl weggerannt ist?" Li sah dem Streifenwagen nach.

„Ich hab keinen blassen Schimmer. Aber ich bin gespannt auf die Erklärung!"

-19-

„Alles in Ordnung bei dir?" Sheela blickte sie mit zusammengezogenen Augenbrauen an.

„Klar, alles bestens." Luisa lächelte. Tatsächlich war gar nichts gut. Die Ereignisse von letzter Nacht hingen ihr nach. Sie wusste nicht, ob sie angemessen reagiert hatte, als sie ihren Freund oder besser gesagt ihren Ex-Freund derart angefahren hatte. Sie war müde und verärgert gewesen, dabei hatte Jens ihr nur eine Freude machen wollen. Trotzdem fand sie es ungeheuerlich, dass er sich ohne ihr Wissen einen Zweitschlüssel von ihrer Wohnung hatte machen lassen. Wie kam er dazu? Und wann hatte er überhaupt die Gelegenheit dazu gehabt?

Sie dachte an den Tag, als Jens bei ihr übernachtet hatte und in aller früh aufgestanden war, um Brötchen zu besorgen. Sie war davon sehr angetan gewesen, zumal sie selbst in die Kategorie ‚Morgenmuffel' gehörte und ohne Kaffee überhaupt nicht funktionierte. Doch wenn sie jetzt daran dachte, dass er die Gelegenheit wahrscheinlich genutzt hatte, sich einen Zweitschlüssel anzufertigen, schauderte sie. Das war einen Monat her. Seitdem hätte Jens jederzeit bei ihr ein- und ausgehen können. Oder hatte er es sogar getan? Vielleicht auch wenn sie schlief? Es war beängstigend. Warum tat er das? Sie konnte es nicht begreifen.

Nein, es war die richtige Entscheidung gewesen. Mit seiner Aktion war er einfach zu weit gegangen. Er hatte sie schon mit Textnachrichten bombardiert, seit sie heute an ihrem Schreibtisch im Büro saß, bis sie ihn schließlich blockiert hatte. Es war ihr egal, wie viele Entschuldigungen er vorbrachte, wie viele Erklärungen und Rechtfertigungen er fand. Er hatte ihr Vertrauen ausgenutzt und das konnte sie ihm nicht verzeihen.

In der Nacht hatte sie kein Auge zugemacht. Hatte sich in ihrer eigenen Wohnung unsicher gefühlt, beobachtet. Jetzt wusste sie, wie es Menschen ging, in deren Wohnung eingebrochen wurde und die sich danach nicht mehr sicher fühlten. Mit dem Unterschied, dass es kein Einbrecher, sondern ihr Freund war, der diese Empfindungen bei ihr auslöste.

Ihre Lider wurden schwer. Mit kreisenden Bewegungen massierte sie ihre Stirn und schloss die Augen. Die ganze Situation hatte ihr alle Kraft geraubt, aber den heutigen Tag würde sie noch irgendwie herumbekommen. „Mittagspause?" Sie drehte sich zu ihrer Kollegin um, die gerade damit beschäftigt war, eine Liste fertigzustellen.

„Jetzt schon?" Sheela blickte zur Wanduhr, die 11:30 Uhr anzeigte.

„Bevor der Trubel losgeht." Luisa zuckte mit den Schultern. Die Leute aus dem Wohnheim waren auf der Arbeit, würden aber in einer Stunde von der Werkstatt zurück sein. Der Vormittag verlief meist ruhig. Bis auf zwei ältere Damen, die bereits im Ruhestand waren, gemächlich einen Kaffee schlürften und vor sich hinmurmelten, war keiner da. Die Nachtschicht würde Theresa übernehmen, die seit gestern Abend aus dem Urlaub zurück war.

„Von mir aus. Lass mich das noch schnell fertig machen." Sheela deutete auf die Unterlagen.

„Klar, ich warten unten." Luisa griff sich Mantel und Schal und verließ das Gebäude. Es war ein freundlicher, wenn auch eiskalter Tag. Die Sonne fiel schräg auf den Hof und vertrieb den restlichen Nebel, der seit dem Morgen auf der Stadt lag. Sie nahm einen tiefen Atemzug und genoss die kühle Luft, die durch ihre Lunge strömte. Ein Blick auf ihr Smartphone verriet ihr, dass sie keine neuen Nachrichten erhalten hatte. Ein Gefühl der Erleichterung machte sich in ihr breit. Luisa hatte die letzten Wochen gar nicht mehr mitbekommen, wie sehr Jens ständige Nachrichten an ihr gezehrt hatten. Vielleicht war sein gestriger Auftritt nötig gewesen, damit sie einen Schlussstrich ziehen konnte. Wer weiß, wie lange sie die belastende Beziehung sonst noch weiter aufrechterhalten hätte. Dennoch musste sie schlucken, wenn sie an die schönen Momente zurückdachte.

Sie schob die Gedanken rasch beiseite und überquerte langsam den Hof. Nur wenige Augenblicke später kam ihre Kollegin aus dem Gebäude und sie liefen gemeinsam in Richtung Supermarkt. Sheela erzählte von ihrer Jüngsten, die gerade mächtig Trubel machte, weil sie keine Lust auf den Kindergarten hatte. Auch wenn Sheela das Chaos daheim manchmal zu schaffen machte, erzählte sie es mit so viel schrägem Humor, dass es Luisa half, ihre schlechte Stimmung zu verbessern.

In diesem Moment nahm sie eine dunkle Gestalt wahr, die am Zaun lehnte. Luisa sank das Herz in die Hose. „Das darf doch nicht wahr sein." Sie seufzte.

„Was ist los?" Sheela, die Jens nicht kannte, beäugte ihn. „Kennst du den?"

„Mein Ex. Wir haben gestern Schluss gemacht."

„Oh." Sheela räusperte sich. „Soll ich kurz warten?"

„Nein, geh ruhig schon mal vor. Ich klär das."

Ihre Kollegin bog nach rechts ab, nicht ohne Jens nochmal einen Blick zuzuwerfen. Für Sheela musste der Umstand, dass sich Luisa von ihrem Freund getrennt hatte, irritierend sein, da sie zwei Wochen zuvor noch so glücklich gewesen waren. Aber stimmte das wirklich? Oder hatte sie nur gewollt, dass es funktionierte? Allein die Tatsache, dass er schon wieder auf ihrer Arbeit aufkreuzte, ging ihr extrem gegen den Strich.

Sie blieb vor ihm stehen. „Was willst du?" Luisa versuchte gar nicht erst ihren Ärger zu verbergen. Es war aus und je eher er das akzeptierte, desto besser.

Jens machte einen zögerlichen Schritt in ihre Richtung. Die dunklen Ringe unter seinen Augen und das blasse Gesicht verrieten ihr, dass er mindestens ebenso wenig geschlafen hatte wie sie. Doch daran war er selbst schuld.

„Luisa, es tut mir wahnsinnig leid. Ich hätte dich gestern nicht so überfallen dürfen und fragen sollen, bevor ich einen Zweitschlüssel anfertige. Du hattest mal gesagt, dass du Überraschungen dieser Art liebst, und ich dachte, du freust dich, wenn wir abends noch zusammen einen Happen essen. Ich hatte nicht die Absicht, unerlaubt in deine Privatsphäre einzudringen. Es war ein Fehler und es tut mir wirklich leid."

Seine Entschuldigung klang offen und ehrlich. Dass sie ihn blockiert hatte, erwähnte er mit keinem Wort. Luisa war immer wieder überrascht, wie zwiegespalten Jens sein konnte. Auf der einen Seite bombardierte er sie mit Anrufen und Nachrichten, machte ihr Vorwürfe und dann war da plötzlich wieder dieser reflektierte und freundliche Typ, der sich Fehler eingestehen konnte und entschuldigte. Erst in diesem Moment bemerkte sie den Rosenstrauß, den er hinter seinem Rücken hervorholte.

Es fiel ihr schwer, aber sie durfte jetzt nicht nachgeben. „Jens." Sie stieß einen tiefen Seufzer aus. „Ich weiß, dass du es gestern Abend nicht böse gemeint hast, aber es gibt für mich einfach Grenzen, die respektiert werden müssen. Das hast du aber nicht. Vielleicht hätte ich dir die Dutzenden von Nachrichten und Anrufe noch verzeihen können, aber dir einen Schlüssel machen zu lassen, ohne etwas zu sagen, ohne mich um Erlaubnis zu fragen, das ist einfach nicht okay. Deswegen bleibt es bei dem, was ich gestern gesagt habe. Es ist aus." Tränen schossen ihr wieder in die Augen. Verdammt nochmal, wieso konnte sie das nicht einfach kalt durchziehen, nach allem, was er angerichtet hatte? Sie drehte ihm den Rücken zu.

„Meinst du das ernst?"

„Ja, das tue ich. Bitte lass mich einfach in Ruhe." Ohne sich nochmal umzudrehen, lief sie den Weg in Richtung Supermarkt. Sie hatte erwartet, dass Jens ihr folgen und versuchen würde, sie vom Gegenteil zu überzeugen. Ein Blick über die Schulter verriet ihr aber, dass er noch immer neben dem Hoftor stand. Vielleicht

war es gut, dass es nochmal ein kurzes Gespräch gegeben hatte. So waren sie wenigstens nicht im Streit auseinander gegangen. Vielleicht hatte er es jetzt akzep-
tiert und sie konnte sich wieder auf ihre Arbeit und ihr
Leben konzentrieren. Sie ignorierte die Stimme in ihrem Kopf, die ihr etwas anderes sagte.

-20-

Keller stiefelte wütend den Flur entlang auf dem Weg zum Vernehmungszimmer, als seine Kollegin plötzlich vor ihm auftauchte. „Ja?"

„Ich würde gerne bei der Befragung von Patrick Sennberg dabei sein."

„Kommt nicht infrage." Er ließ Julia stehen. Das hatte ihm gerade noch gefehlt. Der Tag war schon mies genug. Seine nervige Kollegin mit ins Vernehmungszimmer zu nehmen, war das letzte, was er brauchte.

Julia folgte ihm. „Ich habe ein Recht, dabei zu sein! Ohne mich wäre er Ihnen entwischt." Sie ließ nicht locker.

Er kannte Typen wie Sennberg. Der tischte irgendeine Geschichte auf, die eine naive junge Frau wie seine neue Kollegin dann glaubte, anstatt ihm auf den Zahn zu fühlen. Aber er musste ihr recht geben. Ohne sie wäre Sennberg vermutlich weg. Sie war sportlich und schlagfertig, aber was ihre sonstigen Kompetenzen anging, hielt er nach wie vor nicht viel von ihr. Zu seinem Pech stand er unter besonderer Beobachtung von Preiß und wollte Diskussionen vermeiden.

„Meinetwegen." Er drehte sich um. „Aber vergeigen Sie's nicht."

„Wieso sollte ich?"

Da er keine Antwort wusste, ließ er die Frage unkommentiert. „Bevor wir anfangen, brauchen wir seine Akte.“

„Hier.“ Julia streckte sie ihm entgegen.

Keller nahm sie an sich. Immerhin dachte sie mit. Er schlug die dünne Umlaufmappe auf.

„Das ist alles, was ich in der kurzen Zeit über Sennberg in Erfahrungen bringen konnte. Patrick Sennberg, neunundzwanzig, arbeitet als Lagerist bei einem großen Unternehmen, ledig, Single. Spielt Tennis im Verein.“

„Auch etwas, das mit unserem Fall zu tun hat?“

„Ich schlage vor, wir fragen ihn das.“

Wenige Minuten später saßen sie einem nervös wirkenden jungen Mann mit dunkelbraunen Haaren und schlanker Figur gegenüber.

„Warum sind Sie weggelaufen, Herr Senfberg?“, startete Keller die Unterhaltung anstelle einer Begrüßung.

Patrick Sennberg sah auf. „Sennberg. Und ich war verunsichert.“

Keller ignorierte seinen Einwand. „Weshalb?“

Sennberg blickte zur Seite, dann richtete er seinen Blick wieder auf den Kommissar. „Hatte schon mal Stress mit der Polizei.“

Keller wandte sich zu seiner Kollegin und verkniff die Augen. Davon stand in den Unterlagen natürlich wieder nichts. Julia zuckte mit den Schultern.

„Sie sind weggelaufen, weil Sie schon mal Stress mit der Polizei hatten? Kamen Sie nicht auf die Idee, erst mal zu fragen, warum wir gekommen sind?“ Keller beugte sich vor.

Sennberg blickte von Keller zu seiner Kollegin. „Ich weiß, warum Sie da waren."

„Und zwar?" Keller hob die Augenbrauen.

Sennberg rutschte auf seinem Stuhl hin und her. „Es geht vermutlich um das, was ich ... na ja ... anbaue. Oder nicht?"

Keller musste sich zusammennehmen, um ihn nicht anzuspringen.

„Was bauen Sie denn an?" Julia sah Sennberg neugierig an.

Er zupfte an seinem Pullover, offenbar unschlüssig, ob er den Ermittlern die Wahrheit sagen sollte.

„Jetzt reden Sie endlich!" Keller haute mit der Hand auf den Tisch.

„Cannabis." Sennberg senkte den Blick.

Keller nahm einen tiefen Atemzug. „Das ist mir so was von egal", brüllte er. „Es geht um Irina Heff."

„Wen?" Sennberg warf den Kommissaren einen verwirrten Blick zu.

„Irina Heff", wiederholte Keller laut. „Das hätten wir Ihnen auch gesagt, aber Sie mussten ja vorher aus dem Fenster springen!"

Sennberg sah ihn mit großen Augen an. „Ich kenne niemanden, der so heißt."

„Ach, nein?" Keller schlug die Mappe auf. „Laut unseren Unterlagen, Herr Senfberg, haben Sie Frau Heff über eine Dating-Plattform kennengelernt und einen Termin für ein Date vereinbart."

„Sennberg. Und?"

„Sie wurde Opfer eines Gewaltverbrechens", sagte Julia.

„O mein Gott." Sennberg wurde blass.

„Ja, o mein Gott." Keller funkelte ihn an. „Vielleicht könnten Sie jetzt mal ihren Grips anstrengen, ob es da nicht vielleicht doch mal ein Date gegeben hat?"

Sennberg blickte zur Seite, dann nickte er. „Ja, aber nur einmal und das ist ein halbes Jahr her."

„Und weiter?"

„Nichts weiter. Ich hatte nicht den Eindruck, dass sie Interesse hat. Mit ihrem Tod habe ich nichts zu tun."

„Wo waren Sie in den frühen Morgenstunden des 27. Januars zwischen 2:00 und 6:00 Uhr?", fragte Julia.

Keller beobachtete ihn genau.

Sennberg fuhr sich durch die dunklen Haare. „Wahrscheinlich auf der Arbeit."

„Geht es auch etwas genauer?" Dieser Senfberg ging ihm mächtig auf den Zeiger. Erst diese sinnlose Verfolgungsjagd, dann tat er, als wisse er von nichts und jetzt dieses Herumgedruckse. Kein Wunder, dass er auf eine Dating-App angewiesen war. Allerdings bezweifelte er auch, den Mörder von Irina Heff vor sich sitzen zu haben. Seinem Bauchgefühl nach zu urteilen, war der Täter ein anderes Kaliber als der komische Kauz, der vor ihm saß.

„Freitag", antwortete Sennberg. „Da hatte ich Frühschicht. Das bedeutet, Arbeitsbeginn war um 5:30 Uhr, dann habe ich so um 4:45 Uhr das Haus verlassen." Er sah auf und rieb sich den Nacken.

Auch wenn Sennberg kein vollständiges Alibi für die Tatzeit aufwies, bezweifelte Keller, dass er Irina Heff ermordet hatte und dann zu seiner Arbeitsstelle gefahren war.

„Haben Sie ein Auto?", fragte Julia und sah von den Unterlagen auf.

Keller warf seiner Kollegin einen fragenden Blick zu.

„Nein. Warum?" Sennberg blickte von einem zum anderen.

„Weil Ihre Arbeitsstelle doch in Untertürkheim ist, oder?"

„Ja, und?"

Keller ahnte, worauf die Frage abzielte. Wie lange war man von Büsnau nach Untertürkheim mit öffentlichen Verkehrsmitteln unterwegs? Bestimmt über eine Stunde. Er machte sich eine Notiz, das später nachzuprüfen. Er nickte seiner Kollegin zu.

„Bei diesem Date, welchen Eindruck hat Irina Heff auf Sie gemacht?"

Sennberg, der offenbar gehofft hatte, auf seine Frage noch eine Antwort zu bekommen, wandte sich Keller zu.

„Wir haben uns über dieses und jenes unterhalten. Waren einen Kaffee trinken und sind anderthalb Stunden später wieder getrennte Wege gegangen."

„Gab es später noch einmal Kontakt? Persönlich oder online?"

„Nein." Sennberg schüttelte den Kopf.

Keller erhob sich. „Alles klar. Sie können gehen, Herr Senfberg."

Sennberg, der es offensichtlich aufgegeben hatte, Keller zu korrigieren, erhob sich. Julia ebenfalls, nicht ohne ihrem Chef einen irritierten Blick zuzuwerfen.

„Das Gras ist nicht unsere Sache", sagte Keller und verließ das Vernehmungszimmer.

Ihr Name war Hanna. Das hatte ich inzwischen in Erfahrung gebracht. Jeden Tag, den ich sie beobachtete, wuchs in mir die Überzeugung, die Richtige gefunden zu haben. Mein Plan hatte Form angenommen. Ich hatte die Gartenlaube so weit hergerichtet, dass es eine angenehme, um nicht zu sagen romantische Atmosphäre ausstrahlte. Den ganzen alten Schrott hatte ich nach und nach entsorgt. Nur ein paar Lampen hatte ich dort gelassen, den Rasenmäher unter dem Vordach platziert und ein paar weitere Decken und Kissen in die Hütte gebracht. Eine Matratze, die ich durch den halben Ort hätte tragen müssen, war mir letztendlich zu umständlich gewesen. Ich begutachtete mein Werk. Auf den ersten Blick das perfekte Liebesnest. Hanna würde die Falle erst wittern, wenn es bereits zu spät war. Ich wusste, tagsüber war das Risiko, von jemandem zufällig beobachtet zu werden, zu hoch. Es musste in der Nacht geschehen. Und es war einfacher, wenn sie angeheitert war. Schließlich wollte ich meinen Spaß mit ihr haben.

Einige meiner Mitschüler trafen sich einmal die Woche donnerstagabends im Village – einem Club in der Stuttgarter Innenstadt. Es war der einzige Tag in der Woche, wo der Einlass bereits ab sechzehn Jahren gestattet war. Hanna hatte sich in ihrer neuen Klasse, wie es schien, gut integriert und war offenbar schon das ein oder andere Mal im Village dabei gewesen. Sie war siebzehn. Wäre sie ein Jahr älter gewesen, hätte sie zu jeder Zeit in den Club gehen können, während ich erst einen gefälschten Ausweis hätte besorgen müssen. Mehr Aufwand. Aber das Glück war mir wohlgesonnen. Am Donnerstag begannen die Pfingstferien. Keiner von ihren Mitschülern oder Lehrern würde sie am darauffolgenden Tag vermissen. Es war der perfekte Zeitpunkt. Natürlich gab ich mich keinen falschen Illusionen hin. Hanna wohnte noch bei ihren Eltern. Das hatte ich herausgefunden, als ich ihr von der Schule nach Hause gefolgt war. Sie würden spätestens am darauffolgenden Morgen feststellen, dass ihre Tochter nicht nach Hause gekommen war. Ob sie gleich Alarm schlugen, wusste ich nicht. Vielleicht würden sie vermuten, Hanna hatte bei einer Freundin übernachtet. Wenn ich im Besitz ihres Mobiltelefons war, konnte ich ihnen das schreiben. Das würde mir die nötige Zeit verschaffen, ihre Leiche im Wald zu verscharren und sämtliche Beweismittel zu vernichten. Keine Spur durfte zu mir führen.

Dann war es soweit. Der Tag, auf den ich solange gewartet hatte, kam. Ich hatte vor Aufregung die ganze Nacht kein Auge zugetan. Wie würde es sein? Wie würde Hanna in dem Moment reagieren, in dem wir die Hütte betraten? Würde sie nichtsahnend lächeln oder würde sie realisieren, dass etwas nicht stimmte?

Es war entscheidend, dass sie nicht zu früh etwas bemerkte. Auch wenn die Gartenanlage nachts verlassen war, mussten wir vom Village aus erst dort hinkommen. Und das war das größte Problem. Wir mussten die

U-Bahn nehmen und bis nach Heumaden fahren. Bekam sie schon während der Fahrt Angst und flüchtete, hatte ich keine Möglichkeit sie gegen ihren Willen mitzunehmen. Auch bestand das Risiko, dass mich später jemand wiedererkannte, wenn eine Suchmeldung hinausging. Dafür hatte ich mir eigens eine Cappy angeschafft, die ich weit ins Gesicht ziehen würde. Dennoch, ein Restrisiko blieb. Waren wir erst in Heumaden auf den Feldern, davon war ich überzeugt, gehörte sie mir.

Während ich den Pausenhof unauffällig überwachte, gab es einen kleinen Schreckmoment, als Hanna nicht wie üblich um 7:48 Uhr mit der S-Bahn ankam. War sie etwa krank? Ausgerechnet an jenem Tag, den ich für sie auserwählt hatte? Ich schlich über den Hof, während ich mich nach allen Seiten umsah. Die meisten Schüler waren schon im Gebäude. Hatte sie eine spätere Bahn genommen? Oder hatte ich sie verpasst?

Eine Welle der Erleichterung durchströmte mich, als sie wenige Minuten vor Unterrichtsbeginn über den Pausenhof stürmte. Da ich einer der letzten auf dem Hof war, entdeckte sie mich. Einen winzigen Augenblick trafen sich unsere Blicke. Sie verzog die Mundwinkel zu einem flüchtigen Lächeln und verschwand im Gebäude. Mein Herz hämmerte in meiner Brust. Mir stand die unglaublichste Nacht meines Lebens bevor.

Der Tag zog sich in die Länge. Gelangweilt lauschte ich den Ausführungen unseres Klassenlehrers, der die Auffassung vertrat, man müsse am letzten Schultag noch Vokabeln durchkauen, obwohl sowieso keiner mehr zuhörte. Irgendwann klingelte es und ich erhob mich erleichtert. Ich lief über den Schulhof. Meine Vorfreude wuchs von Minute zu Minute. Es war ein ungemütlicher, kühler und leicht regnerischer Maitag. Eine dichte Wolkenwand bedeckte den Himmel und ließ keinen Sonnenstrahl durchdringen. Meine Laune konnte das nicht verderben. Ganz im Gegenteil. So war das Risiko, dass ein Pärchen an der Laube vorbeistreifte, geringer. Um andere Mitschüler, die ebenfalls in der Disko sein würden, machte ich mir keine Sorgen. Sie würden alle sturzbetrunken sein.

Es war kurz nach 21:00 Uhr, als ich die Diskothek betrat. Ich hatte mich schick gekleidet, mit einem kurzärmligen, schwarzen Hemd, den obersten Knopf geöffnet und einer hellblauen, enganliegenden Jeans. Die Haare hatte ich vom Friseur tags zuvor kurzschneiden lassen und nach oben gegelt. Dazu ein teures Deo, das sich ‚hard night‘ nannte. Was für ein passender Name. Ich hoffte, dass es Hanna gefiel.

Ich begab mich zur Bar und bestellte mir ein Bier. Viel mehr würde ich auch nicht trinken, sonst war der ganze Spaß dahin. Ich ließ meinen Blick durch den Club schweifen. Das Village war nicht besonders groß, aber brechend voll. Es bestand aus insgesamt vier Floors – von jedem dröhnte eine andere Musik. Außerdem gab es einen separaten Raucherbereich und zwei Bars. Ich befand mich an der kleineren davon. Hanna hatte ich bisher nirgendwo entdecken können, dafür aber zahlreiche andere Mitschüler und viele weitere Typen, die allesamt das andere Geschlecht umgarnten. Ich entdeckte einen Kerl, sturzbetrunken, der sein Becken an den Hintern einer Frau drückte. Die Frau drehte sich empört um und stellte ihn zur Rede, was den Betrunkenen nicht besonders störte. Eine merkwürdige Masche.

Ich mochte laute Orte nie besonders, aber heute ließ sich das nicht vermeiden. Weiter hinten am Ende der Tanzfläche bemerkte ich Timo, der seinen voluminösen Bauch hin und her wackeln ließ, in dem Versuch eine desinteressiert wirkende Frau zu beeindrucken. Schnell drehte ich meinen Kopf wieder in Richtung Bar, bevor er mich entdeckte. Wenn Hanna mich mit diesem Spinner sah, war es vorbei.

Apropos, wo steckte sie? Allmählich wurde ich ungeduldig. Ich hatte beim Betreten des Clubs eine Gruppe erspäht, mit der Hanna normalerweise unterwegs war, aber sie war nicht dabei. Entweder kam sie später oder sie war bereits auf der Tanzfläche unterwegs. Ich beschloss, eine Runde zu drehen und mich an dem dichten Pulk vorbeizudrängeln. Ich wollte mich gerade in Richtung des Mainfloors begeben, als ich Hanna entdeckte. Sie saß tatsächlich an derselben Bar wie kurz zuvor ich, nur hatte ich sie durch das dichte Gedränge hindurch nicht gesehen. Sie war nicht alleine. Ein unsicher wirkender Typ, mit schiefen Zähnen und einem dümmlich dreinblickenden Gesichtsausdruck versuchte ganz offensichtlich bei ihr zu landen. Das verkomplizierte die Sache.

Ich begab mich einige Meter weiter in ihre Richtung und reckte mich vor, um ein paar Gesprächsfetzen aufzuschnappen. Es funktionierte nicht. Die Musik war zu laut und die beiden zu weit entfernt. War er ein Mitschüler von ihr? Ich hatte ihn noch nie zuvor gesehen. Ich beobachtete die beiden genau. Schnell wurde mir klar, was Sache war. Während der Typ durchgehend auf sie einredete, sagte Hanna kein Wort. Sie hatte auf einem der Barhocker Platz genommen, die Beine nach rechts zeigend übereinandergeschlagen, während der Typ links von ihr saß. Weder blickte sie ihn an, noch reagierte sie auf seine Avancen. Ihrem Gesichtsausdruck zufolge war sie genervt und sah sich immer wieder nach jemandem um, der sie aus ihrer misslichen Lage befreite. Zeit für meinen Auftritt.

Ich platzierte mich rechts von ihr, lehnte mit einem Ellenbogen an der Bar und bestellte mir einen Drink. Ich gab mich desinteressiert, weil ich wusste, dass man es Frauen nicht zu einfach machen durfte. Sie sah kurz in meine Richtung, aber als sie merkte, dass ich sie ignorierte, blickte sie wieder nach vorne. Ich war sicher, dass sie mich wiedererkannt hatte. Der Typ neben ihr quasselte immer noch.

Ich warf ihr einen verstohlenen Seitenblick zu. Hanna sah hinreißend aus. Sie trug ein knappes, feuerrotes Kleid mit Spaghettiträgern und eine Halskette mit einem leicht rötlich schimmernden Stein darin. Ihre hellblonden Haare, die sie normalerweise zusammengebunden hatte, trug sie offen, was ihr einen zusätzlichen Attraktivitätsbonus einbrachte. Vor ihr standen die Reste einer giftgrünen Cocktailmischung.

„Kann man das Gebräu trinken oder ist das nur, um die grauenvolle Musik besser zu ertragen?"

Hanna drehte sich mit dem Anflug eines Lächelns zu mir.

„Hallo, wir unterhalten uns grade?" Der Typ neben ihr hatte seinen Redeschwall unterbrochen und sah mich entrüstet an.

Hanna ignorierte ihn. „Ich würde sagen, es ist um die plumpe Anmache mancher Männer besser zu ertragen."

Jackpot. Besser hätte der Start nicht laufen können. Es war unverkennbar, wen sie mit ihrer Aussage gemeint hatte. Nachdem ich Hanna etwas zuflüsterte und sie daraufhin kicherte, beobachtete ich mit Genugtuung, wie ihr hartnäckiger Verehrer sich anderweitig umsah und endlich verschwand.

Der Abend verging wie im Flug. Hanna, die vorhin kaum etwas gesagt hatte, taute in meiner Gesellschaft regelrecht auf und erzählte mir nach kürzester Zeit private Details aus ihrem Leben. Nachdem ich auf ihre eindringliche Bitte hin ein paar unnötige Verrenkungen auf der Tanzfläche machen musste, fragte ich sie, ob wir nicht an einen Ort gehen sollten, wo wir etwas ungestörter sind. Sie biss an.

Wir schlenderten eine Runde durch den Schlossgarten, wo uns, außer ein paar Feierwütigen, kaum noch jemand begegnete. Der Alkohol hatte sie redselig gemacht – für meinen Geschmack zu redselig. Während ich ihr anfangs fasziniert zugehört hatte, berauscht von ihrer zarten Stimme, kippte meine Laune nun. Es wurde Zeit, den Abend in meinem Sinne abzuschließen.

Wir blieben an der Unterführung zur U-Bahn stehen. „Was hältst du davon, wenn ich dir noch einen ganz besonderen Ort zeige?" Ich senkte die Stimme und suchte ihren Blick.

Sie wirkte überrascht. „Wo denn?"

Sollte ich ihr die Wahrheit sagen? Sie würde es sowieso herausfinden. „Nach Heumaden.“ Ich setzte ein charmantes Lächeln auf.

„Heumaden? O ja, da war ich als Kind häufiger mit meinen Eltern zusammen. Wir hatten damals einen kleinen Hund, weißt du, der war so süß …“

Ich wollte ihr auf der Stelle den Hals umdrehen, damit endlich Ruhe war.

Wenig später stiegen wir aus. Sie redete immer noch. „Kannst du dir das vorstellen? Meine Eltern mussten sämtliche Einladungen nochmal schicken. Die ganze Arbeit, die sie reingesteckt hatten, war umsonst.“ Sie schüttelte den Kopf. „Ein totales Desaster.“

Das war es in der Tat. In mir brodelte es. Den ganzen Abend, ja eigentlich den ganzen Monat hatte ich mich auf diesen Augenblick gefreut und jetzt war sie, anstatt der süßen, zurückhaltenden Schönheit eine nervtötende Tratschtante. Wie hatte ich sie nur dermaßen falsch einschätzen können? Mittlerweile war mir jede Vorfreude auf das Bevorstehende abhandengekommen. Zwar hätte sie dann endlich aufgehört zu reden, aber bis dahin hätte ich sie bestimmt noch eine halbe Stunde ertragen müssen.

Wir liefen gerade die letzten Meter der Straße entlang, als ich abrupt stehen blieb und mich zu ihr drehte. „Sag mal, hörst du eigentlich jemals auf, zu reden?“

Hanna hielt inne und sah mich mit offenem Mund an. „Was … Was soll das?“, stammelte sie. „Ich denke, du hörst mir gerne zu?“ Sie war verrückt. Sie musste verrückt sein. Welcher Mann hörte sich dieses Gesülze freiwillig an? Ich wusste die Antwort darauf, aber das war mir die Anstrengung nicht wert.

„Dir gerne zuhören? Du gehst mir schon den ganzen Abend mit deinem Geschnatter auf die Nerven!"

Sie sah mich mit großen Augen an und wich einige Schritte zurück. In diesem Moment wusste ich, mein Plan war zunichte. Ich hatte die falsche Frau auserkoren. Ihr dämliches Geplapper hatte mir den ganzen Abend ruiniert.

„Wie redest du mit mir?" Ihre Stimme klang brüchig. „Ich dachte, du verbringst gerne Zeit mit mir. Ich dachte ..."

Was? Das ich ihr neuer Liebhaber werde? Wie hohl war sie eigentlich?

„Ich glaube, es ist besser, wenn ich jetzt gehe." Sie wandte sich um.

Ich erwiderte nichts.

Dann blieb sie erneut stehen und drehte sich zu mir. „Du bist doch genauso ein Scheißkerl wie alle anderen auch."

In diesem Augenblick brannten bei mir die Sicherungen durch. Ich weiß nicht, ob es die abfällige Art war, mit der sie mit mir sprach oder ihr Vergleich mit irgendwelchen notgeilen Männern, aber in mir explodierte eine Bombe. Ich stürmte auf sie zu und riss sie herum. Ehe sie wusste, wie ihr geschah, packte ich sie an den Haaren und donnerte ihren Kopf gegen das nebenstehende Auto. Hanna schlug mit voller Wucht auf dem Asphalt auf und blieb regungslos liegen. In meinen Adern kochte noch immer das Blut über den Verlust des wunderschönen Abends, den sie mir ruiniert hatte. Ich beugte mich über sie. „Das hast du jetzt davon, du Miststück!"

Ich trat einen Schritt zurück und sah zwei Passanten, die mich entsetzt anstarrten. In diesem Augenblick wurde mir bewusst, dass ich einen verheerenden Fehler begangen hatte.

-22-

Ein Geräusch riss Julia aus dem Schlaf. Mit verkniffenen Augen erhob sie sich und lief in das abgedunkelte Zimmer ihrer Mutter, um die Ursache des Geräusches ausfindig zu machen. Ihre Füße berührten etwas Nasses. Im Halbdunkel erkannte sie eine Flüssigkeit, die sich auf dem Boden ausgebreitet hatte. Ihre Mutter hatte die Flasche umgestoßen. Sie hob sie auf und stellte sie wieder ans Bett.

Irgendetwas war anders als sonst. Die Augen ihrer Mutter waren geöffnet und fixierten einen imaginären Punkt hinter ihr, ihre Atmung kam ihr leiser und langsamer vor als sonst.

„Mama, alles okay?", flüsterte Julia. Die Antwort bestand nur aus einem röchelnden Geräusch. Ihre Lippen bewegten sich, aber ohne, dass ein Ton ihren Mund verließ. Ihr Zustand hatte sich die letzten Wochen verschlechtert. Auch wenn Julia eine Pflegekraft eingestellt hatte, die sich tagsüber um ihre Mutter kümmerte und sie betreute, wusste sie nicht, wie lange sie die Pflege neben dem Studium noch bewerkstelligen konnte.

Anfangs war das noch möglich gewesen. Ihre Mutter war taff und legte großen Wert auf ihre Selbstständigkeit, egal wie sehr sie sich für einzelne Tätigkeiten bemühen musste. Julia bewunderte sie dafür. Als sich jedoch zeigte, dass ihre Mutter nicht mehr alleine duschen konnte und Unterstützung bei der Nahrungsaufnahme benötigte, stellte sie jemanden ein. Der Gedanke, ihre Mutter in ein Heim zu bringen, erschien ihr unvorstellbar. Die letzten Tage hatte sie nicht mehr das Bett verlassen. Mittlerweile trug sie Windeln, die sie jeweils abends und morgens wechselte, tagsüber übernahm die Pflegekraft diese Aufgabe. Julias Erschöpfung nahm von Tag zu Tag zu. Sie hatte schon ein paar Mal überlegt, ihr Studium abzubrechen, um ganz für ihre Mutter da zu sein. Doch sie wusste, dass diese niemals gewollt hätte, dass sie ihren Traum aufgab.

Julia setzte sich auf ihre Bettkante. „Mami, was ist los?" Sie antwortete nicht. Aus ihrem Mund drangen nur unverständliche Laute. Sie hielt ihr die geöffnete Wasserflasche mit dem Trinkhalm entgegen, doch das Wasser lief ihr wieder aus dem Mund heraus. Ihr Gesicht wirkte verzerrt.

„Hast du Schmerzen?"

Wieder sagte ihre Mutter nichts, den Blick geradeaus gerichtet.

Julia kämpfte mit den Tränen. „Mama, bitte sag doch was." Sie dachte an die starke Persönlichkeit, die sie einst gewesen war und keine Ähnlichkeit mehr mit der Frau vor ihr hatte. Es versetzte ihr einen Stich.

„Wer?"

Julia beugte sich zu ihr.

„Wer ..." Die Worte schienen ihr unendlich schwer zu fallen. „Wer sind Sie?"

„Ich bin es." Die Tränen liefen Julia über die Wangen. „Deine Tochter."

Julia schloss die Augen. Dass sie für die Frau, die sie geliebt und die sich ihr ganzes Leben um sie gekümmert hatte, nun eine Fremde war, brach ihr das Herz.

Wieder nahm das Gesicht ihrer Mutter einen eigenartigen, schmerzverzerrten Ausdruck an.

„Mama?" Eine plötzliche Stille erfüllte den Raum. Die Atemgeräusche hatten ausgesetzt. Ihre Augen starrten ins Leere.

„Mama?" Julia schüttelte sie sachte. Angst stieg in ihr auf. „Lass mich nicht alleine!" Sie rief lauter: „Bleib, bitte!"

Ihr eigener Schrei weckte sie. Sie war schweißgebadet, die Decke durchnässt, ihr Herz pochte. Die Erinnerung an jene Nacht war heute präsenter als jemals zuvor. Es war der Todestag ihrer Mutter.

Julia erhob sich schwerfällig. Jeder Muskel in ihrem Körper schmerzte. Noch hatte sie keine Ahnung, wie sie den Tag durchstehen sollte, aber ihr blieb keine Wahl. Sie würde sich nicht in ihrer ersten Woche krankmelden.

Ihr Vorgesetzter hatte Patrick Sennberg von der Liste der Verdächtigen gestrichen. Die Auswertung der Fahrpläne hatte gezeigt, dass Sennberg mit den öffentlichen Verkehrsmitteln mindestens eine Stunde vom Tatort bis zu seiner Arbeitsstelle brauchte. Das schloss den Mord an Irina Heff nicht aus, machte es aber unwahrscheinlich. Julia hatte sich bei dem Unternehmen, in dem er arbeitete, erkundigt und herausgefunden, dass seine zeitlichen Angaben mit denen des Arbeitgebers übereinstimmten. Auch gab es keinen belegbaren Nachweis, dass Sennberg nach dem Date nochmals mit Irina Heff Kontakt hatte.

Daher beauftragte Keller Li damit, seinen Besuch bei Timo Ziller, der sich hinter *Your-imagination* verbarg, nachzuholen. Julia schickte er zu *Ghostrider88* nach Hedelfingen und verzichtete diesmal darauf mitzukommen, wofür sie sehr dankbar war. Eine vorherige Ankündigung hatte sie sich gespart, um den Täter, falls es sich bei ihm um diesen handelte, nicht vorzuwarnen.

Kurze Zeit später hatte sie das gelbfarbene Mehrfamilienhaus, in dem *Ghostrider88* wohnte, gefunden. Es war zentral gelegen und befand sich an der stark befahrenen Hedelfinger Straße, nur wenige Gehminuten von der gleichnamigen Haltestelle entfernt. Julia stieg aus und beobachtete die U-Bahn, die die Hauptstraße entlangfuhr. Sie fragte sich, wie die Anwohner den täglichen Verkehrslärm aushielten. Sie ging einmal um das Haus herum und suchte die Klingelschilder ab. Das Wetter war die letzten Tage freundlicher und milder geworden. Der Wind hatte nachgelassen und die Sonne zeigte sich. Trotzdem konnte es ihre gedämpfte Stimmung nicht verbessern.

Sie drückte die Klingel. Ein muffiger Geruch schlug ihr im Treppenhaus entgegen. Sie wusste nicht genau, in welcher Etage er wohnte, daher stieg sie die Treppen hinauf und suchte nach einer offenen Tür. Selten hatte sie ein solches Chaos im Treppenhaus gesehen. Neben Schuhen lagen allerhand Kleidungsstücke und teilweise sogar Müllsäcke neben der Tür. Offensichtlich legte hier keiner der Mieter Wert auf Sauberkeit.

Die einzige Ausnahme bildete die oberste Etage, in der sie ein junger Mann mit großer, schmächtiger Figur, einer hohen Stirn und dunkelblonden, raspelkurzen

Haaren erwartete. Er beäugte sie misstrauisch. „Ja, bitte?“

Sie holte ihren Ausweis hervor. „Guten Tag, mein Name ist Julia Beck, Kripo Stuttgart. Sind Sie Jens Wagner?“

Er nickte.

„Wir ermitteln in einem Mordfall. Darf ich kurz reinkommen?“

Sie folgte Wagner den engen, dunklen Flur entlang, an dessen Wandseiten Dutzende von Fotos hingen, die eine junge Frau zeigten. Julia betrat das Wohnzimmer, das deutlich heller und freundlicher wirkte. Er wies mit der Hand auf das etwas abgenutzte, dunkelblaue Ecksofa, das hinter einem rechteckigen Holztisch stand. Sie nahm Platz und ließ ihren Blick schweifen.

Nichts an der Wohnung kam ihr ungewöhnlich vor – ein großer Flachbildfernseher thronte auf einer niedrigen Kommode, ein Esstisch mit zwei Stühlen stand in der Ecke, daneben befanden sich ein halb leeres Bücherregal und ein hoher Schrank.

„Was kann ich für Sie tun?“ Wagner nahm schräg gegenüber auf dem Einsitzer Platz und beobachtete sie.

„Es geht um Irina Heff. Sie erinnern sich?“

Er legte seine Stirn in Falten und überlegte. Offenbar hatte er mit einem anderen Anliegen gerechnet. „Irina Heff?“ Er kratzte sich an der Stirn. „Glaub, wir hatten mal ein Date. Wieso?“

„Sie wurde Opfer eines Gewaltverbrechens.“ Sie beobachtete ihn genau.

„Das ist furchtbar.“ Er senkte den Blick. Seine Bestürzung klang aufrichtig. „Aber was hat das mit mir zu tun?“

„Vermutlich gar nichts." Sie lächelte. „Wir sind noch dabei, ihre Kontakte zu überprüfen."

„Wir hatten keinen Kontakt, nur dieses eine Date und das ist schon sieben oder acht Monate her."

„Wie verhielt sich Frau Heff während des Dates?"

Er zuckte mit den Schultern. „Bisschen schüchtern, zurückhaltend." Wagner blickte sie abwartend an.

Die Schilderungen von Sennberg und ihm ähnelten sich.

„Wollten Sie sie wiedersehen?"

„Eigentlich nicht." Er seufzte. „Ich habe kurze Zeit später meine jetzige Freundin kennengelernt."

Ein Gefühl sagte ihr, dass er etwas verschwieg.

„Könnte ich mal einen Blick auf Ihr Mobiltelefon werfen?"

„Glauben Sie mir etwa nicht?" Seine Stimmung kippte mit einem Mal. Seine Tonlage klang feindselig.

„Doch, ich möchte nur sichergehen."

„Tut mir leid. Der Akku ist leer."

Eine glatte Lüge. Dennoch hätte sie zu gerne einen Blick auf sein Mobiltelefon geworfen. Sie wurde das Gefühl nicht los, dass irgendwas an ihm faul war. Weder bei ihrem Telefonat noch vorhin war er in irgendeiner Weise überrascht, dass er Besuch von der Kripo bekam. Aber nicht wegen Irina Heff, aus einem anderen Grund und dem würde sie nachgehen, sobald sie wieder auf dem Präsidium war.

„Wo waren Sie in den frühen Morgenstunden des 27. Januars zwischen 2:00 und 6:00 Uhr morgens?"

Er zuckte abermals mit den Schultern. „Vermutlich noch im Bett."

„Kann das jemand bezeugen?"

„Nein, momentan wohne ich noch alleine.“

„Klingt, als würde sich das demnächst ändern?“ Sie sah ihn mit hochgezogenen Augenbrauen an.

„Vielleicht, aber das wird sich in den nächsten Wochen zeigen.“

„In Ordnung.“ Julia erhob sich und Wagner stand ebenfalls auf. Sie wandte sich zum Gehen, als ihr ein Foto auf der Kommode auffiel, das Wagner Arm in Arm mit einer glücklich wirkenden jungen Frau zeigte. Die gleichen Bilder waren ihr auch schon im Flur aufgefallen. „Ist das Ihre Freundin?“ Sie deutete darauf.

Er nickte lächelnd. „Luisa. Wir werden bald heiraten und zusammenziehen.“

Das ging schnell. Nur ein halbes Jahr nach Irina Heff hatte er schon Heiratspläne mit einer anderen Frau. Julia ließ ihren Blick zu den anderen Fotos schweifen. Sie hatte damit gerechnet, auch Fotos von Wagners Familie zu finden, doch sie zeigten alle die gleiche junge Frau. Manchmal mit ihm, manchmal ohne ihn. Er schien regelrecht fasziniert von ihr zu sein.

„Luisa und weiter?“

Auf seiner Stirn bildeten sich Falten. „Warum möchten Sie das wissen?“

„Reine Routine.“

Er blickte sie einen Moment abschätzig an. „Rehm.“

Julia speicherte den Namen gedanklich ab. Vielleicht war es sinnvoll, besagte Frau Rehm ebenfalls zu befragen. „Haben Sie sie auch über die Dating-App kennengelernt?“

„Ja.“ Ein eigenartiges Grinsen machte sich auf seinem Gesicht breit. „Sie ist die Liebe meines Lebens.“

Zwei Stunden später saß Julia zusammen mit Keller und Li im Besprechungsraum. Sie hatte die verbleibende Zeit genutzt, um etwas mehr über Wagner in Erfahrung zu bringen, und einen Treffer gelandet.

„Okay, was haben Sie?" Keller rührte in seiner Kaffeetasse.

„Einem Gefühl folgend habe ich diesen Jens Wagner nochmal genauer unter die Lupe genommen und etwas gefunden. Er hat vor etwa einem Jahr eine Anzeige wegen Belästigung und Hausfriedensbruch bekommen."

Keller sah auf.

„Es ging um seine damalige Freundin, eine Frau namens Katharina Proschet, die ihn angezeigt hat. Er konnte wohl nicht akzeptieren, dass sie die Beziehung beenden wollte und weigerte sich, ihre Wohnung zu verlassen. Als die Beamten kamen, führten sie Wagner schließlich ab. Wir haben es nicht sofort entdeckt, weil Frau Proschet die Anzeige später aus unerfindlichen Gründen zurückgezogen hat."

„Seltsam." Li blickte zu Keller. „Der Kerl ist also kein ganz unbescholtenes Blatt."

„Allerdings nicht." Julia schüttelte den Kopf.

„Ich sehe keinen Zusammenhang zu unserem Mordfall. Hat das irgendwas mit Frau Heff zu tun?" Keller blickte sie stirnrunzelnd an.

„Nein." Julia seufzte. „Aber wenn er sich Frauen gegenüber immer so aufdringlich verhält, dann vielleicht auch gegenüber Irina Heff bei ihrem Date. Vielleicht wollte er mehr, Heff hat ihn abgewiesen und er begann sie zu stalken."

„Hm." Keller wirkte nicht überzeugt. „Was haben wir sonst noch?" Er ließ seinen Blick zu Li wandern.

„Ich habe mit Timo Ziller gesprochen. Er wohnt in Bad Cannstatt und arbeitet als ITler.“ Li räusperte sich. „Er hat behauptet, von nichts zu wissen. Zwar war er mal bei dieser Dating-App angemeldet, habe es jedoch sinnlos gefunden und sie wieder gelöscht. Den Namen Irina Heff habe er angeblich noch nie gehört und von der Kommunikation will er auch nichts wissen.“

„Das Mobiltelefon?“ Keller hob die Augenbrauen.

„Ausgeschaltet. Als ich ihm gesagt habe, dass wir den Besitzer des Telefons problemlos ermitteln können, hat er behauptet, sein Mobiltelefon sei ihm geklaut worden und jemand habe seine Identität benutzt.“

Keller gab ein Schnauben von sich. „Lassen Sie mich raten, der Diebstahl seines Telefons wurde nicht angezeigt?“

„Nein.“ Li schüttelte den Kopf. „Wenn Sie mich fragen, hat nicht ein Satz von dem Typen gestimmt.“

„Wann hat denn der vermeintliche Diebstahl stattgefunden?“, fragte Julia.

„Vor einem Jahr.“

„Wie praktisch.“ Keller hob die Stimme. „Hat er ein Alibi?“

„Er behauptet, bei einer Freundin gewesen zu sein.“

„Prüfen Sie das. Falls das Alibi platzt, bestellen Sie ihn direkt zur Vernehmung her.“

Li nickte.

Julia glaubte auch nicht, dass jemand Zillers Mobiltelefon entwendet hatte. Wozu? Um unter falscher Identität jemanden umbringen zu können und dann den Verdacht auf Ziller zu lenken? Es schien weit hergeholt. Vielleicht waren die Gründe auch viel banaler.

„Frau Beck, Sie befragen mal diese Katharina Proschet. Ich möchte wissen, was genau da vorgefallen ist."

Julia legte die Stirn in Falten. „Wäre es nicht sinnvoller, erst mal Luisa Rehm zu befragen? Sie kann uns bestimmt mehr über ihren Freund verraten."

„Wenn sie in der gleichen rosaroten Wolke hängt wie ihr Freund, kann sie uns gar nichts sagen. Sie befragen Katharina Proschet und berichten mir dann." Damit erhob sich Keller und verließ den Besprechungsraum.

Julia bezweifelte, dass sie das weiterbrachte, kannte ihren Vorgesetzten aber inzwischen gut genug, um zu wissen, dass Widerworte keinen Sinn machten.

Julia sah auf die Uhr: 16:05 Uhr. Sie wollte noch Blumen für das Grab ihrer Mutter kaufen, ehe sie diese besuchte. Wenn sie vorher noch mit Katharina Proschet sprach, war es dunkel, bis sie dort ankam. Das Wochenende stand zwar vor der Tür, aber sie wusste, dass es in der laufenden Mordermittlung keine Zeit für Erholung geben würde.

Mit schweren Schritten ging sie in Kellers Büro und klopfte. Seine Reaktion konnte sie sich bereits vorstellen.

„Frau Beck?" Keller hatte nur ganz kurz aufgesehen und sich dann wieder seinen Unterlagen zugewandt.

Sie nahm einen tiefen Atemzug. „Wäre es möglich, dass ich heute ein wenig früher Feierabend mache?"

„Warum, haben Sie was Besseres vor?" Er hielt den Blick auf seine Unterlagen gerichtet.

„Heute ist der Todestag meiner Mutter und ich möchte ihr Grab besuchen, solange es noch hell ist."

Keller sah auf. Sie wappnete sich innerlich bereits gegen die nächste Ohrfeige.

„Wann ist ihre Mutter gestorben?“

Mit dieser Frage hatte sie am wenigsten gerechnet. „Vor zwei Jahren.“

Keller sah sie einen Augenblick an, dann nickte er. „Gehen Sie.“ Weder klang seine Stimme vorwurfsvoll, noch hatte sie den üblich genervten Ton.

„Danke.“ Sie verließ das Büro, atmete tief aus und machte sich auf den Weg zum Friedhof. Ganz offensichtlich hatte Keller noch eine andere Seite, die sie bisher nicht kennengelernt hatte.

-23-

Mein unbedachtes Handeln zog böse Konsequenzen nach sich. Da Hanna überlebte, dauerte es nicht lange, bis die Polizei bei uns vor der Tür stand und mich festnahm. Mein Vater zeigte sich schockiert.

Bei der Gerichtsverhandlung sah ich Hanna das erste Mal nach jenem Abend wieder. Sie trug eine dicke Bandage um den Kopf und würdigte mich keines Blickes. Mein Anwalt hatte mir geraten, mich vor Gericht möglichst reumütig zu zeigen und meinen Fehler einzugestehen. Dabei war mein einziger Fehler gewesen, Hanna am Leben gelassen zu haben.

Trotzdem tat ich, als plagten mich furchtbare Gewissensbisse. Den Anwalt, den mir mein Vater auf die Schnelle besorgt hatte, gab sich Mühe. Wir hatten uns eine Strategie zurechtgelegt, bei der es mit Hanna zuvor einen großen Streit gegeben hatte, der Stoß gegen das Auto im Affekt geschah und nicht beabsichtigt war.

Dann kam Hanna. Sie sprach mit leiser, aber klarer Stimme. Sie widersprach meiner Darstellung und erzählte der Richterin, ich habe sie hinterrücks angegriffen und dabei sogar ihren Tod billigend in Kauf genommen. Sie sei froh, nur mit einer Kopfverletzung davongekommen zu sein, denn wer weiß, was ich noch mit ihr angestellt hätte, wenn ich die Gelegenheit dazu gehabt hätte.

Ja, wenn sie wüsste, was ich mit ihr vorgehabt hatte. Natürlich erwähnte ich das nicht. Weder die Gartenlaube noch sonst etwas, stattdessen blieb ich bei meiner Version.

Das Gericht schenkte mir keinen Glauben. Das Ehepaar, das plötzlich neben dem Auto aufgetaucht war, bestätigte Hannas Version, dass ich sie angegriffen und mit voller Absicht gegen das Auto gestoßen hatte. Ich kochte innerlich vor Wut. Hätte ich meinen Plan doch nur zu Ende ausgeführt.

Schließlich wurde ich wegen gefährlicher Körperverletzung zu drei Jahren Haft nach Jugendstrafrecht verurteilt. Es war ein schwerer Schlag für mich. Drei Jahre, in denen ich nichts tun konnte. Drei Jahre, in denen meine Pläne auf Eis lagen. Ich wusste, wenn man mich eines Tages aus der Haft entließ, würde Hanna für das, was sie mir angetan hatte, bezahlen.

Doch es kam anders.

Während meiner Gefängnisstrafe hatte ich viel Zeit zum Nachdenken. Und umso mehr ich einen neuen Plan ausarbeitete, desto mehr kam ich zu dem Schluss, die Geschichte mit Hanna zu begraben. Ich erkannte, dass sie ein Fehler war, der mich schon genug Zeit gekostet hatte. Wenn ich sie nach meiner Entlassung aus dem Weg räumte, würde es nicht lange dauern, bis ich wieder einsaß. Das wollte ich auf keinen Fall riskieren. So beschloss ich, mich einem anderen Ziel zu widmen.

Ich war neunzehn, als ich wegen guter Führung nach zweieinhalb Jahren entlassen wurde. Meine Volljährigkeit hatte ich im Gefängnis gefeiert. Es gab einen nach Erbrochenen schmeckenden Kuchen und ein paar Pornohefte von einem Mitinsassen. Ansonsten glich jeder

Tag dem anderen. Meine Eltern besuchten mich in der Zeit kein einziges Mal. Nicht, dass ich sie vermisst hätte, aber sie hätten wenigstens einmal so tun können, als sei ihnen ihr Sohn wichtig. Wie ich später erfuhr, lag meine Mutter zu jener Zeit im Sterben. Der massive Alkoholkonsum hatte zu Leber- und Nierenversagen geführt, an dem sie kurz nach meinem achtzehnten Geburtstag gestorben war.

Ich traf meinen Vater nur ein einziges Mal kurz nach meiner Entlassung. Er öffnete die Tür. Der Gestank nach Alkohol kroch mir in die Nase. Er torkelte und sein fetter Bauch wabbelte unter seinem Unterhemd hervor. Seine Begeisterung, mich zu sehen, hielt sich in Grenzen. „Was willst du?" Er betrachtete mich wie eine Kakerlake auf dem Fußboden. Ehe ich antworten konnte, tauchte eine Frau, die wie eine Prostituierte gekleidet war und offensichtlich seine Neue war, hinter ihm auf.

„Lass ihn doch kurz hereinkommen. Immerhin ist er dein Sohn." Wobei sie Sohn wie ein Schimpfwort aussprach. Ihre hohe Stimme ging mir schon nach einem Satz auf die Nerven.

Ich betrat die Wohnung, die sich komplett verändert hatte. Mein altes Kinderzimmer wich jetzt den Bedürfnissen eines Fünfjährigen und war vollgestellt mit Spielzeug und sonstigem Kram.

„Wo sind meine Sachen?" Ich sah mich nach allen Seiten um.

„Weggeschmissen, ein paar sind noch im Keller." Mein Vater stand hinter mir. Seinem gereizten Ton nach, wollte er mich schnellstmöglich loswerden.

Kurz darauf saßen wir in der schmuddeligen, kleinen Küche und unterhielten uns, wobei eigentlich nur seine Neue redete. „Weißt du, wir haben hier kaum Platz und wir wussten ja auch nicht, ob du wiederkommst, verstehst du?"

Offenbar hielt sie mich für bescheuert. *Und warum sollte ich nicht wiederkommen?*

„Deswegen wäre es vielleicht gut, wenn du dir etwas Eigenes suchst, oder?" Sie lachte verlegen.

Dachte sie etwa, ich veranstaltete eine Riesenszene, bräche in Tränen aus und bettelte darum, wieder in dieser stinkenden Absteige wohnen zu dürfen? Zusammen mit ihr und ihrem Bastard? Allein der Gestank ihres billigen Parfüms gemischt mit dem Geruch von Alkohol und Schweißfüßen war unerträglich. Am liebsten hätte ich sie und ihren Balg erledigt.

Mein Vater gab während der gesamten Konversation keine Silbe von sich und starrte stattdessen finster vor sich hin. Er musste auch nichts sagen. Es war offensichtlich.

Er hatte mich, sein einziges Kind, abgeschrieben. Gerne würde ich sagen, dass mich das kalt ließ und nicht kümmerte. Doch konnte ich die Enge in meiner Brust nur schwer ertragen, als ich die Haustür hinter mir zuzog, wohl wissend, dass ich meinen Vater nie wiedersehen würde.

Keller verließ die Bundesstraße und fuhr über die Neckarbrücke in das Stadtzentrum von Esslingen. Da die Zufahrt durch die Ritterstraße, die er früher immer genommen hatte, mittlerweile in eine Fußgängerzone umgewandelt worden war und durch Poller versperrt wurde, umrundete er die Innenstadt und bog schließlich in den Ottilienplatz ein. Seine Wohnung befand sich *Im Heppächer*, inmitten der historischen Altstadt.

Er parkte seinen Wagen auf dem Anliegerparkplatz des Nachbarn und stieg aus. Seit sein Nachbar herausgefunden hatte, dass er bei der Polizei arbeitete, sparte dieser sich die Drohung, seine Kollegen zu holen und parkte ihn stattdessen demonstrativ zu. Da dieser aber oft vor ihm losmusste, war das Keller egal.

Er ließ seinen Blick schweifen. Inzwischen war es dunkel geworden und Nieselregen hatte eingesetzt. Außer einem Pärchen, das es sich trotz ungemütlichen Wetters am Zwiebelbrunnen gemütlich gemacht hatte, konnte er niemanden entdecken. Das Pärchen weckte eine Erinnerung, die lange zurücklag. An das erste Mal, als er mit seiner Frau Nina hier gewesen war und sie ihm die Geschichte des Brunnens mit einer Zwiebel darauf erzählt hatte. Eine total dämliche Legende, die er sich aus unerfindlichen Gründen gemerkt hatte.

Einst habe der Teufel Esslingen heimgesucht und eine mutige Marktfrau habe ihm statt des verlangten Apfels eine Zwiebel gegeben. Der Teufel habe sie ausgespuckt und die Marktfrau beschimpft, dass fortan alle Bewohner den Namen ‚Zwiebel‘ tragen würden. So entstand die Esslinger Zwiebel.

Keller betrat den mehrstöckigen Fachwerkbau, in dem er wohnte. Nina hatte sich damals vom ersten Augenblick an in die Wohnung und die Altstadt verliebt. Ihr gefiel das rustikale Haus inmitten der eng verwinkelten Gassen, die, wie sie es genannt hatte, den Betrachter in eine andere Epoche zurückversetzte. *Wie eine magische Zeitreise.* Keller hatte dafür andere Bezeichnungen.

Er schloss die Tür auf und betrat das geräumige Wohnzimmer. Die Dielen knarzten bei jedem Schritt so laut, dass ein Einbrecher keine Chance hätte, die Wohnung unbemerkt zu betreten. Außerdem war das Haus sehr hellhörig, sodass man jeden Pieps von den Nachbarn verstehen konnte, einschließlich der Geräusche, die man definitiv nicht hören wollte. „Hier will ich mit dir alt werden. Bitte nimm sie“, hatte Nina geflüstert. Er war so blind in sie verliebt gewesen, dass er ihren Wunsch, die Wohnung zu kaufen, nicht hatte abschlagen können. Zumal es das einzige Bezahlbare in der Gegend gewesen war. Auf seinen Einwand hin, dass die Wohnung noch nicht einmal einen Balkon zum Rauchen besaß, hatte sie nur gelächelt und es einen weiteren Grund genannt, damit aufzuhören. Er akzeptierte es. Zwei Jahre hatte die große Liebe gehalten, dann hatte sie die Scheidung eingereicht und war weggezogen. Nur er blieb in der verhassten Eigentumswohnung zurück.

Keller ließ sich auf die rote Couch fallen und schloss die Augen. Was für ein Tag. Seine Gedanken wanderten zu ihrem aktuellen Fall. Timo Ziller war ihr Hauptverdächtiger geworden, nachdem sein Kollege das Alibi geprüft hatte und eine verunsicherte junge Frau zunächst angab, Timo hätte bei ihr übernachtet. Allerdings hatte sie dabei derart gestottert und sich in Widersprüche verstrickt, dass sie offensichtlich log. Als Wing-Wing ihr schließlich mit juristischen Konsequenzen drohte, rückte sie mit der Wahrheit heraus. Ziller hatte ihr Geld zugesteckt, um sich ein falsches Alibi zu verschaffen. Sein Pech, dass er sich eine derart unzuverlässige Zeugin gesucht hatte. Und Kellers Glück. Ziller hatte Dreck am Stecken, soviel stand für ihn fest. Was allerdings noch fehlte, war ein näherer Bezug zu Irina Heff. Bisher hatten sie ausschließlich einen Hinweis darauf, dass Ziller sich vor einem halben Jahr mit ihr getroffen hatte, was er vehement abstritt. Aber die Sache mit dem gestohlenen Mobiltelefon erschien Keller genauso unglaubwürdig wie der gesamte Rest der Geschichte. Es war zwar möglich, dass ein Fremder seine Adresse in der Dating-App angegeben hatte, aber wozu? Um eine junge Frau zu finden, sie zu stalken und dann zu ermorden?

Es schien unglaubwürdig. Er hatte einen anderen Verdacht. Nämlich den naheliegendsten, dass Timo Ziller der gesuchte Täter war. Ein gefälschtes Alibi, ein Bezug zum Opfer. Es war ein Anfang, aber noch ziemlich dünn. Sie brauchten unbedingt die Auswertung des Chatverlaufs zwischen Timo Ziller und Irina Heff. Dann konnten sie zweifelsfrei feststellen, wann der letzte Kontakt zwischen den beiden stattgefunden hatte. Die Daten hatten sie bereits angefordert, aber bis WhatsApp sie herausrückte, konnte es dauern.

Keller erhob sich schwerfällig und ging in die Küche, die sich seitlich neben dem Eingangsbereich befand. Sie war geräumig und bot genug Platz sowohl zum Kochen als auch um den kleinen Esstisch unterzubringen, an dem er abends aß. Gefrühstückt hatte er noch nie groß. Er ging zu dem modernen Designerkühlschrank und holte ein Bier heraus. Nina hatte bei ihrer Kücheneinrichtung auf rustikale, antik anmutende Möbel bestanden, die zum Flair der Wohnung passten. Keller hatte zugestimmt, obwohl er sie scheußlich fand. Als seine Frau dann die Scheidung eingereicht hatte, warf er sämtliche alten Gammelmöbel weg und ersetzte sie durch moderne.

Keller schaltete den Flachbildfernseher ein und ließ sich mit einer Talkshow berieseln. Das Bier war ganz nach seinem Geschmack – herb und eiskalt. Er bekam nicht wirklich mit, was in der Promirunde im Fernsehen erzählt wurde. Seine Gedanken wanderten immer wieder zu seiner neuen Kollegin. Irgendwie erinnerte sie ihn an Nina. War es ihr Aussehen? Ihre schlagfertige Art? Er konnte es nicht genau sagen, aber etwas an ihr erinnerte ihn an die Frau, die ihn einfach hatte sitzen lassen. Er nahm einen weiteren, kräftigen Schluck.

Als seine Kollegin wenige Stunden zuvor in seinem Büro gestanden hatte, war er davon ausgegangen, dass er ihr gleich klarmachen musste, dass es während einer laufenden Mordermittlung kein freies Wochenende gab. Ihr tatsächliches Anliegen hatte ihn umso mehr überrascht. Als er ihr in die traurigen Augen gesehen hatte, verspürte er plötzlich jenen dumpfen Schmerz, den er die letzten Monate so oft mit Alkohol und Zigaretten zu betäuben versucht hatte. Der Tod ihrer Mutter musste sie sehr mitgenommen haben. Ähnlich wie der Tod seines Kollegen ihn hart getroffen hatte. Die Gemeinsamkeit machte sie irgendwie sympathisch.

Er stand auf und ging zu der Anrichte, die oberhalb des Fernsehers angebracht war. Ein Bild von Ralf Mattheus, das vor acht oder neun Monaten entstanden war, blickte ihm entgegen. Sie waren auf der Geburtstagsfeier von einem Kollegen eingeladen gewesen, auf der es nach Ralfs Meinung jede Menge heißer Bräute geben sollte. Tatsächlich war die Anzahl unverheirateter Frauen gering. Es kamen hauptsächlich Polizisten und deren Ehefrauen, aber sie hatten dennoch mächtig Spaß gehabt.

Mattheus grinste auf dem Bild schief, wie das bei ihm auf Fotos eigentlich immer der Fall war, und strahlte in bester Laune in die Kamera. Das Foto hatte Keller geschossen und ihm am nächsten Tag direkt unter die Nase gehalten. Sein Kollege hatte gelacht und gemeint, das Foto sei grässlich, weshalb Keller es einrahmen ließ und mittig auf dessen Schreibtisch positionierte. Nach Mattheus Tod wanderte es in seine Wohnung. Neun Monate. Er schloss die Augen. Und jetzt stand Mattheus Geburtstag unmittelbar bevor. Der erste ohne ihn.

Er kippte das Bier in einem Zug herunter. Sie waren mehr als nur ein gutes Team gewesen. Sie waren eine Einheit gewesen. Und jetzt war er tot. Abgeknallt von einem räudigen Bankräuber, der immer noch auf freiem Fuß war. Er hatte sich geschworen, auf den Kerl Jagd zu machen und nicht zu ruhen, bis er ihn gefunden hatte. Beziehungsweise bis ihm Preiß den Fall entzogen hatte. Weil er nicht objektiv genug sei, weil er befangen wäre. Andere Kollegen würden sich darum kümmern. Keller hatte das nicht davon abgehalten, seine eigenen Recherchen durchzuführen. Bislang ohne brauchbare Hinweise. Er ging davon aus, dass der Kerl sich ins Ausland abgesetzt hatte und dort ein schönes Leben verbrachte. Aber er würde ihn kriegen. Eines Tages würde er ihn fassen und ihn für seine Verbrechen zur Rechenschaft ziehen. Er hatte sich oft ausgemalt, was er mit dem Kerl anstellen würde. Von Auspeitschen bis Todprügeln war alles dabei. Ob er das durchziehen würde, wusste er nicht. Doch der Wunsch nach Vergeltung fraß ihn auf. Jeden Tag ein Stückchen mehr.

Er machte sich wieder auf den Weg in die Küche. Diesmal holte er jedoch kein Bier aus dem Kühlschrank, sondern die Schnapsflasche. Ihm stand ein langer Abend bevor. Doch zuerst musste er eine rauchen. Er öffnete das alte Kippfenster und nahm eine Zigarette aus der Schachtel. Das tiefe Inhalieren tat ihm gut. Der Schmerz bahnte sich bereits wieder einen Weg an die Oberfläche, daher goss er sich parallel das erste Schnapsglas ein. „Auf dich!" Er prostete dem Bild zu. „Und darauf dass ich das Schwein kriegen werde!"

-25-

Luisa fühlte sich beobachtet. Sie wusste nicht, ob es Einbildung war oder ob Jens sie verfolgte. Allein der Gedanke daran war beunruhigend. Aber warum sollte er das tun? Seit sie ihm gestern Mittag klar zu verstehen gegeben hatte, dass ihre Beziehung vorbei war, hatte sie nichts mehr von ihm gehört. Allerdings gab es auch gar nicht die Möglichkeit, sie zu kontaktieren, da sie seine Nummer weiterhin blockiert hatte und er so auch nicht mehr anrufen oder ihr schreiben konnte. Bei seinem gestrigen Auftritt mit Rosenstrauß in der Hand und todunglücklicher Miene hatte er ihr leidgetan. Für einen kurzen Moment hatte sie überlegt, ihm noch eine Chance zu geben, aber dann dachte sie an den Zweitschlüssel und entschied sich dagegen. Trotzdem fand sie es gut, dass er sich einsichtig zeigte. Für einen kurzen Moment hatte sie gehofft, dass sie wieder ihre Ruhe hatte, aber dem schien nicht so.

Am liebsten hätte Luisa ihren freien Tag im Bett verbracht. Sich ein bisschen mit Lily beschäftigt, da sie diese in den letzten Tagen vernachlässigt hatte, sich etwas Schönes gekocht und den Rest des Tages mit Netflix verbracht. Das hätte ihr geholfen, ein wenig herunterzufahren. Ein Blick in den Kühlschrank verriet ihr, dass daraus nichts wurde.

Mit mehreren Einkaufstaschen bewaffnet, stieg Luisa in ihren blauen Mini Cooper und bog von der Metzstraße, in der sie wohnte, auf die Schwarenbergstraße. Sie ließ das Karl-Olga-Krankenhaus hinter sich und bog in die Ostendstraße ein. Nur wenigen Minuten später hatte sie den um diese Uhrzeit noch schwach frequentierten Ostendplatz erreicht und fuhr in die Tiefgarage des Supermarktes, da sie keine Lust auf eine langwierige Parkplatzsuche hatte.

Kurz darauf stand sie an einer überfüllten Kasse und wartete ungeduldig darauf, dass sich die Schlange vorwärtsbewegte. Der Einkauf hatte sich länger gezogen als erwartet. Sie war zerstreut und hatte immer wieder zurückgehen müssen, weil sie etwas auf dem Einkaufszettel übersehen hatte. Oft blickte sie sich um, entdeckte aber niemanden. Wieso war sie so aufgekratzt? Litt sie unter Verfolgungswahn? Sie hatte schon öfters von Menschen gehört, denen es so ging, aber sie hatte nie derartige Anzeichen gehabt.

Sie verstaute ihre Einkäufe und verließ mit zügigen Schritten den Supermarkt in Richtung Tiefgarage. Sie warf einen letzten Blick über ihre Schulter, aber nirgends stand jemand, der sie beobachtete. Sie drehte sich wieder um und stieß direkt mit Jens zusammen. Ein spitzer Schrei entfuhr ihr. Der Inhalt ihrer Taschen verteilte sich auf dem Boden. Der Mann, mit dem sie zusammengekracht war, starrte sie entgeistert an. Es war nicht Jens.

„Tut mir leid", stammelte sie. „Ich dachte ..." Was war nur los mit ihr? Sah sie schon Gespenster? Sie bückte sich und packte eilig die Lebensmittel wieder in die Tüte.

„Ich muss mich entschuldigen. Bin einfach in Sie hineingerannt.“ Die Stimme des Mannes klang tief und freundlich. Er kniete sich neben sie und half ihr, die restlichen Lebensmittel wieder zu verstauen.

„Danke schön.“ Ihr Puls normalisierte sich wieder.

„Soll ich Ihnen noch beim Tragen helfen?“

„Nein, das geht schon“, wehrte sie ab.

Er betrachtete sie einen Moment länger als nötig, was ihr unangenehm war. „Luisa Rehm?“

Sie blickte überrascht auf. „Kennen wir uns?“

Tatsächlich kamen ihr die dunklen Augen bekannt vor. Das markante Kinn und die hohe Stirn verliehen ihm ein attraktives Äußeres. Sie schätzte ihn auf Mitte dreißig. Allerdings konnte sie sich beim besten Willen nicht erinnern, wo sie ihm begegnet war.

„Adam Schenk.“ Er lächelte, was ihn noch sympathischer erscheinen ließ. „Wir waren früher Nachbarn. Du, ich hoffe, es ist okay, wenn wir uns duzen?“ Er wartete einen Augenblick und sie nickte. „Du hast damals mit deiner Familie in der Parksiedlung in Ostfildern gewohnt.“

Luisa blickte zur Seite. „Stimmt. Ich erinnere mich.“ Sie war noch ein Kind gewesen, als ihre Eltern von dort weggezogen waren, konnte sich aber noch an den Namen Schenk erinnern. „Wie geht’s denn so?“

„Gut. Und selbst?“

Beschissen, hätte sie am liebsten geantwortet. Aber sie würde bestimmt nicht einem Wildfremden ihr Herz ausschütten. „Ganz okay.“ Sie zwang sich zu einem Lächeln.

„Du hast vorhin ausgesehen, als hättest du einen Geist gesehen.“

„Keine Ahnung." Sie lächelte und blickte auf ihre Füße. „Schätze, ich war etwas durch den Wind."

„Kenn ich." Er bohrte nicht weiter nach, wofür sie sehr dankbar war.

„Na, also dann." Sie wandte sich wieder dem Parkhauseingang zu.

„Warte mal kurz."

Sie drehte sich zu ihm um.

Er starrte sie an und suchte nach Worten. „Hast du vielleicht Lust, einen Kaffee trinken zu gehen? Als Wiedergutmachung, dass ich deinen halben Einkauf auf dem Boden verteilt habe."

Luisa konnte sich das Grinsen nicht verkneifen. Dabei war sie es gewesen, die in ihn hineingerannt war. „Das ist echt nett, aber ich hab leider schon was anderes vor." Was nicht stimmte. Ihr einziges Vorhaben bestand aus einem Sofatag und Fernsehschauen. Ein Kaffee mit ihrem ehemaligen Nachbarn wäre bestimmt eine angenehmere Beschäftigung und brachte sie vielleicht auf andere Gedanken. Zumal er wirklich sehr sympathisch wirkte.

„Wie du magst. Dann wünsche ich dir noch einen schönen Tag."

Sie öffnete die Tür zum Parkhaus, hielt jedoch inne. „Falls ich es mir anders überlege ..."

Er fischte eine Visitenkarte aus seiner Jackentasche und hielt sie ihr entgegen.

Sie grinste. Die Karte wies ihn als freiberuflichen Architekten aus. „Wow, beeindruckend."

Sein Lächeln wurde breiter. „Schreib mir eine Nachricht oder ruf mich an. Wann immer es dir passt."

„Mach ich." Sie steckte die Karte in die Tasche.

„Hat mich gefreut, Luisa." Mit diesen Worten verschwand er.

Sie blieb noch einen Moment stehen, bis sie schließlich in die Tiefgarage lief. Es ging ihr besser. Die Begegnung mit Adam hatte ihr geholfen, für einen Moment abzuschalten. Er war wirklich sehr höflich und zuvorkommend. Ob sie ihn tatsächlich anrief, wusste sie nicht. Bestimmt nicht, ehe die Sache mit ihrem Ex vom Tisch war.

Sie war gerade dabei die Tüten im Kofferraum zu verstauen, als sie jemand brutal vom Auto wegstieß und gegen eine Säule drückte.

„Wer zum Teufel war das?", brüllte Jens, der völlig aus dem Nichts aufgetaucht war. Sein Gesicht war rot angelaufen, seine Augen hatten sich zu winzigen Schlitzen verengt. Der pure Hass schlug ihr entgegen. „Antworte! Wer war das?"

„Jens, lass mich los." Ihr schoss das Adrenalin ins Blut. Sie versuchte, sich Jens' eisernen Griff zu entwinden, aber er hielt sie fest und drückte sie dabei so stark gegen die Säule, dass sie kaum Luft bekam.

„Wie kannst du mir das antun?", schrie er noch lauter. „Ich liebe dich. Ich würde alles für dich tun und wie dankst du es mir? Du flirtest mit irgendwelchen wildfremden Männern aus dem Supermarkt."

Im ersten Moment war sie zu perplex, um zu verstehen, was er meinte. Aber er sprach natürlich von Adam. Ihr Gefühl hatte sie nicht getäuscht – er hatte sie die ganze Zeit beobachtet. „Ich hab nicht geflirtet", stammelte sie. Tränen schossen ihr in die Augen. „Das war nur ein ehemaliger Nachbar. Lass mich los. Ich krieg keine Luft."

„Lüg mich nicht an! Ich hab alles mitangesehen. Du willst doch nur mit dem Kerl in die Kiste steigen."

Jens war völlig außer sich. Wenn sie es bisher nicht kapiert hatte, dann jetzt. Er war krank. Krankhaft eifersüchtig. Und zwar auf jeden, der auch nur in ihre Nähe kam. Hilfesuchend blickte sie sich um. Tatsächlich hatte sie einen Sicherheitsmann vom Parkhaus gesehen, der jetzt auf sie zukam.

„Gibt es ein Problem?" Er stellte sich hinter Jens.

„Was?" Jens warf einen Blick über die Schulter. Es war ihm sichtlich unangenehm, gestört zu werden. „Nein, wir unterhalten uns nur."

„So sieht das für mich aber nicht aus. Lassen Sie die Frau los!", sagte der Wachmann mit drohender Stimme.

Tatsächlich lockerte Jens seinen Griff und trat einen Schritt zurück. „Wir sind noch nicht fertig." Er warf erst dem Sicherheitsmann, dann ihr einen hasserfüllten Blick zu, ehe er hinter den Autos verschwand.

Luisa rang nach Luft. Ihr Herz hämmerte gegen ihre Brust.

„Bei Ihnen alles in Ordnung?" Der Mann kam zu ihr und stützte sie. „Möchten Sie eine Anzeige erstatten?"

„Nein, nicht nötig. Es geht schon."

„Sicher?" Er trat einen Schritt zurück.

„Ja, alles okay." Nichts war okay. Aber das brauchte der Security-Mann nicht zu wissen. Sie wollte schnellstmöglich nach Hause und sich nicht erst mit der Polizei auseinandersetzen, Formulare ausfüllen und Befragungen über sich ergehen lassen. Sie setzte sich in ihren Mini Cooper und aktivierte die Zentralverriegelung. Eine Weile saß sie einfach nur da und starrte ins Leere. Der Schreck saß ihr tief im Nacken. Ihr Puls raste noch immer. Ein Beben erfasste ihren ganzen Körper. Sie ließ die Hände in den Schoß gleiten und weinte.

-26-

Nach dem unschönen Besuch bei meinem Vater betrat ich mein neues Zuhause. Eine kleine, schäbige Wohnung, aber noch innerhalb der Stuttgarter City. Meine Sozialarbeiterin war so nett, mir die Wohnung zu besorgen, nicht ohne mahnende Worte, mir schleunigst einen Job zu suchen, sonst würde mein Vermieter mich schnell wieder auf die Straße setzen.

Ich hatte keine Intentionen, arbeiten zu gehen, aber das musste ich auch nicht. Denn glücklicherweise gab es da noch das Konto meiner verstorbenen Großmutter. Sicher geschützt vor meinem Vater. Hätte er davon gewusst, wäre das Konto leer, da war ich mir sicher.

Meine Oma war eine herzensgute Frau. Als Kind backte sie für mich immer Marmorkuchen mit Zitronenguss und es gab niemanden, der diesen Kuchen annähernd so gut zaubern konnte wie sie. Schon in jungen Jahren begriff ich, dass meine Oma vermögend war. Und wenn ich, wie sie zu sagen pflegte, ein anständiger Enkel sei, werde sie mir ein Sparbuch einrichten, das ich später für mein Studium oder Sonstiges nutzen könnte. Ein Glück, dass sie lange vor dem Aufenthalt im Gefängnis verstarb, sonst hätte sie das Konto womöglich wieder aufgelöst. Und Studium, na ja, da hat die Gute wohl ein wenig zu dick aufgetragen. Immerhin konnte ich während meines Aufenthalts im Gefängnis meinen Realschulabschluss nachholen.

Wenn ich meine Oma besuchte, war ich sehr bemüht, ihr ein anständiger Enkel zu sein, was mir gar nicht so leicht fiel. Ich mochte weder die Frau noch ihre Wohnung. Es stank permanent nach Kohl, andauernd war sie auf Hilfe angewiesen, sei es, beim Socken anziehen, beim Wäsche aufhängen, in den Ecken staubzusaugen oder sonst was. Aber ich tat es. Weil ich wusste, ich würde eines Tages die Lorbeeren dafür ernten. Als sie endlich das Konto mit dem Geld darauf einrichtete und kurze Zeit später starb, war ich erleichtert. Ich musste nicht mehr so tun, als hätte ich die alte Frau gerne besucht.

Dennoch lernte ich viel von ihr. Sie brachte mir Rechtschreibung und eine versierte Ausdrucksweise bei. Sie war sehr gebildet, hatte Germanistik und Journalistik studiert und einen Diplomabschluss erhalten. Sprache ist das A und O, wie sie immer erklärte und dabei meine Diktate und Aufsätze korrigierte. Sie schwärmte immer von einer großen Karriere bei einem renommierten Magazin und hätte diesen Traum vielleicht sogar realisieren können, wenn sie nicht eines Tages an dem gutaussehenden Manfred, meinem Opa, hängen geblieben wäre. Der nicht nur ihr, sondern auch dem Alkohol verfallen war. Als sie erkannte, dass sie sich auf einen alkoholabhängigen Grobian eingelassen hatte, hatte sie sich bereits in eine zu dieser Zeit ausweglose Situation manövriert, denn sie war schwanger. Mit meinem Vater. Und ähnlich wie meine Mutter, besaß auch sie nicht die Kraft, sich aus dieser für sie unvorteilhaften Beziehung zu befreien. Jene schicksalhafte Begegnung an einem lauen Juniabend kostete sie sowohl ihre Karriere als auch ihren freien

Willen, den mein Großvater ihr mit zahllosen Schlägen und Tritten langsam austrieb.

Was soll ich sagen: Sie war selber schuld! Es war ihre Entscheidung gewesen, den mittellosen Versager zu ehelichen und sich von ihm schwängern zu lassen. Und ich war finanziell abgesichert. Zumindest vorerst.

Nachdem ich einen Teil des Geldes abgehoben und in meiner Wohnung deponiert hatte, plante ich meine weiteren Schritte. Während all der langen Nächte im Zuchthaus gab es ein Bild, das mir immer und immer wieder erschienen war. Emilia. Emilia Newerth, wie sie splitterfasernackt in der Dusche steht, ich vor ihr, meine Hände um ihren Hals legend.

Dieses Bild bekam ich nicht mehr aus meinem Kopf. Sie war der Grund für meine Fantasien. Diejenige, die mir meine innersten Bedürfnisse aufgezeigt hatte. Im Nachhinein kann ich nicht mehr verstehen, warum ich meine Zeit mit jemandem wie Hanna verschwendet hatte, wenn ich die Richtige doch schon gefunden hatte. Wobei gefunden in diesem Fall sehr optimistisch war, ich hatte nämlich keine Ahnung, wo Emilia wohnte. Und ich musste mich gedulden. Meine DNA war in der Datenbank der Polizei gespeichert. Würden sie diese an einem Tatort finden, säße ich schneller wieder ein, als ich gucken konnte. Ich hatte gründlich recherchiert. Wenn ich es richtig anstellte, konnte ich meine DNA in fünf Jahren über einen Anwalt löschen lassen. Vorausgesetzt es kamen keine Straftaten dazu und man war überzeugt, dass von mir keine Gefahr mehr ausging. Also schlug ich einen anderen Weg ein. Wohl wissend, dass ich Emilia eines Tages finden würde. Sie sollte mein erstes Opfer werden.

-27-

Luisa hatte eine schlaflose Nacht hinter sich. Der Schreck, den ihr Jens versetzt hatte, saß ihr tief im Nacken. Immer wieder war sie aufgestanden, hatte Fenster und Türen überprüft und sich wieder hingelegt. Bei jedem noch so kleinen Geräusch hatten sich sämtliche ihrer Nackenhaare aufgestellt. Zu groß war die Angst, dass Jens plötzlich bei ihr im Schlafzimmer stand und sie attackierte. Dabei konnte ihr nichts passieren. Sie hatte die Haustür zweifach abgeschlossen und den Schlüssel stecken gelassen. Er konnte nicht herein, selbst dann nicht, wenn er sich einen weiteren Schlüssel hatte anfertigen lassen.

In dieser Nacht fasste sie einen Entschluss. Gleich am Montag nach der Arbeit würde sie das Schloss austauschen lassen. Allein die Möglichkeit, dass er jederzeit herein- und herausspazieren konnte, versetzte ihr eine Heidenangst. Als sie nach dem Einkauf daheim angekommen war, hatte sie in einem Anflug von Panik jeden Zentimeter ihrer Wohnung abgesucht, ob sich Jens irgendwo versteckte. Es war absurd, aber inzwischen traute sie ihm alles zu.

Luisa zählte die Stunden, bis es endlich Zeit war, aufzustehen. Sie war hundemüde, aber viel zu aufgekratzt, um einschlafen zu können. Lily hatte es bereits aufgegeben, an ihrer Seite zu schlafen, und sich einen anderen Platz gesucht. Sie konnte es ihr nicht verübeln, nachdem sie mehrmals aus dem Bett gesprungen war.

Gegen 4:00 Uhr gab es Luisa endgültig auf, ging in die Küche und machte sich einen Kaffee. Während die Maschine vor sich hin röhrte, nahm sie Lilys Napf und füllte eine Dose Nassfutter hinein. Das Geräusch der Verpackung hatte auf die Katze eine Signalwirkung, sodass sie zuvor im Tiefschlaf sein konnte, aber von einer Sekunde auf die andere hellwach war und angeflitzt kam. So auch jetzt.

Luisa blickte nach draußen. Dunkelheit lag über den tristen Häuserfronten. Sie ließ ihren Blick durch die Metzstraße und die parkenden Autos schweifen, in der Angst, Jens könnte dort irgendwo stehen und sie durch das Fenster beobachten. *Wir sind noch nicht fertig!* Die Drohung hallte ihr durch den Kopf. Was hatte er damit gemeint? Was hatte er vor? Wieso konnte er sie nicht einfach in Ruhe lassen?

Sie hatte im Laufe des gestrigen Abends immer wieder darüber nachgedacht, die Polizei zu informieren, hatte den Gedanken aber schnell wieder verworfen. Sie bezweifelte, dass die Beamten ihr wirklich helfen konnten. Nicht, solange er sie nicht halb totschlug. Ein kalter Schauer lief ihr über den Rücken.

Sie setzte sich an den Esstisch, der im Wohnzimmer stand, füllte sich eine Portion Müsli mit Quark ein und würzte es mit Ingwer, Kurkuma und Pfeffer. Was andere als ungenießbar bezeichneten, war ihr Lieblingsfrühstück.

Heute jedoch brachte sie kaum einen Bissen herunter. Ihre Gedanken wanderten immer wieder zu dem gestrigen Tag. Im ersten Moment hatte sie sich noch gefreut, ihren früheren Nachbarn zu treffen, im nächsten Augenblick fuhr Jens sie wie ein wildgewordener Stier an. Er musste sie die ganze Zeit beobachtet haben. Aber wieso nur? Ein zartes Maunzen neben ihr riss sie aus ihren Gedanken. Sie setzte die Katze auf ihren Schoß und strich ihr über das warme, weiche Fell, was mit einem lauten Schnurren gewürdigt wurde. Das Streicheln beruhigte sie. Der anbrechende Tag nahm der Nacht ihren Schrecken. Wenn sie erst das Schloss ausgetauscht hatte, würde sie sich wieder sicher fühlen – davon war sie überzeugt.

„Haben Sie Keller gesehen?" Der Kriminalrat Preiß kam Julia mit verärgertem Gesichtsausdruck entgegen, als sie gerade auf dem Weg in ihr Büro war.

„Heute noch nicht." Sie warf einen Blick auf ihre Uhr – 9:03 Uhr.

„Das kann doch nicht wahr sein!", polterte Preiß, während er an ihr vorbeilief.

„Gibt es ein Problem?" Julia hatte keine Ahnung, was los war.

„Timo Ziller, das ist los." Der Kriminalrat drehte sich zu ihr. „Der kann jeden Moment hier auftauchen. Keller war für die Befragung zuständig und jetzt geht er nicht an sein Telefon."

„Vielleicht kann ich die Befragung übernehmen?" Sie witterte ihre Chance. Preiß musterte sie einen Augenblick. „Ist Herr Cheung Kwok-Wing mit seinen Gymnastikübungen fertig?"

Für Julia klang Lis richtiger Name schon beinahe befremdlich.

„Bin ich." Er tauchte unvermittelt hinter ihr auf.

„Okay, dann werden Sie die Befragung von Ziller übernehmen. Frau Beck, Sie sprechen bitte mit Katharina Proschet. Ich werde weiter versuchen, Keller zu erreichen."

„In Ordnung." Julia ließ sich ihre Enttäuschung nicht anmerken. Sie lief in ihr Büro und suchte die Mobilnummer heraus. Da Katharina Proschet in Frankfurt wohnte, war die Befragung nur telefonisch möglich. Das Freizeichen erklang.

„Proschet?"

„Hallo, Beck hier von der Kripo Stuttgart. Ich würde Ihnen gerne ein paar Fragen zu Ihrem Ex-Freund Jens Wagner stellen. Haben Sie kurz einen Moment Zeit?"

„Ähm, klar. Was möchten Sie wissen?"

„Ich würde gerne wissen, warum Sie damals Anzeige gegen ihn erstattet und sie später zurückgezogen haben?"

Proschet seufzte. „Jens hat sich mir gegenüber sehr aufdringlich verhalten. Hat mich mit Nachrichten bombardiert und irgendwann tauchte er uneingeladen vor meiner Tür auf. Weil er sich weigerte, zu gehen, habe ich schließlich die Polizei geholt." Proschet legte eine Pause ein. „Ich habe die Anzeige später zurückgezogen, weil nichts passiert ist und er mir leidtat." Das kam für Julia unerwartet. „Er hat Ihnen leidgetan, nachdem er Sie so bedrängt hat?"

„Was heißt bedrängt? Er hat geklammert. Seine Mutter hat ihn sitzen gelassen und sein Vater hatte nie Zeit für ihn. Das hat er mir schon bei einem der ersten Treffen erzählt. Ich weiß, dass es keine Entschuldigung für sein Verhalten war, aber ich wollte es ihm nicht unnötig schwer machen. Außerdem bin ich danach für ein Jahr nach Amerika geflogen und hab dann nichts mehr von ihm gehört."

Julia war überrascht, dass Proschet Jens aggressives Auftreten auf die leichte Schulter nahm. Sie hätte die Anzeige vermutlich nicht zurückgezogen.

„Würden Sie Jens Wagner als gewalttätig einschätzen?"

„Nein, auf keinen Fall. Er hat mich nie geschlagen oder gegen meinen Willen angefasst."

„Okay." Das passte nicht zu dem Täter, den sie suchten.

„Warum überhaupt all die Fragen?"

„Das darf ich Ihnen leider nicht sagen. Danke für Ihre Zeit."

„In Ordnung." Sie verabschiedete sich knapp und legte auf.

Julia hielt einen Moment inne. Proschet war überzeugt, dass von Wagner keine Gefahr ausging. Weil sie kurz danach nach Amerika reiste? Oder war Jens tatsächlich harmlos? Sie wählte die Nummer von Luisa Rehm, aber da diese nicht abnahm, hinterließ sie ihr eine Nachricht auf der Mailbox.

Sie überflog die Betreffzeilen ihrer E-Mails und hielt inne, als sie eine Nachricht mit mehreren Anhängen von der Dating-Plattform entdeckte. Jede der JPG-Dateien war mit einem Namen versehen. Sie öffnete das erste Bild, das mit *Patrick91* beschriftet war. Ein Mann mit schmalem Gesicht, dunkelbraunen Haaren und fülligen Augenbrauen blickte ihr entgegen. In der Hand hielt er einen Tennisschläger, im Hintergrund war eine Sportanlage zu erkennen. Unverkennbar Patrick Sennberg in sportlicher Pose, auch wenn das Foto nicht danach aussah, als habe er gerade Sport getrieben. Allerdings wäre ein verschwitztes Foto vermutlich für eine

Dating-App auch nicht ganz passend, dachte Julia und öffnete das nächste Bild.

Bei diesem handelte es sich um ein Foto von *Ghostrider88*. Es zeigte Jens Wagner, der vor einem beeindruckenden Wasserfall posierte. Julia tippte auf die Uracher Wasserfälle auf der Schwäbischen Alb, auch wenn sie nicht darauf geschworen hätte. Ähnlich wie Sennberg grinste er in die Kamera. Julia war überzeugt, dass sie sowohl Sennberg als auch Wagner weggeklickt hätte. Zwar hielt sie allgemein nichts von Dating-Plattformen, aber Poser, denen es nur darum ging, sich perfekt in Szene zu setzen und dabei so unnatürlich wie Jens und Patrick wirkten, konnte sie gar nichts abgewinnen.

Das letzte Bild war mit *Your-imagination* beschriftet. Neugierig öffnete sie es. Es war ein Urlaubsfoto mit Strandkulisse im Hintergrund. Der Mann auf dem Bild hatte eine trainierte Figur, kurze, helle Haare und einen sonnengebräunten Teint. Die Sonnenbrille in seinem Gesicht konnte nicht über das attraktive Aussehen hinwegtäuschen. Sein Blick war an der Kamera vorbei in die Ferne gerichtet, was für Julia eine besondere Ausstrahlung hatte. Sie vergrößerte das Bild und beugte sich vor. Aber was sie bereits auf den ersten Blick festgestellt hatte, verstärkte sich, als sie die einzelnen Gesichtspartien studierte. Ihr Herzschlag beschleunigte sich. Es gab keinen Zweifel. Wer immer die Person auf dem Foto sein mochte, es war definitiv nicht Timo Ziller.

Sie übertrug die Bilder auf ihr Handy und machte sich auf den Weg ins Vernehmungszimmer. Dabei kam sie an Kellers Büro vorbei. Durch die gläserne Wand konnte sie sehen, dass ihr Vorgesetzter noch immer nicht eingetroffen war. Allmählich fand sie es seltsam. Nicht, dass sie auf seine Anwesenheit großen Wert legte, aber die letzten Tage war Keller immer schon deutlich vor ihr an seinem Arbeitsplatz gewesen und heute blieb er ohne eine Info weg. Das passte nicht zu ihm. Sie blieb einen Moment stehen, dann setzte sie ihren Weg fort.

Wie nicht anders zu erwarten, war Li mitten in der Befragung. Sie beobachtete Ziller durch die Scheibe hindurch. Es war ihm anzusehen, wie unangenehm er die Situation fand. Die schwarzen Haare klebten an seiner Stirn, seine Hände spielten mit dem Bändel an seiner Jacke herum. Darunter trug er einen gestreiften Pullover, der seinen dicken Bauch nicht verbergen konnte. Ziller war nicht gerade eine Augenweide und hatte nicht annähernd die Statur von *Your-imagination*.

Sie klopfte und trat ein. Li und Ziller sahen auf.

„Kann ich dich mal kurz sprechen?"

„Klar." Li stand auf. „Bin gleich wieder da."

„Also pass auf." Sie reichte ihm ihr Smartphone. „Die Dating-Betreiber haben uns gerade die Fotos von *Patrick91*, *Ghostrider88* und *Your-imagination* geschickt. Die Fotos stimmten auch überein, bis auf das hier." Sie deutete auf das Bild von *Your-imagination*.

Li betrachtete das Bild eingehend. „Das ist aber nicht er." Er deutete mit dem Kopf in Richtung des Besprechungszimmers.

„Definitiv nicht." Julia schüttelte den Kopf.

„Okay, jag das Bild mal durch unsere Datenbank und guck, ob du herausfindest, um wen es sich handelt. Vorher schickst du es mir. Vielleicht weiß Ziller, wer das ist. Könnte natürlich auch sein, dass er eine gutaussehende Person aus dem Netz genommen hat, um seine Trefferquote zu erhöhen.“

Julia sah das ähnlich. Auf Dating-Plattformen waren viele Schwindler unterwegs. „Mach ich. Wie läuft es denn?“

„Äußerst zäh.“ Li seufzte. „Ziller bleibt bei seiner Theorie, dass ihm das Handy gestohlen wurde und jemand seine Identität geklaut hat.“

„Hältst du das für möglich?“

„Möglich ja. Allerdings müsste der Täter sehr technikaffin sein. Laut seinen Angaben besaß das Handy ein Entsperrmuster, das der Dieb hätte knacken müssen, um an die persönlichen Daten aus seinen Apps zu kommen. Das ist für einen Laien nicht so einfach. Außerdem erklärt es nicht, warum er den Diebstahl nicht gemeldet hat und sich ein falsches Alibi beschafft hat.“

Li hielt inne und sah durch die Scheibe des Vernehmungsraums. „Irgendwas verheimlicht er uns.“

Julia sah ebenfalls durch die Scheibe. Der gleiche Gedanke war ihr zuvor auch durch den Kopf geschossen.

„Ist Keller inzwischen aufgetaucht?“ Li sah sich um.

Julia schüttelte den Kopf.

„Merkwürdig.“ Li warf einen Blick auf seine Armbanduhr. „So spät war er noch nie dran. Ich muss wieder rein. Kannst du vielleicht kurz bei Keller vorbeifahren und nachsehen, ob alles okay ist?“

Julia hob die Augenbrauen. „Was meinst du, wie Keller reagiert, wenn ich unangemeldet bei ihm vor der Tür stehe?“

„Bitte. Das letzte Mal, wo Keller zu spät kam, wurde sein Kollege erschossen. Und der hätte heute Geburtstag gefeiert. Ich mache mir allmählich Sorgen.“

Julia atmete tief durch. „Von mir aus.“

„Danke.“ Li lächelte. „Ich schick dir die Adresse.“ Damit verschwand er wieder im Vernehmungszimmer.

Sie bereute ihre Entscheidung in der Sekunde, in der sie zugestimmt hatte. Warum nur?

Eine dreiviertel Stunde später verließ Julia die Bundesstraße und folgte der Neckarbrücke in die Innenstadt. Welcher Teufel hatte sie da nur geritten? Keller konnte sie nicht ausstehen und jetzt sollte ausgerechnet sie nachsehen, ob bei ihm alles in Ordnung war. Eine ungeeignetere Person gab es kaum. Sie hatte noch auf dem Präsidium überlegt, einen Rückzieher zu machen, aber sie hatte Li zugesichert nachzusehen. Jetzt musste sie wohl oder übel in den sauren Apfel beißen.

Das Navi lotste sie am Neckarforum in die entgegengesetzte Richtung weiter und in ein verschachteltes Netz aus engen Straßen und Gassen. Sie hatte keine Ahnung, was sie erwarten würde. Sie hatte es vor ihrer Abfahrt nochmal auf Kellers Mobiltelefon versucht, aber dort ging ebenfalls nur die Mailbox an. Heute war einfach nicht ihr Tag.

Kurz darauf hatte sie die Adresse gefunden. Kellers schwarzer Mercedes stand neben dem Hauseingang, folglich hatte ihr Vorgesetzter seine Wohnung nicht verlassen. Außer er war zu Fuß los, aber das war unwahrscheinlich.

Sie stellte ihren Wagen auf dem leeren Parkplatz daneben ab und stieg aus. Die Temperaturen waren für Februar angenehm mild und trocken, trotzdem war der Himmel bewölkt und ließ den Tag dunkel und trist wirken.

Sie drückte die Klingel. Irgendwo im Inneren läutete es. Wie würde Keller reagieren? Sie dumm anpflaumen? Sich entschuldigen? Wohl eher nicht. Der wahrscheinlichste Fall war, dass Keller sie ignorierte und erst gar nicht aufmachte. Danach sah es nämlich aus. Julia drückte erneut die Klingel. Was trieb er bloß?

Ein junger Mann trat aus der Tür und betrachtete sie interessiert. „Suchen Sie jemanden?"

„Ja, Herrn Keller. Wir arbeiten zusammen und ich müsste ihn sprechen."

„Ach, der. Ging mir schon die ganze Nacht mit seiner scheiß Technomusik auf den Sack."

„Das klingt nach ihm." Julia grinste und der Mann hielt ihr die Tür auf. Offensichtlich hatte Keller sich auch in der Nachbarschaft nicht besonders beliebt gemacht.

„Die letzte Wohnung am Ende des Flurs."

„Danke." Julia schritt die Stufen hinauf, die unter ihren Füßen bedrohlich laut knarzten und klingelte erneut. Da wieder keine Reaktion folgte, hämmerte sie gegen die Tür. „Herr Keller? Hier ist Julia Beck." Sie lauschte.

Sie wollte gerade aufgeben, als sie von innen ein Geräusch hörte. Es schepperte. „Chef?" Sie klopfte abermals.

„Verschwinden Sie!" Kellers Stimme. Seiner Tonlage nach zu urteilen, war er gerade erst aufgestanden.

„Wären Sie mal so nett, die Tür aufzumachen? Auf der Arbeit erwartet man Sie."

Hinter der Tür ertönten schlurfende Schritte. Kurz darauf stand Keller mit verärgertem Gesichtsausdruck in der Tür. „Was wollen Sie?"

Er sah fürchterlich aus. Unter den Augen zeichneten sich violette Ringe ab, die Haare standen wirr in alle Richtungen und seinem Blick nach zu urteilen, war er gerade erst aufgestanden. Er stank so widerlich nach Schnaps, dass Julia den Impuls, sich den Ärmel unter die Nase zu halten, nur schwer widerstehen konnte.

„Wo bleiben Sie denn? Sie haben die Befragung von Timo Ziller, die eigentlich Sie machen wollten, verpasst."

Keller gab einen entnervten Seufzer von sich. „Dann soll es halt Wing-Wing machen."

„Tut er. Und zwar seit über einer Stunde. Vielleicht werfen Sie mal einen Blick auf die Uhr."

„Meine Fresse, wissen Sie eigentlich, dass Sie eine unerträgliche Nervensäge sind?" Er fuhr sich übers Gesicht.

„Ja, Sie sagen mir das dreimal täglich. Trotzdem wäre es jetzt toll, wenn Sie sich fertig machen würden und wir gemeinsam aufs Präsidium fahren könnten. Preiß ist nämlich stinksauer."

„Der alte Aasgeier. Geben Sie mir fünf Minuten." Keller verschwand mit hängenden Schultern im Schlafzimmer.

Julia lief zu einem der Fenster und öffnete es. Sofort strömte frische Luft ins Wohnzimmer und sie nahm einen tiefen Atemzug. Sie sah sich um. Inzwischen war ihr klar geworden, weshalb Keller nicht auf der Arbeit erschienen war. Die Menge an Bier- und Schnapsflaschen, die sich auf dem runden Tisch sammelten, war beachtlich. Offensichtlich hatte er die Nacht durchgemacht.

Julia war davon ausgegangen, dass Keller sich kurz die Zähne putzte, etwas Frisches anzog und dann kam, aber nach einigen Minuten hörte sie keinen Mucks mehr aus seinem Schlafzimmer. Sie durchquerte den Wohnbereich und spähte durch den Türschlitz. Keller lag auf dem Bett und schlief.

„Das gibt's doch wohl nicht!" Julia stürmte ins Zimmer und baute sich vor Keller auf. „Aufstehen!"

„Sie haben mir gar nichts zu sagen", grummelte Keller.

„Sie stehen jetzt auf, ziehen sich etwas an und begleiten mich aufs Präsidium!", erwiderte sie und zog an seinem Arm.

Keller murmelte etwas Unverständliches, gefolgt von: „Ist doch sowieso alles aus."

„Ihre Schicht nicht."

„Ich habe versagt." Keller drehte sich zur anderen Seite.

„Was meinen Sie damit?"

Keller antwortete nicht sofort. Julia dachte an das, was Li ihr zuvor gesagt hatte. „Meinen Sie Mattheus?"

„Es ist meine Schuld. Er wollte auf Verstärkung warten und ich habe ihn losgeschickt. Jetzt ist er tot."

Julia hatte Mühe, Kellers Worte in dem Gemurmel zu verstehen. „Ich weiß, und deswegen stehen Sie jetzt auf und helfen mir einen Mörder zu fassen, der einer jungen Frau das gleiche Schicksal angetan hat. Oder ziehen Sie es vor, hier herumzuliegen und in Selbstmitleid zu zerfließen?"

„Es ist zu spät."

„Nein, ist es nicht." Sie lief einmal um das Bett herum, damit sie ihm ins Gesicht sehen konnte. „Was passiert ist, ist nicht Ihre Schuld. Der Kerl, der Mattheus erschossen hat, ist für seinen Tod verantwortlich. Und er läuft immer noch draußen herum. Ebenso wie der Mörder von Irina Heff. Ich weiß, wie schwer es ist, jemanden zu verlieren, der einem nahesteht. Ich musste es hautnah miterleben." *Klopf klopf.* Sie schluckte die aufkommende Trauer herunter. „Was geschehen ist, lässt sich nicht mehr ändern. Aber wir können dafür sorgen, dass die Verantwortlichen ihre gerechte Strafe erhalten. Das geht aber nicht, wenn sie im Bett liegen und warten, dass es von alleine passiert. Stehen Sie auf und machen Sie Ihre Arbeit!" Sie hielt inne und beugte sich zu ihm. „Wir brauchen Sie. Ohne Ihre Anweisungen sind wir nämlich verdammt aufgeschmissen, Herr Martin Keller." Hatte sie ihn erreicht?

Er hob den Kopf. „Sie geben wohl niemals auf, oder?"

„Nein. Und das sollten Sie auch nicht."

Keller stemmte sich aus dem Bett und sah sie mit einem durchdringenden Blick an. Er sie und sie ihn.

„Ich muss erst mal eine rauchen." Er griff zu der Schachtel neben dem Bett.

„Gegenvorschlag." Julia schnappte ihm die Packung aus der Hand. „Sie gehen unter die Dusche und ich mache Ihnen solange einen Kaffee. Deal?"

-29-

Die Jahre verstrichen. Ich lernte vieles. Tagsüber verbrachte ich meine Zeit mit Gelegenheitsjobs und führte ein unauffälliges Leben. Das Vermögen, das mir meine Großmutter vermacht hatte, reichte für meine bescheidenen Bedürfnisse anfangs aus. Der Mini-Job diente lediglich der Zufriedenheit meiner Bewährungshelferin, sodass sie mich schnellstmöglich in Ruhe ließ.

Hin und wieder lernte ich jemanden kennen – nichts Ernstes. Ich verbrachte meine Zeit damit, Menschen zu studieren. Ihre Ängste kennenzulernen. Zu verstehen, wie man Menschen manipuliert. Beziehungen boten die idealen Chancen.

Oft begannen sie damit, dass Frauen sich in mich verliebten, bis ich ihnen meine andere Seite zeigte. Doch obwohl ich nie gewalttätig wurde – na gut fast nie, manchmal hatten sie es einfach verdient –, boten sich mir die Frauen regelrecht an. Egal, wie dreckig ich sie behandelte, sie hielten zu mir. Es bereitete mir ein immenses Vergnügen, wie ihr Selbstbewusstsein nach und nach zerfiel, bis sie vollständig von mir abhängig waren. Ich liebte das Gefühl der Macht und der Kontrolle, konnte es meine Sehnsucht nach Emilia doch ein wenig verringern.

Ich entdeckte auch meinen perfekten Opfertypus. Man sagt, viele Männer stehen auf blond. Für mich persönlich stellte die Haarfarbe kein Qualitätsmerkmal dar. Sie mussten in meinen Augen hübsch sein. Jung, weiblich und vom Charakter her etwas unsicher. Unsicherheit gefiel mir. So konnte ich ihnen das Gefühl von Schutz und Geborgenheit vorspielen, bis sie sich fallen ließen und ich sie zerstören konnte. So vergingen die Jahre und es kam der Tag, auf den ich so lange gewartet hatte.

Ich setzte mich mit meinem Anwalt in Verbindung und klärte mein Anliegen. Wie ich bereits wusste, war eine Löschung meiner Daten möglich, auch wenn die Polizei es nicht von sich aus tun würde. So reichten wir gemeinsam meinen Antrag ein und warteten.

Es mochte Schicksal sein, dass der Anwalt ein Schreiben mit der entsprechenden Bestätigung an meinem Geburtstag erhielt. Ich verließ mit beschwingten Schritten das Büro des Anwalts. Die Gefängnismauern meines Alltags waren gefallen und ich konnte mich ganz der Suche nach Emilia widmen. Es war das beste Geburtstagsgeschenk, das ich jemals erhalten hatte.

-30-

Als Keller gefolgt von Julia das Präsidium betrat, kam ihnen Li bereits entgegen.

„Wo steckt Ziller?" Keller sah sich um.

„Weg", antwortete Li.

„Was meinen Sie mit weg?" Keller blickte ihn stirnrunzelnd an.

Die Antwort ging in Preiß aufbrausendem Ton unter. „Herr Keller! Schön, dass Sie's einrichten konnten", schrie Preiß durch den Flur. Er kam mit schnellen Schritten auf Keller zugestürmt, sein Gesicht puterrot vor Zorn. „Wollen Sie mir vielleicht verraten, wo Sie gesteckt haben?"

„Hab mich ein bisschen verspätet. Wo ist Ziller?"

„Das wüssten Sie, wenn Sie hier gewesen wären", brüllte Preiß. „Sie sagen mir jetzt auf der Stelle, wo Sie gewesen sind oder Sie können gleich eine Abmahnung bekommen!"

Julia hatte den Kriminalrat noch nie wütend erlebt und hoffte, dass Keller nicht wieder eine patzige Antwort gab. Die Wahrheit würde Preiß sicher nicht gefallen, wenn er sie nicht schon ahnte.

„Der Wecker hat gestreikt und deswegen wurde ich erst wach, als Frau Beck geklingelt hat."

Sich entschuldigen war definitiv nicht seins. Preiß funkelte ihn nach wie vor wütend an.

„Das stimmt", sagte Julia schnell. „Ich meine, das kann ja jedem mal passieren." Sie biss sich auf die Lippe.

Preiß musterte erst sie, dann wieder Keller, offenbar unschlüssig, ob er die Erklärung glauben sollte. Julia wusste nicht, ob der Kriminalrat Kellers Neigung zu einem Übermaß an Alkohol bekannt war, und hoffte nur, dass er seine Fahne nicht bemerkte.

„Keller, mit in mein Büro!"

Julia mochte jetzt nicht in Kellers Haut stecken. Sie wartete einen Augenblick, bis er und Preiß hinter der Ecke verschwunden waren, ehe sie sich wieder Li zuwandte. „Wow, der ist ganz schön sauer." Sie nahm einen tiefen Atemzug. „Kam das schon mal vor?"

„Dass Keller zu spät kommt oder Preiß so ausrastet?"

„Ersteres."

„Nur das eine Mal nach Mattheus Tod. Und wenn Preiß so ausrastet, hat es eigentlich immer mit Keller zu tun." Li seufzte. „Ist aber gut, dass du ihn hergebracht hast. Es wird ein kleines Donnerwetter geben, danach beruhigt sich die Situation wieder."

„Okay." Julia hoffte, dass sie niemals in die Lage kam, dass Preiß sie so derart anfuhr.

„Wo ist Ziller eigentlich?" Sie sah in Richtung Vernehmungszimmer.

„Kurz nachdem du weg warst, tauchte Zillers Anwalt auf. So ein richtig hochnäsiger, arroganter Mistkerl, der wissen wollte, ob wir nur einen einzigen nachweisbaren Beleg haben, der Timo Ziller in Verbindung mit Irina Heff bringt."

Julia zog die Augenbrauen hoch. „Wir haben den Account mit seinen Daten und ein gefälschtes Alibi."

„Das ist gar nichts." Li schüttelte den Kopf. „Die Korrespondenz zwischen *Your-imagination* und Heff liegt ein halbes Jahr zurück und enthält keinerlei Drohungen oder Ähnliches. Ziller hat uns sein Mobiltelefon ausgehändigt, dort war weder die Dating-App installiert noch eine Irina Heff im Telefonverzeichnis oder auf WhatsApp zu finden. Die Daten kann er zwar gelöscht haben, aber um ihn festzunageln, brauchen wir etwas Konkretes. Letztendlich hatten wir keine Wahl, als ihn gehen zu lassen. Wahrscheinlich mit ein Grund für Preiß' Laune."

„Und das Foto?"

„Das nahm der Anwalt, um Zillers Theorie, das Mobiltelefon sei ihm geklaut worden, zu untermauern. À la, da ist doch Ihr Täter, machen Sie endlich Ihre Arbeit und hören Sie auf, meinen Mandaten zu belästigen."

„Sympathischer Mensch." Julia schüttelte den Kopf. „Hat Ziller etwas dazu gesagt? Wusste er, wer der Kerl auf dem Foto sein könnte?"

„Hat er angeblich noch nie gesehen."

Etwas in Lis Stimme ließ sie aufhorchen. „Angeblich?" Julia hob die Augenbrauen.

Li trat einen Schritt näher. „Er hat sich das Foto nicht einmal richtig angesehen. Wenn du mich fragst, er kennt den Typen. Jede Wette", flüsterte er.

„Du meinst, er deckt einen Mörder?"

„Das weiß ich nicht." Li schüttelte den Kopf. „Aber wir sollten noch einmal möglichst unauffällig Zillers Umfeld überprüfen. Ich bin überzeugt, es gibt eine Verbindung zwischen ihm und dem Täter. Vielleicht sind sie befreundet oder sogar verwandt."

„Das würde erklären, warum er nicht mit der Sprache herausrückt." Julia legte die Stirn in Falten.

Li nickte. „Hast du Katharina Proschet schon erreicht?"

„Ja, aber sie hält Wagner für harmlos. Bei Luisa Rehm ging niemand ran. Ich versuche es später nochmal. Wie geht es jetzt weiter?" Sie folgte Li zum Ende des Gangs, an deren Ecke sich die kleine Teeküche befand.

„Wir warten, bis die Unterhaltung zwischen Keller und dem Kriminalrat vorbei ist, danach wird Preiß vermutlich auf eine Teamsitzung bestehen, um uns gegenseitig auf den aktuellen Stand zu bringen. So wie ich den Kriminalrat einschätze, wird er mit dabei sein wollen." Li seufzte. „Vermutlich ist die Stimmung auf jedem Friedhof angenehmer."

„Na, immerhin gibt's grünen Tee." Sie zwinkerte Li zu.

„Ayurveda-Mischung", las Li vor und studierte die Zutatenliste. „Ist der gut?"

„Zumindest sehr gesund." Sie lächelte, während sie einen Teebeutel in die Tasse legte und heißes Wasser darüber goss.

„Uii, der riecht aber kräftig." Li machte einen Schritt zurück.

„Auch einen?" Sie hob Li die geöffnete Packung hin.

„Nee danke, ich bleibe lieber bei Kaffee. Und so wie ich Keller kenne, kommt bestimmt wieder ein entsprechender Spruch."

„Ich glaube, heute hat er andere Sorgen."

In diesem Moment streckte Preiß den Kopf ins Zimmer. „Besprechung in fünf Minuten. Nach Möglichkeit bitte pünktlich." Seine Stimme klang dringlich, aber wie Julia erleichtert feststellte, nicht mehr so aggressiv.

Sie stieß Li in die Seite. „Also dann.“

-31-

Ich nutzte die gängigen Social Media-Plattformen, um Emilia anhand ihres Namens ausfindig zu machen. Meine Suche verlief äußerst ernüchternd. Auf den Namen ‚Emilia Newerth‘ kamen rund ein Dutzend Treffer, von denen die Hälfte kein Bild besaß und die andere definitiv nicht von Emilia waren. Natürlich hätte ich noch die Hälfte ohne Bild überprüfen können, aber ich schätzte Emilia als jemanden ein, der niemals ein Profil ohne Bild angelegt hätte. Dafür war sie viel zu egozentrisch. Enttäuscht legte ich das Handy beiseite. Wie sollte ich sie finden?

Ich kannte niemanden, den ich nach ihrer Adresse oder Telefonnummer hätte fragen können. Es gab nur eine Möglichkeit, ihre Kontaktdaten herauszufinden, und das war meine alte Schule. Die Akten wurden sicher im Sekretariat aufbewahrt. Trotzdem war ich nicht so naiv, zu glauben, ich könne dort einfach hineinspazieren und Akten durchwühlen. Daher durchsuchte ich die Stellenbörse meiner Schule, aber das Personal, was sie brauchten, waren Lehrkräfte. Dafür konnte ich mich unmöglich bewerben. Ich hatte keine Ahnung von irgendetwas und wäre vermutlich schnell aufgeflogen. Genervt wollte ich die Stellenanzeigen schließen, als mir etwas ins Auge stach.

Der letzte offene Posten war für einen Hausmeister in Teilzeit ausgeschrieben. Ich kniff meine Augen zusammen und rückte noch ein Stück näher. Laut der Annonce war lediglich handwerkliches Geschick erforderlich. Ich überlegte. Als Hausmeister erhielt ich sicher einen Generalschlüssel und vielleicht sprach die Tatsache, ein ehemaliger Schüler zu sein, für mich. Die Geschichte mit Hanna war sicher längst vergessen. Ich entschied, es zu riskieren, und schickte eine Online-Bewerbung los. Die Zeiten im Gefängnis kaschierte ich im Lebenslauf mit einem Realabschluss auf einer anderen Schule. So musste ich auf dem entsprechenden Dokument nur die Lokalitäten ändern. Außerdem fügte ich meine letzte Stelle ein. Dann hieß es Geduld.

Mein Herz hüpfte einen Salto, als ich eine Einladung zu einem Vorstellungsgespräch erhielt. Wenige Tage später betrat ich meine alte Schule. Ich fühlte mich in meine Jugend zurückversetzt, als ich die vertrauten Gänge entlanglief. Viel verändert hatte sich nicht. Ich dachte an Mathilda und ihren Kohlrex zurück. Was mochte aus ihr geworden sein?

Naserümpfend lief ich in Richtung des Sekretariats, das sich im ersten Stock befand. Hatte es auch damals schon so nach Stinkefüßen gerochen? Mein Puls raste. Würde der Rektor mich wiedererkennen? Würde er Fragen stellen, was damals geschehen war?

Zu meiner Erleichterung war der Mann mit grau melierten Haaren, der mir wenige Minuten später gegenübersaß, ein anderer Rektor wie damals.

Wir tauschten ein paar Anekdoten aus, er stellte ein paar Rückfragen zu meinem Lebenslauf, auf die einige fantasievolle Schilderungen meinerseits folgten. Meine

Vergangenheit kam nicht zur Sprache. Offenbar war die Sache in Vergessenheit geraten. Danach hieß es Warten.

Keine Woche später erhielt ich eine Zusage. Es war beinahe zu einfach. Ich war Feuer und Flamme. Eine letzte Hürde und ich konnte meinen langersehnten Traum verwirklichen.

-32-

Es war Montagmorgen und da das Wochenende ausgefallen war, fühlte sich Julia ähnlich erschöpft wie am Tag zuvor, entschied aber, sich nichts anmerken zu lassen.

„Für wen ist eigentlich das Geschenk auf deinem Schreibtisch?" Sie setzte sich neben Li, während Keller schweigend am Tischende saß und auf den Kriminalrat wartete, der darauf bestanden hatte, auch bei der kommenden Teamsitzung wieder mit anwesend zu sein. Die gestrige verlief ähnlich frostig wie Li es prophezeit hatte und brachte keine neuen Erkenntnisse.

„Für meinen Sohn. Er wird heute acht." Li grinste über das ganze Gesicht.

„Und was bekommt er?"

„Ein Lego-Set. Er steht total auf die Teile."

„Kann ich gut nachvollziehen." Sie grinste. Ihr Neffe, der etwa im gleichen Alter sein musste, war verrückt nach Lego-Steinen. Sie selbst hatte nie etwas damit anfangen können.

„Guten Morgen alle miteinander." Preiß sprach mit kräftiger, lauter Stimme und setzte sich mit einer Tasse in der Hand an das Tischende. Ein vertrauter Geruch stieg Julia in die Nase. „Legen wir los."

Julia warf einen Blick zu Keller. Da dieser aber keine Anstalten machte, etwas zu sagen, ergriff sie das Wort. „Wir sollten nochmal die früheren Nachbarn von Irina

Heff in der Augustenstraße befragen. Dort liegen uns noch keinerlei Angaben vor bezüglich Heffs dubiosem Freund."

„Doch, hab ich Ihnen über den Verteiler geschickt", brummte Keller und ließ seine Mappe über den Tisch segeln. „Der komische Kauz von Hausmeister hat nix gesehen und die anderen Mietparteien wurden von den Kollegen vor Ort befragt."

„Das waren aber nur drei oder vier Aussagen. In dem Haus müssen doch noch mehr Leute wohnen." Julia legte die Stirn in Falten.

„Wurden eben nicht alle angetroffen", erwiderte Keller.

„Vielleicht sollten wir uns die verbleibenden vorknöpfen." Ihr Blick wanderte zu Preiß.

„Eine gute Idee", lobte der Kriminalrat sie. „Können Sie das übernehmen?"

„Klar." Julia nickte.

„Dieser vermeintliche Marius Mast ist ein Phantom. Keiner hat ihn gesehen, keiner kennt ihn", murmelte Keller. „Was riecht hier eigentlich schon wieder so?" Er warf Julia einen entnervten Blick zu.

„Ayurveda-Tee." Preiß deutete auf seine Tasse. „Hab einen Beutel davon in der Teeküche entdeckt. Sollten Sie probieren. Schmeckt gut."

Julia grinste übers ganze Gesicht. Keller nahm einen tiefen Atemzug und sparte sich eine entsprechende Antwort.

„Irgendjemand muss ihn gesehen haben", sagte Li. „Immerhin schienen Frau Heff und er mehrere Monate zusammen zu sein, bevor er anfing, sie zu terrorisieren."

„Deshalb werden wir dort nochmal ansetzen. Herr Cheung Kwok-Wing, Sie übernehmen die Nachbarn in Büsnau, Frau Beck, Sie die in der Innenstadt.“

Julia und Li nickten.

„Haben wir mittlerweile eine Verbindung zwischen Timo Ziller und Irina Heff gefunden?“ Preiß ließ seinen Blick zu Keller gleiten.

„Nein. Ohne die WhatsApp-Daten wird das auch nichts.“ Keller zuckte mit den Schultern. „Die Herrschaften lassen sich mit der Übermittlung der Daten Zeit.“

„Dann machen Sie ein bisschen Druck. Dürfte Ihnen nicht schwerfallen.“

Keller stöhnte und rollte mit den Augen. Vermutlich wurmte es ihn, dass der Kriminalrat jetzt die Aufgaben verteilte, anstelle von ihm. Julia wusste zwar nicht, was Keller mit Preiß besprochen hatte, vermutete aber, dass er unter besonderer Beobachtung stand.

„Wir sollten nochmal mit Timo Ziller sprechen“, warf Li ein. „Der Kerl kennt diesen *Your-imagination*. Er ist bisher unsere einzige Spur zu ihm.“

„Der wird kein Piep von sich geben“, grummelte Keller. „Nicht ohne seinen Anwalt.“

„Vielleicht mit ein wenig mehr Fingerspitzengefühl. Immerhin macht er sich der Beihilfe eines Mordes schuldig, falls *Your-imagination* wirklich unser gesuchter Täter ist.“ Sie bezweifelte zwar, dass sie mehr in Erfahrung bringen konnte als Li, aber sie würde es zumindest nicht unversucht lassen.

„Dann übernehmen Sie das Frau Beck.“ Es schien klar, dass, wenn es um Fingerspitzengefühl ging, man nicht ihren Vorgesetzten schicken konnte. „Herr Keller, Sie sprechen stattdessen mit den Nachbarn in der Augustenstraße. Möglichst ohne weitere Beschwerden." Der Kriminalrat warf Keller einen mahnenden Blick zu. „An die Arbeit."

Luisa fluchte. Sie saß auf ihrem Bürostuhl und übermittelte die Essensbestellung für die Bewohner. Es war bereits ihr zweiter Anlauf und sie hatte schon wieder die falsche Menge eingegeben. Was war nur los mit ihr?

„Wa-was machst du da?" Tobias stellte sich grinsend hinter sie.

„Ich versuche eure Essensbestellung zu koordinieren, aber es will heute einfach nicht klappen." Sie seufzte. Ehe sie reagieren konnte, griff Tobias sich die Unterlagen vom Schreibtisch und rannte los.

„Fang mich doch." Er lachte schallend.

„Tobias, gib die sofort zurück!", schrie Luisa und sprang auf. Tobias blieb stehen und sah sie mit großen Augen an.

„Sag mal, spinnst du?" Sie hatte ihn erreicht und riss ihm die Unterlagen aus der Hand. „Du siehst doch, dass ich die gerade brauche, oder?"

„Es tut mir leid." Tobias sah zu Boden und trottete mit hängenden Schultern davon. Luisa bereute ihr Verhalten augenblicklich. Warum fuhr sie ihn so an? Er hatte sich doch nur einen kleinen Scherz erlaubt. Sie durfte ihre Laune nicht an den Hausbewohnern auslassen.

Auf dem Nachhauseweg sah sie sich mehrfach um, konnte aber niemanden entdecken. Keiner, der sie beobachtete, niemand, der in einer dunklen Ecke stand und in ihre Richtung starrte. Dennoch war sie nicht so

naiv zu glauben, Jens würde sie fortan in Ruhe lassen.
Vermutlich streunte er schon wieder um ihre Wohnung herum. Sie war froh, wenn sie endlich ein neues
Schloss hatte und sich in ihrer Wohnung wieder sicher
fühlen konnte. Ihr Mobiltelefon zeigte mehrere Anrufe
von einer unbekannten Nummer an. Vermutlich hatte
sich Jens ein neues Telefon angeschafft, um sie erneut
mit Anrufen und Textnachrichten zu terrorisieren. Es
interessierte sie aber nicht, was er zu sagen hatte, daher
löschte sie die Mailboxnachrichten ungehört.

„So, fertig!" Der korpulente Handwerker mit Dreitagebart erhob sich. „Hier sind drei Schlüssel." Er griff in
seine Tasche. „Zwei für Sie, einen für Ihren Vermieter.
Rechnung kommt per Post."

„Vielen Dank." Sie beobachtete, wie der Handwerker
die Treppe hinunter marschierte. Dann schloss sie die
Tür und ließ sich gegen die Wand fallen. Ihr Herzschlag
beruhigte sich. Sie war in Sicherheit. Jetzt konnte niemand mehr außer ihr die Wohnung betreten. Sie atmete tief aus. Ein heißes Bad war genau das, was sie
jetzt brauchte.

Kurz darauf ließ sie Wasser in die Wanne einlaufen
und fügte eine Lavendelmischung hinzu. Das würde ihr
hoffentlich helfen, entspannt einzuschlafen. Sie ging
ins Schlafzimmer und wollte gerade ihren Pullover
ausziehen, als ihr Blick aus dem Fenster fiel. Sie hatte
eine Bewegung wahrgenommen. In einem der parkenden Autos auf der gegenüberliegenden Straße. Saß dort
jemand drin, der zu ihr herübersah? Sofort beschleunigte sich ihr Herzschlag wieder. Das matte Licht der
Straßenlaterne spendete nicht genug Helligkeit, um zu

erkennen, ob es sich um den grauen Opel von Jens handelte. Sie ging einen Schritt zur Seite. Dieses plötzliche Gefühl, in einem Käfig eingesperrt zu sein, machte sie verrückt. Aber war er es wirklich? Vielleicht war es nur ein harmloser Kerl, der auf seine Freundin wartete. *Oder auf dich*, flüsterte ihre innere Stimme.

Vorsichtig beugte sie sich nach vorne. Der Wagen stand noch genau dort, wo er eine Minute zuvor gestanden hatte, aber jetzt war er leer. Hatte sie sich vielleicht getäuscht? Sie suchte die Straße ab, konnte aber niemanden entdecken. In dieser Sekunde hörte sie Schritte im Treppenhaus. Sie rannte ins Bad, stellte das Wasser ab und knipste das Licht aus. Würde er in der nächsten Sekunde versuchen, die Tür zu öffnen?

Sie hielt die Luft an. Die Schritte waren verstummt. Vielleicht stand er in diesem Augenblick vor ihrer Wohnung. Sollte sie es wagen, einen Blick durch den Türspion zu werfen? Was, wenn er versuchte, die Tür einzutreten?

Auf Zehenspitzen schlich sie zur Tür und lauschte, ob sie von draußen irgendetwas vernahm. Sie hörte ein vorbeifahrendes Auto auf der Straße, ein entferntes Hupen, aber kein Geräusch aus dem Treppenhaus. Langsam näherte sie sich dem Spion. Im Flur war Licht. Würde sie ihn in der nächsten Sekunde vor der Tür stehen sehen? Sie nahm all ihren Mut zusammen und sah nach draußen.

Im Treppenhaus herrschte gähnende Leere. Niemand stand vor der Tür. Sie ließ ihren Blick zu den Treppen schweifen, soweit es ihr durch den Spion möglich war. Das Licht war an, jemand musste dort gewesen sein.

Vielleicht ein Nachbar? Erneut fragte sie sich, ob sie allmählich paranoid wurde. Sollte sie es wagen, die Tür zu öffnen? Vielleicht lauerte er irgendwo und wartete nur darauf, dass sie eine leichtsinnige Entscheidung traf.

„Luisa, jetzt reiß dich zusammen!", sprach sie sich selbst Mut zu. Er ist nicht da draußen. Sie öffnete die Tür einen Spalt. Das Bild, das sich ihr bot, war das gleiche wie zuvor. Niemand außer ihr war im Treppenhaus. Das Licht erlosch. Sie schloss die Tür und atmete tief aus. Ihr Herzschlag normalisierte sich wieder. Die Lust auf ein Bad war ihr inzwischen vergangen. Sie würde sowieso keine Ruhe finden. Und dass alles wegen eines parkenden Autos, in dem ein Mann saß, der vermutlich überhaupt nichts mit Jens zu tun hatte.

Sie ärgerte sich über ihre eigene Ängstlichkeit. Manchmal beneidete sie Claudia, die Jens vermutlich einen ordentlichen Tritt in den Hintern verpasst hätte und sich auf keinen Fall so einschüchtern lassen würde. Plötzlich hatte sie das Bedürfnis, mit ihr zu sprechen. Vielleicht war es besser, wenn sie heute Abend jemanden zum Reden hatte. Die Einsamkeit erdrückte sie.

Sie ging ins Schlafzimmer, wo sie ihr Mobiltelefon zum Aufladen auf den Nachttisch gelegt hatte und suchte die Nummer ihrer besten Freundin aus dem Telefonverzeichnis heraus. Sie drückte das Anrufsymbol auf dem Display, kurz darauf piepte es mehrmals – es war besetzt. Sie legte das Telefon beiseite und seufzte. Wenn Claudia mit jemandem telefonierte, konnte das mehrere Stunden in Anspruch nehmen. Sie überlegte, wen sie sonst noch anrufen könnte. Ihre Mutter? Aber so wie sie diese kannte, redete diese sowieso nur über ihre eigenen Probleme und das konnte sie im Moment wirklich nicht gebrauchen. Und bei ihrem Stiefvater brauchte sie es erst gar nicht zu versuchen – emotionale Themen lagen außerhalb seines Horizonts.

Kurz überlegte sie, Sheela zu kontaktieren, aber vermutlich war sie um diese Uhrzeit damit beschäftigt, ihre Kinder ins Bett zu bringen. Sie scrollte das Telefonverzeichnis einmal durch und blieb schließlich bei Adam Schenk hängen. Sie hatte seine Nummer von der Visitenkarte in ihr Mobiltelefon übertragen, weil bei ihr Zettel und Visitenkarten grundsätzlich abhandenkamen. Sollte sie ihn anrufen? Einen beinahe Fremden?

Vermutlich würde er sie für total hysterisch halten, weil sie durch ein Licht im Treppenhaus in Panik verfallen war. Falls er nicht sowieso total genervt von ihrem Anruf wäre. Vielleicht setzte sie sich einfach vor den Fernseher und versuchte, sich abzulenken. Aber der Gedanke, heute Abend allein zu sein, bereitete ihr Unbehagen. Nachdem sie die Nummer weitere zwei Minuten angestarrt hatte, gab sie sich einen Ruck und ließ es klingeln. Halb hoffte sie, dass er nicht abnahm.

„Schenk?“ Seine tiefe Stimme bescherte ihr ein angenehmes Kribbeln.

„Ich bin's Luisa. Rehm“, sagte sie und tippelte von einem auf den anderen Fuß.

„Ach hey, Luisa. Schön, dass du anrufst.“

Ob er sich wirklich freute, nachdem sie beim Einkaufen gestern total durch den Wind gewesen war? „Ja, ich rufe an, weil ...“ Ja, warum eigentlich? Damit er ihr half, nicht durchzudrehen? Um sich mit jemandem zu unterhalten, mit dem sie fünfzehn Jahre nicht gesprochen hatte?

„Keine Ahnung, mir war gerade nach Gesellschaft." Luisa verdrehte die Augen und schlug sich gegen die Stirn.

„Freut mich." Er schien es ernst zu meinen.

„Ich hoffe, ich störe nicht?"

„Nein, ich hab Feierabend. Bin vor zehn Minuten nach Hause gekommen."

Und sie überfiel ihn gleich. „Wie war's denn so?" Die Frage kam ihr geistlos vor. Warum war sie nur so aufgeregt?

Adam schien das nicht zu stören. Er berichtete von seiner Tätigkeit als Architekt und Luisa erfuhr, dass er als Bauarchitekt gerade einen Großkunden an Land gezogen und mit ihm die Details eines neuen Bürogebäudes abgeklärt hatte. Ihre Gedanken schweiften ab. Sie ertappte sich dabei, wie sie aus dem Fenster sah, aber das Auto war verschwunden.

„… und bei dir?", fragte Adam.

Verdammt, er hatte in der einen Sekunde, wo sie nicht zugehört hatte, eine Frage gestellt.

„Ja, ähm, ganz gut."

Adam lachte. Vermutlich hatte die Antwort nicht zu seiner Frage gepasst.

„Du hältst mich vermutlich für einen kompletten Vollidioten, oder?"

„Nein", erwiderte Adam schnell und lachte. „Du scheinst nur manchmal gedanklich abwesend zu sein." Da hatte er wohl recht. „Und ich vermute mal, du hast nicht angerufen, um zu fragen, wie mein Tag auf der Arbeit war, oder?“

„Nein, ich ähm …“

„Hast du Lust, was trinken zu gehen?“, unterbrach er ihr Gestotter.

Luisa atmete innerlich auf. Sie wusste nicht, ob sie sich getraut hätte, zu fragen. „Gerne.“

Eine halbe Stunde später betrat sie das Schlampazius, eine kleine Kneipe in der Wagenburgstraße. Das urige Lokal hatte sie nur einmal als Jugendliche besucht, wo sie mit ein paar Freundinnen zusammen im Außenbereich gesessen hatte. Sie erinnerte sich, dass der Laden damals brechend voll und die Stimmung ausgelassen gewesen war.

Heute war wenig los. Sie entdeckte Adam an einem der hinteren Ecktische und steuerte auf ihn zu. Als Adam sie bemerkte, erhob er sich und lächelte. „Hey, schön, dich wiederzusehen.“

Sie lächelte ebenfalls und nahm ihm gegenüber Platz.

„Möchtest du was trinken? Ein Bier vielleicht?“

„Gern.“ Eigentlich hätte sie etwas Stärkeres gebraucht, wollte sich aber nicht betrinken.

Während Adam die Bedienung herbeiwinkte, ließ sie ihren Blick schweifen. Das Lokal machte seinem Namen alle Ehre. Der Barbereich war vollgestopft mit Postern, Skulpturen, Slogans und allen anderen möglichen Gegenständen, die sie eher auf dem Sperrmüll als in einer Bar vermutet hätte. Auch die Wände waren mit ausgefallenen Zeichnungen und Postern bedeckt, die Bands oder andere prominente Persönlichkeiten zeigten. Das Ambiente entspannte sie. Luisa ließ sich, ohne noch weiter über Jens nachzudenken, in den Stuhl zurücksinken und atmete tief aus.

Je länger ihr Gespräch dauerte, desto wohler fühlte sie sich. Sie erfuhr, dass Adam in Degerloch wohnte und sich dort selbstständig gemacht hatte. Architekt zu werden, war schon immer sein Kindheitstraum gewesen. Während andere Polizist oder Feuerwehrmann werden wollten und sich draußen mit imaginären Waffen zum Spielen trafen, verbrachte er seine Zeit lieber daheim und baute aus Bierdeckeln riesige Gebäude, die eine Höhe bis zu zweieinhalb Metern erreichten.

„Wahnsinn. Wie bist du denn da hochgekommen?" Luisa, die ihm gespannt zugehört hatte, blickte ihn mit großen Augen an.

„Mein Vater hat mir eine Leiter hingestellt. Als ich dann irgendwann bei der Decke angekommen bin, war allerdings Ende der Fahnenstange. Danach wollte ich größere Gebäude bauen. Echte."

Luisa schmunzelte bei dem Gedanken an den kleinen Adam, der versuchte, hoch hinaus zu kommen. Und es offenbar auch geschafft hatte, wenn er von seiner Selbstständigkeit leben konnte. Adam hatte eine angenehme Art zu erzählen. Er schaffte es, die Dinge so detailreich und plastisch zu schildern, dass sofort ein Bild entstand. Sie hätte ihm ewig zuhören können.

Er legte eine Pause ein und leerte sein Bier.

„Jetzt haben wir so viel über mich geredet und ich weiß noch fast nichts über dich." Er warf ihr einen Blick zu, der ihr Herzklopfen bescherte.

„Was möchtest du denn wissen?" Sie fuhr sich durch die kastanienbraunen Haare.

Der Kellner, ein junger Mann, von oben bis unten tätowiert, kam an ihren Tisch. „Darf ich euch noch etwas bringen?"

Eigentlich hätte Luisa das Bier gereicht, aber sie wollte den angenehmen Abend nicht schon beenden. Sie schlug die Karte auf. „Den Hawaiian bitte." Der Cocktail sah ansprechend aus, auch wenn sie ihn noch nie getrunken hatte.

„Eine gute Wahl." Der Kellner lächelte und wandte sich an Adam.

„Ich nehme noch ein Bier."

Der junge Mann nickte und entfernte sich.

Adam sah ihm einen Moment nach. „Ich hab ja nie verstanden, warum sich Leute tätowieren lassen. Es tut höllisch weh und los wird man die Dinger auch nie wieder." Er richtete seine Aufmerksamkeit wieder auf Luisa, die sich das Grinsen nicht verkneifen konnte.

„Manchen Leuten gefällts wohl."

Er betrachtete Luisa eingehend, dann musste er ebenfalls grinsen. „Ich bin gerade total ins Fettnäpfchen getreten, oder?"

Luisa lachte. „Schon okay. Ist nicht jedermanns Sache."

„Was für eins hast du?"

„Einen Zitronenfalter."

„Tatsächlich?" Er hob die Augenbrauen. „Mich haben diese Tierchen immer fasziniert, die es schaffen, sich aus ihrem engen Kokon zu zwängen und in die Freiheit zu schlüpfen."

„Mich auch." Sie lächelte. „Für mich standen sie immer für ein Lebensgefühl. Ich mag es nicht, wenn ich in einer Beziehung eingeengt werde und beende sie lieber, wenn mir jemand zu nahekommt." Sie musste unwillkürlich an Jens denken.

„Verstehe." Er nickte. „Kann ich es mal sehen?"

Sie erhob sich und hob ihren Pullover ein Stück nach oben, sodass Adam den Schmetterling auf ihrem Bauch sehen konnte.

„Wunderschön", flüsterte er und Luisa errötete leicht. Sie hoffte, dass Adam das im Dämmerlicht nicht erkannte.

„Jetzt weiß ich, dass du tätowierst bist und in einer schwierigen Beziehung steckst. Was noch?"

Luisa blickte auf. „Woher weißt du von meiner Beziehung?"

„Dafür muss man kein Hellseher sein." Er sah an ihr vorbei. „Du hast das mit der Beziehung in einer Art und Weise erzählt, dass du entweder schon entsprechende Erfahrungen gemacht hast oder sie gerade machst." Er blickte sie wieder an.

Adams feines Gespür beeindruckte sie. „Glaub mir, wenn ich dir das erzähle, ist der Abend im Eimer." Sie richtete ihren Blick auf den Tisch.

„Deine Entscheidung. Ich dränge dich nicht."

Luisa rang mit sich. Einerseits würde ihr ein großer Stein vom Herzen fallen, wenn sie endlich mal mit jemandem darüber sprechen konnte, andererseits wollte sie nicht, dass Adam erfuhr, in welcher Misere sie steckte und wie sehr sie das psychisch fertigmachte.

„Es hat angefangen vor einem knappen halben Jahr. Wir haben uns über eine Dating-App kennengelernt und es begann alles sehr romantisch." Sie hielt einen Moment inne und sah Adam an. „Bis ich sein wahres Ich erlebt habe."

Ohne, dass Luisa es wollte, sprudelten die Geschehnisse aus ihr heraus wie ein Wasserfall. Sie erzählte von seinen endlosen Textnachrichten, seinen Besuchen auf der Arbeit, seiner Reaktion, wenn sie mal abgesagt hatte und endete schließlich mit der Situation im Parkhaus, in der sie richtig Angst vor ihm bekommen hatte. Dass sie ihn inzwischen immer und überall sah, verschwieg sie. Adam war ein aufmerksamer Zuhörer. Er unterbrach sie nicht, stellte nur Rückfragen, wenn es nötig war und ließ ihr die Zeit, die sie brauchte.

Danach ging es ihr besser. Auch wenn sie das Gespräch zwischenzeitlich stark aufgewühlt hatte, fühlte sie sich, als habe ihr jemand eine große Last von den Schultern genommen. „Tja, Augen auf bei der Partnerwahl." Sie lachte in dem Versuch, die Stimmung etwas zu lockern, aber Adams Gesicht blieb ernst.

„Ich finde es sehr mutig von dir, mir das alles zu erzählen. Wenn du mich fragst, solltest du den Kerl anzeigen. Es ist ja nicht nur ein Gefühl, das du hast, sondern er stalkt dich und dafür gibt es spätestens nach der Geschichte im Parkhaus auch Zeugen."

„Ich weiß nicht." Luisa spielte mit dem Bügel ihrer Handtasche.

„Setz dem Kerl Grenzen! Warte nicht, bis es eskaliert."

Grenzen gesetzt hatte sie Jens. Es interessierte ihn nur nicht. Und was die Polizei anging, hatte sie nach wie vor Zweifel, dass das viel brachte.

„Mal schauen." Sie vermied es, Adam anzusehen. Hoffentlich würde er jetzt nicht anfangen, sie unter Druck zu setzen, nachdem der Abend so schön begonnen hatte. Vielleicht hatte sie das Thema auch bisher immer für sich behalten, weil sie genau davor Angst hatte.

Adam nahm ihre Hände. „Ich bin für dich da. Egal, was ist. Ruf einfach an und ich komm vorbei."

Luisa sah auf. Das hatte sie nicht erwartet.

„Bitte entschuldige." Er zog seine Hände zurück.

„Schon okay", sagte sie leise. „Ich bin dir sehr dankbar. Für den tollen Abend und deine Unterstützung."

„Gerne. Wenn du möchtest, wiederholen wir das." Er warf ihr ein umwerfendes Lächeln zu, das in ihr ein unerwartetes Kribbeln auslöste. Als habe sich der Schmetterling auf ihrem Unterleib in einen echten verwandelt, der jetzt in ihrem Bauch herumflatterte.

„Würde mich sehr freuen."

Adam hob seinen Arm, um den Kellner herbeizuwinken.

Luisa war froh, sich mit ihm getroffen zu haben. Er hatte ihr den Abend gerettet, in jeglicher Hinsicht. In einer anderen Situation hätte sie sich mit Adam vermutlich direkt für das nächste Date, insofern es eins war, verabredet, aber momentan war sie vorsichtig und blieb auf Abstand. Sie würde sich nicht wieder Hals über Kopf in etwas verrennen, dass sie später bereuen würde. Trotzdem hatte sie Vertrauen gefasst, weil sie wusste, Adam würde kommen, wenn sie wirklich Unterstützung brauchte. Mit einem Lächeln im Gesicht trat sie den Heimweg an. Sie freute sich auf ihr gemütliches Bett und stieg die Stufen hinauf, als sie eine böse Überraschung erlebte.

-34-

Mein erster Tag als Hausmeister. Auf der Schule angekommen, erhielt ich eine kurze Einweisung über die Tätigkeiten, meine Arbeitszeiten und wo sich die jeweiligen Örtlichkeiten befanden, obwohl ich mit dem meisten noch vertraut war.

Nachdem ich den Vormittag damit verbrachte hatte, den Rasen zu mähen, den Hof zu fegen und eine Glühbirne auszutauschen, wartete ich darauf, meine Recherche zu beginnen. Ich ging davon aus, dass die Listen ehemaliger Schüler im Sekretariat im ersten Stock aufbewahrt wurden. Allerdings gab es am Vormittag einen dermaßen hohen Andrang an Lehrern und Schülern, dass ich mich bis zum späten Nachmittag gedulden musste.

Ich schloss auf und spähte hinein. Außer mir war keiner mehr hier. Schnell zog ich die Tür zu und drehte den Schlüssel. Ich ließ meinen Blick schweifen. Das Sekretariat war winzig. Es bestand nur aus einer Art Theke mit einem großen Schreibtisch dahinter. In der Ecke stand ein hüfthoher Tresor, an der Wand darüber befand sich eine Art Collage. Ich betrachtete die aneinander gereihten Bilder, die zusammen ein großes Kaninchen ergaben. Es erinnerte mich vage an Twix. Ein flüchtiges Lächeln umspielte meine Mundwinkel.

Die gesamte Wandseite wurde von Regalen mit Stehordnern eingenommen. Genau dort würde ich meine Suche beginnen. Ich ging die Beschriftungen durch und brauchte nicht lange, bis ich einen Ordner mit der Aufschrift ‚Schülerverzeichnis‘ fand. Ich zog den Wälzer heraus, der auf der ersten Seite eine alphabetische Übersicht aller Schüler enthielt. In diesem Moment ertönte das Klacken des Türschlosses. Kurz darauf betrat jemand das benachbarte Lehrerzimmer. Ich fluchte und stellte den Ordner zurück an seinen Platz. Eine junge Frau mit kurzärmligem Blümchenkleid streckte den Kopf herein. Sie kam mir bekannt vor.

„Haben Sie abgeschlossen?“ Sie blickte mich stirnrunzelnd an.

„Nein, aber das Schloss klemmt, deswegen bin ich gerade dabei, es zu reparieren. Ich bin der neue Hausmeister.“

Sie lächelte. „Ach, das ist ja toll. Ich bin übrigens Manuela Weiss. Ich unterrichte Französisch und Latein.“ Sie gab mir die Hand.

Wusste ich's doch. Frau Weiss hatte mich in der Mittelstufe in Französisch unterrichtet, allerdings sah ich im Augenblick keine Notwendigkeit, das zu erwähnen. Ich wollte, dass sie schleunigst wieder verschwand und mich meine Arbeit tun ließ.

„Na gut, dann möchte ich Sie nicht weiter stören.“ Sie machte auf dem Absatz kehrt und begann, sich an einem der Schreibtische im Lehrerzimmer Unterlagen anzusehen. Die Durchgangstür hatte sie offengelassen. Das bedeutete, sie konnte jederzeit sehen, was ich machte. Soll ich es an einem anderen Tag versuchen?

Ich dachte an die lange Zeit, die ich schon gewartet hatte und beschloss, das Risiko einzugehen. Leise und ohne sie aus den Augen zu lassen, zog ich den Ordner mit dem Verzeichnis heraus und legte ihn auf dem Schreibtisch vor mir ab. Zum Glück verhinderte der Tresen eine direkte Sicht. Außerdem war sie in die Korrektur von Klassenarbeiten vertieft – zumindest kritzelte sie mit einem Rotstift in irgendwelchen Unterlagen herum.

Ich scannte die Liste im Schnelldurchgang. Emilia Newerth stand nicht darauf. Ich unterdrückte den Reflex, mit der Faust auf den Tisch zu hauen. Die Liste war zwei Monate alt und führte vermutlich nur die aktuellen Schüler auf. Aber wo bewahrten sie die Listen der Ehemaligen auf? Es musste ein Archiv geben. Ausgerechnet das wurde mir bei meinem Rundgang nicht gezeigt. So leise wie möglich stellte ich den Ordner wieder ins Regal. Meine ehemalige Französischlehrerin saß immer noch über ihre Klassenarbeiten gebeugt. Ich zog meinen Schlüssel heraus und trat ins Lehrerzimmer. Frau Weiss sah auf.

„Schloss repariert." Ich setzte mein charmantestes Lächeln auf. „Sie wissen nicht zufällig, wo sich das Archiv befindet? Ich soll dort eine Glühbirne austauschen."

Wenige Minuten später hatte ich mein Ziel erreicht. Das Archiv befand sich in einem dunklen, kalten Kellergewölbe, das nur von einigen flackernden Neonröhren beleuchtet wurde. Der Raum war nicht besonders hoch, aber dafür sehr lang. Schwerlastregale mit Stehordnern, die sich bis zur Decke türmten, reihten sich an der Wand auf. Ich stieß einen tiefen Seufzer aus.

Während ich durch die Reihen ging, zog ich mehrere Ordner heraus, die bergeweise Infos enthielten, aber nicht, was ich suchte. Schließlich nahm ich einen weiteren Stehsammler zur Hand, der laut Beschriftung eine Schülerliste von vor elf Jahren enthielt. Neugierig schlug ich ihn auf. Gleich auf der ersten Seite war eine Tabelle, die der im Sekretariat ähnelte. Mein Puls beschleunigte sich.

Ich fuhr mit dem Finger die Liste entlang und konnte es kaum fassen, als ich den Namen ‚Newerth, Emilia‘ las. Daneben standen ihr Geburtsdatum, Anschrift, E-Mail und Telefonnummer. Mit einem Grinsen im Gesicht holte ich mein Mobiltelefon hervor und fotografierte die Daten ab.

Plötzlich hatte ich das Gefühl, Emilia ganz nahe zu sein. Es war beinahe wie ein Rausch. Auch wenn Emilia inzwischen möglicherweise eine andere Bleibe hatte, wusste ich, dass ich ihre aktuelle Adresse herausfinden würde. Auch wenn es dauern konnte, bis sie ihre Eltern besuchte und ich sie verfolgen konnte.

Das Bild von Emilia unter der Dusche drängte sich in diesem Moment so lebendig in meine Gedanken, dass ich eine Erektion bekam. Ich widerstand dem Impuls, zu masturbieren, und verließ das Archiv. Vorfreude ist die schönste Freude, hatte mein Vater immer gesagt. Und damit hatte er vollkommen recht. Warum den Spaß schon vorwegnehmen? Schließlich wollte ich mich ganz für Emilias letzten Atemzug aufsparen.

-35-

„Lily?" Ihre Katze war wie vom Erdboden verschwunden. Sie wurde unruhig. Lily war eine Abenteurerin und es war nicht das erste Mal, dass sie abhaute. Doch normalerweise spazierte sie nur im Treppenhaus umher und lief ihr spätestens beim Verlassen der Wohnung in die Arme. Da sie Lily seit gestern Abend nicht mehr gesehen hatte, musste die Katze unauffällig hinausgestürmt sein. Vermutlich als sie die Tür geöffnet hatte, um nachzusehen, ob jemand davorstand. Lily war flink. Luisa erhob sich fluchend, nachdem sie alle Lieblingsplätze erneut abgesucht hatte. Wo konnte sie sein? Ihr Puls beschleunigte sich. Sollte sie die Nachbarn abklappern? Ihr blieb wohl keine Wahl. Sie ging in Richtung Erdgeschoss, als ihr Mobiltelefon vibrierte. Sie holte es hervor und sah eine eingehende Nachricht von Adam.

War echt ein schöner Abend gestern.

Dahinter war ein erröteter Smiley.
Sie grinste.

Fand ich auch. :) Müssen wir unbedingt wiederholen.

Sie freute sich darauf, dass allmählich wieder etwas Normalität in ihr Leben einkehrte. Jens hatte sich schon seit einigen Tagen nicht mehr gemeldet. Sie war positiv überrascht.

Während sie die erste Klingel drückte, stieg plötzlich ein ungutes Gefühl in ihr auf. Konnte Jens etwas mit Lilys Verschwinden zu tun haben? Der Gedanke beunruhigte sie. Sie dachte wieder an die Person im Auto und ein Schauer lief ihr über den Rücken. Sie betete, dass es eine harmlose Erklärung für ihr Verschwinden gab.

Jetzt gleich? Bin nur zwei Straßen vom Schlampazius entfernt.

Luisa seufzte. Zu gern hätte sie sich mit Adam getroffen, aber nicht solange ihre Katze vermisst wurde.

Sorry, muss Lily (meine Katze) suchen.

Eine Dame mittleren Alters mit Lockenschopf öffnete die Tür. Luisa musste feststellen, dass sie nichts über den Verbleib ihrer Katze wusste. Die Angst, dem Tier könne etwas zugestoßen sein, wuchs. Ihr Mobiltelefon vibrierte erneut.

Soll ich suchen helfen?

Luisa war dankbar für seine hilfsbereite Art, aber ihn extra deswegen kommen lassen? Andererseits würde sie sich auch freuen, ihn zu sehen. Sie tippte die Adresse ein, löschte sie aber gleich wieder. War das wirklich eine gute Idee? Sie kaute an ihren Fingernägeln. Damals hatte sie auch Jens die Adresse gegeben und es bereut. Aber sie musste ihre Katze finden und zusammen ging es schneller, zumal Adams Anwesenheit sie beruhigen würde. Sie gab sich einen Ruck und schickte ihm die Adresse.

Eine Stunde später saß eine völlig verängstigte Lily auf ihrem Schoß. Sie hatte mit ihrer Vermutung richtig gelegen. Lily war gestern Abend ins Treppenhaus gestürmt. Als sie nicht wieder hineingelangte, vermutlich weil Luisa bereits unterwegs war, hatte sie sich laut maunzend vor die Tür gestellt. Einer Nachbarin war das wehleidige Klagen aufgefallen und hatte die Katze mit etwas Milch in ihre Wohnung gelockt. Luisa fiel ein riesiger Stein vom Herzen. Sie streichelte ihr Fell, was mit einem lauten Schnurren belohnt wurde. Es war nicht nur die Erleichterung, Lily wohlbehütet wieder zu haben, sondern auch, dass ihr Ex offensichtlich nichts mit dem Verschwinden zu tun hatte.

Adam hatte sie tatkräftig unterstützt und mit den Nachbarn über ihr gesprochen. Als Gegenleistung hatte sie ihn spontan auf einen Kaffee in ihrer Wohnung eingeladen.

„Danke, dass du geholfen hast, und sorry, dass du extra kommen musstest. Lily hat mir einen ordentlichen Schrecken eingejagt." Sie saß mit der Katze auf dem Schoß auf einem Stuhl, während sie Adam einen Platz auf dem Zweisitzer vor dem Fernseher angeboten hatte.

„Kein Thema. Ich war sowieso gerade in der Gegend und hatte ja gestern meine Hilfe angeboten, wenn's mal Schwierigkeiten gibt."

„Stimmt." Nur, dass sie nicht damit gerechnet hatte, so schnell darauf zurückgreifen zu müssen. Sie lächelte.

Er erwiderte ihr Lächeln, was Luisa ungemein süß fand. Sie setzte die Katze vorsichtig auf dem Boden ab, stand auf und nahm neben Adam Platz. Er drehte sich zu ihr und sah ihr tief in die Augen. Der angenehme Geruch seines Parfüms stieg ihr in die Nase und bescherte ihr ein Kribbeln im Bauch.

In diesem Moment klingelte es.

„Erwartest du noch jemanden?"

„Nein." Verwundert erhob sich Luisa und ging zur Sprechanlage. „Hallo?" Sie lauschte einen Moment, dann drückte sie den Türöffner. „Kriminalpolizei." Sie warf Adam einen irritierten Blick zu. „Keine Ahnung, was die wollen."

Wenige Augenblicke später betrat eine junge Blondine, die ungefähr in ihrem Alter sein musste, die Wohnung. Sie war schlank, hatte eine sportliche Figur und ein sympathisches Gesicht.

„Kriminalkommissarin Julia Beck." Sie holte ihren Ausweis hervor. „Sind Sie Luisa Rehm?" Ihre Stimme hatte einen angenehmen Ton.

Sie nickte.

„Und Sie sind?" Sie warf Adam einen neugierigen Blick zu. „Adam Schenk." Er stand auf und gab ihr die Hand.

„Freut mich. Frau Rehm, können wir irgendwo unter vier Augen sprechen?"

„Klar." Luisa wollte sie in die Küche dirigieren, aber Adam winkte ab. „Ihr könnt euch im Wohnzimmer unterhalten. Ich muss sowieso noch packen." Er kam auf Luisa zu, gab ihr einen Kuss auf die Wange und verabschiedete sich. „Ruf mich einfach an, wenn irgendwas ist. Und nicht wundern, wenn es die Tage länger dauert

– ich muss geschäftlich für zwei Wochen in die Türkei verreisen.“

„Viel Spaß.“ Sie lächelte und ein Stich durchfuhr ihre Eingeweide. Eine Geschäftsreise bedeutete, dass sie ihn die nächsten zwei Wochen nicht zu Gesicht bekam. Ein Geräusch, dann fiel die Tür hinter Adam ins Schloss.

Beck, die sie beide genau beobachtet hatte, stand unschlüssig im Wohnzimmer.

„Sie dürfen sich ruhig setzen.“ Luisa deutete auf das Sofa, gespannt darauf, warum die Kriminalpolizei mit ihr sprechen wollte. Die Kommissarin setzte sich auf die Stelle, wo eben noch Adam gesessen hatte, während sie sich wieder auf dem Stuhl niederließ.

Beck hatte ihren Blick durch die Wohnung schweifen lassen und richtete jetzt ihre volle Aufmerksamkeit auf sie. „Bitte entschuldigen Sie, wenn ich hier einfach so aufschlage. Ich hatte es ein paar Mal telefonisch versucht, aber Sie sind nicht dran gegangen.“

Luisa erinnerte sich an die Anrufe mit unbekannter Nummer – es war also nicht Jens gewesen. „Tut mir leid, ich hatte viel um die Ohren. Worum geht es denn?“

„Meine Kollegen und ich ermitteln im Fall Irina Heff, die einem Gewaltverbrechen zum Opfer gefallen ist.“ Sie suchte Luisas Blick. „Sagt Ihnen der Name etwas?“

Luisa legte die Stirn in Falten. Der Name löste nichts bei ihr aus. „Nicht, dass ich wüsste.“ Sie schüttelte den Kopf.

„Ihr Freund, Jens Wagner, hatte mit Frau Heff vor einigen Monaten über eine Dating-App Kontakt. Er hat von Ihnen erzählt und wir würden gerne wissen, ob er diesen Namen vielleicht mal erwähnt hat?“

Jens hatte mit einem Mordopfer zu tun? Ein flaues Gefühl breitete sich in ihrem Magen aus. „Nein, mein Ex hat den Namen nicht erwähnt. Er erzählte zwar mal, dass er das ein oder andere Date vorher hatte, aber Irina Heff sagt mir gar nichts.“

Julia Beck beobachtete sie genau. Ihr eindringlicher Blick bescherte ihr eine Gänsehaut.

„Ihr Ex?“ Sie hob die Augenbrauen.

„Wir haben uns getrennt.“ Luisa sah zu Boden.

„Wann?“

„Vor ein paar Tagen.“

„Interessant.“

Luisa beobachtete, wie Beck ihr Smartphone herausholte und darauf herumtippte.

„Davon hat Jens Wagner nämlich nichts erwähnt. Im Gegenteil, es klang, als habe er große Pläne für Sie beide.“

Das wunderte Luisa nicht im Mindesten. Jens hätte nie zugegeben, dass ihre Beziehung vorbei war, was daran lag, dass er es selbst nicht akzeptierte. Und vielleicht auch niemals würde.

„Was war der Grund für die Trennung?“ Die Kommissarin beobachtete sie interessiert.

„Ach, wir hatten ...“, sagte sie und suchte nach den passenden Worten, „... unsere Differenzen.“

Die Kommissarin musterte sie. Luisa hatte ein schlechtes Gewissen, sie anzulügen, schließlich war es eine gute Gelegenheit, der Polizei von Jens zu erzählen, zumal Frau Beck einen vertrauenserweckenden Eindruck machte. Sie dachte an das Gespräch mit Adam.

Er hatte ihr geraten, zur Polizei zu gehen. Doch dadurch brachte sie Jens vermutlich in ernsthafte Schwierigkeiten.

„Und dieser Herr Schenk von eben", fuhr sie fort. „Sind Sie mit ihm zusammen?"

„Nein, ich bin Single. Er war mein früherer Nachbar. Wir haben uns zufällig im Supermarkt getroffen und uns gut verstanden. Das Verhältnis ist rein freundschaftlich." Auch wenn sie insgeheim auf mehr hoffte.

„Verstehe. Kommen wir nochmal zurück zu Jens Wagner: Wie würden Sie Ihre Beziehung beschreiben?"

Romantisch angefangen, in einem Albtraum geendet, hätte sie am liebsten geantwortet. Allerdings war ihr nicht klar, warum sich Frau Beck dafür interessierte.

„Na ja, wir haben uns gegen Ende häufiger gestritten. Aber was hat das mit dieser Frau Heff zu tun? Ist Jens darin verwickelt?"

„Das versuchen wir gerade herauszufinden, deshalb überprüfen wir rein routinemäßig das Umfeld der Toten. Allem Anschein nach wurde Irina Heff nämlich vor ihrem Tod gestalkt und wir würden einfach gerne wissen, ob Jens Wagner da entsprechende Tendenzen hat?"

Luisa blieb die Luft weg. Sie erhob sich und kehrte der Kommissarin den Rücken zu. Das durfte alles nicht wahr sein. War Jens ein Killer? Hatte sie sich auf einen Mörder eingelassen? Sie dachte an die Szene im Parkhaus. Ihr Herz hämmerte wild in ihrer Brust. Sie kämpfte mit der aufsteigenden Panik.

„Alles in Ordnung?"

„Ja." Luisa nahm einen tiefen Atemzug und setzte sich wieder auf den Stuhl. Sie war nicht besonders gut darin, Emotionen zu verstecken.

Beck beobachtete sie genau. „Was war mit Jens Wagner? Erzählen Sie mir davon."

Luisa hielt einen Augenblick inne, dann nahm sie einen tiefen Atemzug. „Anfangs lief es sehr romantisch. Wir haben viel zusammen unternommen, er hat mich ins Kino oder zum Essen eingeladen. Wenn ich mal keine Zeit hatte, hat er das respektiert und wenn es mir schlecht ging, hat er sich toll um mich gekümmert." Sie dachte an die Zeit, wo sie mit einer Grippe im Bett lag. „Aber nach und nach änderte es sich." Ein kalter Schauer lief ihr den Rücken hinunter. „Er hat plötzlich einen riesigen Aufstand gemacht, als ich ihn für eine Freundin, die meine Hilfe brauchte, versetzt habe."

Beck machte sich Notizen auf ihrem Smartphone.

„Ich dachte erst, vielleicht hatte er nur einen schlechten Tag und vermisst mich einfach sehr. Aber dann wurde es immer schlimmer." Sie senkte den Blick. „Er hat mir immer öfter Nachrichten geschickt und wenn ich nicht sofort geantwortet habe, noch eine. Dann hat er gleich angerufen, um zu fragen, was los sei." Die Erinnerungen lösten bei Luisa Kopfschmerzen aus. „Plötzlich tauchte er ungefragt auf der Arbeit auf. Dann bei mir daheim. Dort erfuhr ich so ganz nebenbei, dass er sich einen Zweitschlüssel angefertigt hatte." Sie lachte, obwohl sie am liebsten losgeheult hätte.

Die Kommissarin betrachtete sie mitfühlend.

„Dann war es aus. Hab ihn rausgeschmissen. Danach wurde er gewalttätig. In einem Parkhaus hat er mich regelrecht angefallen, weil ich mich mit Adam unterhalten habe." Sie schüttelte den Kopf. „Es war beängstigend. Und seitdem sehe ich ihn überall." Ihre Stimme zitterte. „Ich habe das Schloss ausgetauscht und ihn blockiert. Trotzdem habe ich eine scheiß Angst, dass er plötzlich wieder irgendwo auftaucht." Sie hielt inne. Ihr Puls raste.

„Das kann ich gut verstehen." Die Kommissarin verzog den Mund. „Wie lange waren Sie zusammen?"

„Knapp vier Monate."

Die Kommissarin tippte etwas auf ihrem Smartphone. „Wann haben Sie ihn zuletzt gesehen?"

„Vor drei Tagen. Im Parkhaus." Sie blickte zu Boden.

Beck wartete einen Augenblick. „Möchten Sie Anzeige erstatten?"

Luisa dachte einen Moment nach, schüttelte dann aber den Kopf.

„Frau Rehm, Sie haben uns unglaublich geholfen." Beck erhob sich. „Sie müssen keine Angst mehr haben. Wir werden uns eingehend mit Jens Wagner befassen. Sollte er das nächste Mal auftauchen oder Sie auch nur das Gefühl haben, dass er in Ihrer Nähe ist, rufen Sie mich bitte unverzüglich an." Sie warf ihr einen eindringlichen Blick zu und legte ihr eine Visitenkarte auf den Tisch. „Bis dahin würde ich Ihnen raten, alles zu dokumentieren, was mit Jens Wagner zu tun hat. Das könnte später, sollte es zu einer Gerichtsverhandlung kommen, sehr wichtig sein."

„Danke." Luisa, die ihre Fassung inzwischen wiedergefunden hatte, nickte und begleitete sie zur Tür.

„Glauben Sie wirklich, dass er für den Tod der jungen Frau verantwortlich ist?"

„Das kann ich Ihnen im Moment noch nicht sagen. Aber Sie sollten in nächster Zeit äußerst vorsichtig sein. Ich gehe zwar davon aus, dass Herr Wagner verhört wird, aber noch fehlen uns eindeutige Beweise. Ich werde mich zeitnah melden, sobald ich mehr weiß.“

Luisa bedankte sich und schloss die Tür hinter der Kommissarin. Sie ließ sich auf der Couch nieder. Der Schock saß ihr tief im Nacken. Hatte Jens tatsächlich etwas mit dem Mord zu tun? Hatte er auch Mordpläne für sie geschmiedet? Weil sie Schluss gemacht hatte? Sie hätte Jens viel zu getraut, aber einen Mord niemals. Wie sehr man sich in einem Menschen täuschen konnte.

-36-

Die Strapazen lohnten sich. Ich hatte das Haus erst wenige Tage beobachtet, als Emilia plötzlich auftauchte und genau an meinem Wagen vorbeilief. Ich erkannte sie auf den ersten Blick – die wehenden, strohblonden Haare, der schlanke Körper, die geschmeidigen Bewegungen. Emilia Newerth war keine Teenagerin mehr. Ihr Gesicht hatte sich verändert, hatte ernstere Züge bekommen und die ein oder andere Sorgenfalte mehr. Alles in allem war sie noch immer eine Schönheit. Mein Puls beschleunigte sich. Hatte sie mich entdeckt? Ich ließ mich tiefer in den Sitz gleiten. Sie warf einen Blick über ihre Schulter, dann verschwand sie im Haus.

Emilia wohnte in der Wenzelstraße auf der Anhöhe von Mühlhausen, nur wenige Meter von den Feldern und dem Friedhof entfernt. *Dann müssen sie die Leiche von Emilia nicht so weit tragen*, dachte ich mir und grinste in mich hinein. Das Einfamilienhaus, das sich in einem Hof befand und nur durch eine Einfahrt passierbar war, erschwerte die Beobachtungen. Ich hatte mir einen klapprigen, alten Audi zugelegt, den ich an verschiedenen Stellen parkte, damit ich niemandem auffiel. Die rückwärtige Seite des Hauses besaß einen großflächigen Garten mit Panoramablick. Offensichtlich stammte Emilia nicht aus einem armen Haus. Von dort aus würde ich mich hineinschleichen können, da die Gefahr, von Nachbarn entdeckt zu werden, geringer war. Mit dem Fernglas führte ich aus verschiedenen Blickwinkeln Erkundungen durch. Zu meiner Verwunderung wohnte Emilia noch an derselben Adresse, ihre Eltern aber offensichtlich nicht. Entweder sie waren bereits verstorben und hatten Emilia ihr Haus vermacht oder waren selbst umgezogen. Vermutlich würde ich das nie herausfinden, aber das war egal. An ihrer Seite hatte ich einen jungen Mann entdeckt, der häufiger ein- und ausging – vermutlich ihr Freund. Das verkomplizierte die Sache.

Meinen Plan mit der Gartenlaube hatte ich fallengelassen, da ich wusste, dass mir Emilia nirgendwohin folgen würde. Die Wahrscheinlichkeit, dass sie mich wiedererkannte, war zu hoch. Meine Wohnung schied daher ebenfalls aus. Ich hatte entschieden, Emilias Leben in ihren eigenen vier Wänden zu beenden.

Das gestaltete sich schwieriger als erwartet. Ich musste Emilia alleine antreffen. Doch entweder war nur der Freund daheim oder beide waren zusammen unterwegs. Manchmal war es auch nicht eindeutig, wer zuhause war, und so verpasste ich mehrere Gelegenheiten.

Es war ein lauer Sommerabend, als sich meine Geduld schließlich auszahlte. Emilias Freund hatte bereits eine halbe Stunde zuvor das Haus verlassen und ich hatte sie an einem der oberen Fenster entdeckt. Es war die Gelegenheit.

Als ich mir sicher war, dass mich niemand beobachtete, schlich ich einmal um das Haus herum. Zu meiner Erleichterung befanden sich an der Seite keine Bewegungsmelder. Ich erreichte den rückwärtigen Teil des Gartens. Von Emilia keine Spur. Die Terrassentür stand offen, vermutlich um nach dem drückend heißen Tag ein wenig kühle Luft hereinzulassen. Wie fahrlässig. Als ob mich Emilia förmlich zu sich einlud.

Ich betrat das Haus. Vor mir lag ein großes Wohnzimmer mit einem Esstisch, einer Fernsehecke und eine Küche. Weiter hinten befand sich eine Wendeltreppe, die sowohl nach unten als auch nach oben führte. Niemand hatte mich bemerkt. Von oben hörte ich Geräusche und ging zur Treppe. Ich betrat die erste Stufe, als ein lautes Knarzen ertönte. Ich hielt den Atem an und lauschte. Hatte sie mich gehört? Oben war es still geworden. Ich beugte mich zur Seite, um durch das Geländer zu spähen. Mein Herz pochte. Es war eine Mischung aus Vorfreude und Nervenkitzel. Langsam stieg ich Stufe für Stufe nach oben. Weitere knarzende Geräusche drohten meinen Plan zu durchkreuzen.

Wusste Emilia bereits, dass ich im Haus war? Aber dann hätte sie bestimmt gerufen. Das Wissen, das mich nur wenige Meter von meiner innersten Begierde trennte, war elektrisierend. Ich erreichte den ersten Stock. Zu meiner Linken lag ein Bad nebst zwei weiteren Zimmern. Ich warf einen kurzen Blick hinein. Es handelte sich um das Schlafzimmer. Der Raum in der Mitte diente als Fitnessraum. Emilia musste ein eigenes Reich im Dachgeschoss haben. Ich lauschte erneut. Von oben waren Schritte zu hören. Schlagartig blieb ich stehen. Würde sie in der nächsten Sekunde herauskommen und mich entdecken? Wenn sie dann nach oben rannte und sich einschloss, hätte ich ein echtes Problem. Mein Herz hämmerte immer wilder, je näher ich meinem Ziel kam. Ich schlich die letzten Stufen hinauf in das Obergeschoss, in der Hoffnung, dass diese weniger laut knarzten als im Erdgeschoss. Ich wurde enttäuscht. *Wieso hört mich Emilia nicht?* Allmählich wurde es befremdlich. Hatte sie etwa schon Alarm geschlagen? Die Antwort erhielt ich auf der obersten Stufe. Die Zimmertür war ein klein wenig geöffnet. Sie hatte es sich auf dem Bett bequem gemacht, den Blick auf das Display ihres Handys gerichtet, in den Ohren trug sie EarPods. Sie hatte mein Eindringen tatsächlich nicht bemerkt.

Ich lauschte auf nahende Geräusche eines Autos, um sicherzugehen, dass der Freund nicht plötzlich aufkreuzte. Doch bis auf das regelmäßige Ticken einer Wanduhr vernahm ich nichts. Wir waren ungestört. Nur meine Königin und ich.

-37-

Luisa ließ sich hundemüde auf ihr Bett fallen. Das Gespräch mit der Kriminalkommissarin hallte immer noch in ihrem Kopf nach. Gerne hätte sie mit Adam darüber gesprochen. Wie ihr eine Nachricht auf dem Handy mitteilte, war er inzwischen in der Türkei gelandet, aber freue sich, sie bald wiederzusehen, was ihr ein angenehmes Kribbeln bescherte. Sie wollte es nicht kaputt machen, indem sie ihn wieder mit ihren Problemen behelligte.

Mit schweren Schritten schlurfte sie ins Bad, putzte sich die Zähne und kuschelte sich in ihre warme, flauschige Decke. Wie jeden Abend saß Lily bereits auf ihrem Stammplatz neben ihren Beinen und sah sie erwartungsvoll an. Seit ihrem Abenteuer bei der Nachbarin war sie noch verschmuster als sonst. Luisa streichelte der Katze sanft über den Kopf, was mit einem leisen Schnurren gewürdigt wurde.

Luisa knipste das Licht aus und schloss die Augen. Sie fühlte sich nicht mehr so angreifbar und verwundbar, jetzt da sie wusste, dass die Polizei Jens verhörte und er nicht mehr tun und lassen konnte, was er wollte. Der Gedanke beruhigte sie und es dauerte nicht lange, bis sie eingeschlafen war.

Ein Geräusch riss sie aus ihren Träumen. Luisas Herz klopfte wie wild. Es klang, als sei jemand im Wohnzimmer gegen das Sofa gelaufen. Sämtliche ihrer Alarmsirenen sprangen an. Jemand war in der Wohnung. Oder war es nur Lily? Sie hatte schon einmal einen Einbrecher vermutet, stattdessen hatte ihre Katze in der Wohnung herumgeturnt. Mit der Hand fuhr sie die Bettdecke entlang und berührte den weichen, warmen Körper der Katze.

Wieder ein Geräusch. Ein Knarzen. Luisa saß kerzengerade im Bett. Sie musste die Polizei rufen. So leise wie möglich griff sie nach ihrem Smartphone, das auf ihrem Nachttisch lag. Das Display zeigte kurz nach zwei an. Aber wenn sie einen Notruf absetzte, hörte derjenige draußen sie ebenfalls. Was, wenn sie sich geirrt hatte? War es nicht sinnvoller, erst nachzusehen?

Sie lauschte in die Stille. Von draußen war kein Laut mehr zu hören. Dennoch war sie überzeugt, etwas gehört zu haben. Aber wenn, konnte das nur einer sein. Jens. Wie zum Teufel hätte er in ihre Wohnung kommen sollen? Sie hatte das Schloss ausgetauscht. Ein eingeschlagenes Fenster oder eine Brechstange hätte sie gehört.

Sie schwang die Beine aus dem Bett und schlich auf die Schlafzimmertür zu. Durch den winzigen Türspalt sah sie nicht viel. Sie drückte gegen die Tür und spähte ins Wohnzimmer. Das fahle Mondlicht, das durch die halbgeöffneten Rollläden hereinfiel, tauchte ihre Wohnung in ein unheimlich wirkendes Licht. Sie sah die Silhouette ihres Sofas, das große Fenster mit Blick auf die Straße und sonst nichts. Sie lauschte abermals. Hatte sie sich geirrt? Auf Zehenspitzen huschte sie durch die Tür und ließ ihren Blick durch das Zimmer schweifen. Nichts schien anders als sonst.

Im Halbdunkel erkannte sie die Tür zum Balkon, den Esstisch und die halboffene Küche. Die Tür in den Eingangsbereich war angelehnt, so wie sie sie am Vorabend zurückgelassen hatte. Und doch war da etwas. Etwas Fremdes. Bedrohliches. Sie war nicht allein.

Mit klopfendem Herzen bewegte sie sich auf den Lichtschalter zu. Jeden Moment erwartete sie, dass Jens sie ansprang. Dass er hinter dem Sofa auftauchte. Hinter der Küchenzeile hervorkam. Aus der Abstellkammer stürmte. Sie erreichte den Lichtschalter, betätigte ihn, blinzelte – und atmete auf.

Das Zimmer war leer. Sie ging ins Schlafzimmer und schaltete ebenfalls das Licht an, aber auch hier war alles wie immer. Hatte sie nur schlecht geträumt? Sie hatte etwas vernommen, dessen war sie sich sicher. Ein Geräusch. Ein fremder Geruch. Sie machte einen Schritt in die Küche und warf einen Blick hinter die Theke. Ein gepflegter Laminatboden, Getränkekisten, ein Eimer. Auch in der angrenzenden Kammer war alles normal. Ihr Puls beruhigte sich. Vielleicht hatte die Kommissarin mit der Nachricht vom Tod der jungen Frau ihre Angst noch mehr verstärkt und sie geriet deshalb bei jedem Geräusch in Panik. Die Furcht hatte sich in ihr Leben geschlichen wie ein Parasit, den sie nicht mehr loswurde.

Sie beschloss, noch einen kurzen Blick in den Flur und das Badezimmer zu werfen und dann wieder schlafen zu gehen. Sie öffnete die Tür und erstarrte. Die Wohnungstür war geöffnet. Sie sah das Treppenhaus. Jedes einzelne ihrer Nackenhaare stellte sich auf. *Er ist hier.* Sie verharrte einige Sekunden auf der Stelle, bis die Beine ihr wieder gehorchten. Dann rannte sie ins

Schlafzimmer, verschloss die Tür und wählte mit zittrigen Fingern den Notruf.

„Sind Sie sicher, dass jemand in Ihre Wohnung eingedrungen ist?" Der Beamte kam aus dem Bad und warf ihr einen skeptischen Blick zu. Zu Luisas Enttäuschung war nicht die junge, sympathische Ermittlerin vom Nachmittag gekommen. Eigentlich hätte ihr das klar sein müssen, schließlich hatte diese auch irgendwann Feierabend, dennoch hatte sie es gehofft. Bei ihr hatte sie das Gefühl, verstanden zu werden, während die Beamten ihr eindeutige Blicke zuwarfen. Sie glaubten ihr nicht.

Luisa hatte sich bis zum Eintreffen der Polizei im Schlafzimmer verbarrikadiert und dort wie ein Häufchen Elend auf dem Bett gekauert. In ihrer Panik hatte sie nicht einmal mehr daran gedacht, die Wohnungstür zu schließen, sodass in der Zwischenzeit jeder hätte herein- und hinausspazieren können. Als sie nach gefühlten Stunden Stimmen im Flur vernahm, war sie schließlich aus ihrem Versteck gekommen und hatte den Polizisten berichtet, was geschehen war. Auch den Verdacht gegen Jens ließ sie nicht unerwähnt.

„Also hier ist niemand." Der andere Polizist, dessen Namen sie schon wieder vergessen hatte, tauchte kopfschüttelnd hinter dem Sofa hervor.

„Aber ich habe Geräusche gehört!", rief Luisa. „Die Haustür stand offen! Jens muss rausgerannt sein, als er mich gehört hat." Für die Beamten musste sie völlig hysterisch wirken.

„Ich kann keine Einbruchsspuren erkennen", sagte der Beamte, der sich als Herr Dirnhaus vorgestellt hatte und abermals die Tür und das Schloss inspizierte. „Keine Hinweise auf ein gewaltsames Eindringen."

„Könnte Ihr Ex-Freund einen Schlüssel besitzen?" Der jüngere Beamte legte den Kopf schief.

„Nein." Luisa schüttelte den Kopf. „Ich habe das Schloss ausgetauscht. Er hat …" Sie hielt mitten im Satz inne. Der Schlosser hatte ihr einen Ersatzschlüssel ausgehändigt. Diesen bewahrte sie nicht an ihrem Schlüsselbund, sondern auf der Kommode im Eingangsbereich auf. Aber wie sollte Jens da herangekommen sein? Unter den verwirrten Blicken der Beamten lief Luisa in den Flur und durchwühlte den blauen Plastikbehälter, in denen sie sämtliche Schlüssel aufbewahrte, die sie nicht regelmäßig nutzte. Es dauerte nicht lange und sie hielt den Ersatzschlüssel in der Hand. Wie war das möglich?

Dirnhaus trat an sie heran. „Ist das der Zweitschlüssel für Ihre Wohnung?"

Luisa nickte.

„Besitzt sonst noch jemand einen?" Er beäugte sie stirnrunzelnd.

„Nur mein Vermieter", flüsterte sie. Und der lungerte sicher nicht nachts in ihrer Wohnung herum.

Dirnhaus stieß einen Seufzer aus. „Frau Rehm, wir werden Ihre Aussage zu Protokoll nehmen und Sie haben selbstverständlich die Möglichkeit, Anzeige gegen ihren Ex-Freund zu erstatten. Ich sag's Ihnen aber frei raus. Ohne Beweise wird das nix."

„Aber er war hier!", schrie Luisa. „Ich hab ihn gesehen, gerochen. Die Tür stand offen. Ich bilde mir das doch nicht ein."

„Jetzt beruhigen Sie sich bitte mal!“ Dirnhaus hob beschwichtigend die Hände. „Ich wollte Sie nur darauf hinweisen. Wie Sie weiter vorgehen, bleibt Ihnen überlassen.“

Sein abfälliger Ton machte Luisa rasend. Die Beamten schienen sie für völlig bescheuert zu halten. Und allmählich zweifelte sie selbst an ihrem Verstand. Wie konnte Jens in ihre Wohnung eindringen? Vielleicht war es sinnvoll, sich mit der jungen Ermittlerin nochmal in Verbindung zu setzen, schließlich hatte diese gebeten, sie zu informieren, falls sich Jens in ihrer Nähe aufhielt. Falls dem so war. Sie beschloss, ihre Entscheidung auf den nächsten Tag zu verschieben. Heute war sie dazu nicht mehr in der Lage.

„Danke“, presste Luisa zähneknirschend hervor, „dass Sie hier waren.“

„Natürlich. Melden Sie sich, sollte sich erneut etwas ereignen.“

Luisa verkniff sich eine entsprechende Bemerkung und wartete, bis die Beamten ihre Wohnung verlassen hatten. Eine große Hilfe waren sie nicht, außer um festzustellen, dass sich jetzt niemand Fremdes mehr in der Wohnung aufhielt. Die eintretende Stille wirkte auf einmal sehr bedrückend. Sie holte ihren Schlüsselbund hervor, befestigte den Ersatzschlüssel ebenfalls daran und verschloss die Eingangstür zweifach. Sie hatte es am Vorabend vergessen. Ein Fehler, der ihr sicher kein zweites Mal unterlief.

Sie setzte sich auf die Bettkante. Das Licht ließ sie eingeschaltet – an Schlaf war in dieser Nacht sowieso nicht mehr zu denken. Wie war es Jens gelung, in die

Wohnung zu kommen? Die Frage stellte sie sich bestimmt zum hundertsten Mal. In ihrem Kopf spielten sich die wildesten Szenarien ab, wie Jens den Schlüsseldienst bedrohte, um in ihre Wohnung zu kommen, wie er den Vermieter aufsuchte, wie er durch die geöffnete Balkontür kletterte, während sie lüftete. Nichts davon ergab Sinn. Und dennoch blieb die eine Frage, die seit dem Besuch der Beamten unausgesprochen im Raum stand.

Verlor sie allmählich den Verstand?

38

„Nach der Befragung von Luisa Rehm können wir sicher sein, dass sie von ihrem Ex-Freund, Jens Wagner, gestalkt wird", berichtete Julia, die neben Li an dem langen Tisch des Besprechungsraums saß. Keller hatte es sich wie üblich am Tischende bequem gemacht, Preiß hatte sie heute noch nicht zu Gesicht bekommen. „Es kann eigentlich kein Zufall sein, dass sowohl sie als auch Irina Heff einen Stalker hatten. Ich würde sagen, wir bestellen ihn her und parallel besorgen wir uns eine gerichtliche Anordnung für die Durchsuchung seiner Wohnung."

„Immer langsam mit den jungen Pferden." Keller hob abwehrend die Hände. „Erstmal befragen wir ihn, dann klären wir die weiteren Schritte."

Julia warf ihm einen eisigen Blick zu. Heute Morgen hatte sie eine angenehme Überraschung erlebt, als Keller sie das erste Mal, seit sie ihn kannte, begrüßt hatte. Jetzt kam er wieder mit seinen dämlichen Sprüchen und abwertenden Bemerkungen, auf die sie getrost verzichten konnte. Sie wusste gerade nicht so recht, woran sie bei ihm war. „Warum? Er kennt Irina Heff, das hat er bestätigt. Für die Tatzeit besitzt er kein Alibi und wenn es sich um einen Stalker handelt, ist das für ihn ein Motiv. Die Wahrscheinlichkeit ist hoch, dass er beide Frauen gestalkt hat."

„Das Problem ist, wir wissen nicht, ob Heff tatsächlich gestalkt wurde oder von wem“, sagte Li. „Zwar haben wir die Aussage der Eltern und wir wissen, dass Heff oft ängstlich und zerstreut gewirkt hat, aber nicht, ob das tatsächlich besagtem Marius Mast geschuldet ist. Sie hat es nämlich niemandem gegenüber erwähnt. Inzwischen haben wir sämtliche Nachbarn sowohl in der alten Wohnung in der Augustenstraße als auch in der neuen im Eisenauer Weg befragt. Die einzigen Beschreibungen beschränkten sich auf männlich, groß und Ende zwanzig bis Anfang dreißig. Das kann jeder sein.“ Er hob ratlos die Hände. „Weder konnte man uns einen Namen nennen noch ihn auf einem der Fotos, die wir ihnen gezeigt haben, identifizieren.“

Julia fragte sich, wie das möglich war. Zwar hätte sie auch nicht sagen können, wie der Freund ihrer Nachbarin im Erdgeschoss hieß, aber auf einem Foto hätte sie ihn definitiv wiedererkannt. Vorausgesetzt das richtige war dabei. „Welche Fotos habt ihr den Nachbarn gezeigt?“

„Alle“, antwortete Keller. „Sowohl von *Your-imagination* als auch von Jens Wagner und Timo Ziller.“ Seine schlechte Laune war ihm deutlich anzusehen, was auch daran liegen mochte, dass sie bei dem Fall nicht vorankamen. Allerdings hatte sie ihren Vorgesetzten auch noch nie mit guter Laune erlebt.

„Wir gehen folgendermaßen vor ...“ In diesem Moment klopfte es an der Tür des Besprechungsraums und ein Beamter, dessen Name Julia nicht kannte, streckte den Kopf herein. „Herr Keller, das kam gerade rein.“ Er gab Keller eine Notiz und verschwand. Julia und Li blickten Keller erwartungsvoll an, während dieser die Nachricht überflog.

Einige Sekunden verstrichen, ehe Keller etwas sagte. „Offensichtlich hat Luisa Rehm gestern Nacht in der Notrufzentrale angerufen." Er sah auf. „Sie gab an, in ihrer Wohnung Geräusche gehört zu haben, und verdächtigt ihren Ex, dass er in ihre Wohnung eingedrungen ist. Als die Beamten eintrafen, stand die Tür offen und die Wohnung war leer. Keine Hinweise auf ein gewaltsames Eindringen. Der Ersatzschlüssel war noch da und da Frau Rehm eigenen Angaben zufolge erst kürzlich das Schloss ausgetauscht hat, kann Wagner keinen Schlüssel haben." Er reichte Li den Bericht.

„Seltsam", dachte Julia laut. „Vielleicht ist es ihm auf anderem Wege gelungen, in die Wohnung zu kommen."

„Der da wäre?" Keller sah sie mit hochgezogenen Brauen an.

„Keine Ahnung." Julia rieb sich die Stirn. „Vielleicht hat er sich schon vorher in der Wohnung aufgehalten oder es ist ihm anderweitig gelungen, an einen Zweitschlüssel zu kommen."

„Reine Spekulation." Keller machte eine abwertende Handbewegung. „Vielleicht hat sie auch einfach schlecht geträumt."

„Das ist ein Scherz!" Julia suchte Kellers Blick. „Sie denken doch nicht ernsthaft, Frau Rehm halluziniert?"

„Ich halte das gar nicht für so abwegig." Li runzelte die Stirn. „Wenn Luisa Rehm tatsächlich seit einiger Zeit ein Opfer von massivem Stalking ist, kann es gut sein, dass sie in permanenter Habachtstellung ist. Ein unbekanntes Geräusch lässt ihre Alarmglocken hochgehen und sie ruft die Polizei."

„Ich kann mir das nicht vorstellen." Julia schüttelte den Kopf. Auch wenn sie noch nicht so lange bei der Polizei war, hatte sie ein feines Gespür für Menschen. Und sie hatte Luisa kennengelernt. Diese gehörte definitiv nicht zu der Art von Frauen, die wegen jedem Knarzen einen hysterischen Anfall bekamen und zum Hörer griffen. „Frau Rehm hat auf mich nicht den Eindruck gemacht, als sei sie nervlich so angespannt, dass sie bei jeder Kleinigkeit um Hilfe ruft." Die junge Frau tat ihr leid. Das nächtliche Ereignis musste für sie der Horror gewesen sein, der noch verschlimmert wurde, weil die Polizei ihr nicht glaubte. Sie beschloss, Luisa später kurz anzurufen und sich nach ihrem Wohlbefinden zu erkundigen. Sie zweifelte nicht an ihrer Glaubwürdigkeit.

„Wie dem auch sei", fuhr Keller dazwischen. „Für uns ist nur entscheidend, ob es einen Zusammenhang zwischen den belegbaren Vorfällen von Frau Rehm gibt und dem, was Frau Heff passiert ist. Deswegen knöpfen wir uns diesen Jens Wagner vor. Wing-Wing, Sie übernehmen das." Li nickte.

Kellers Blick wanderte zu Julia. „Haben Sie nochmal mit Timo Ziller gesprochen?"

„Ich hab ihm auf die Mailbox gesprochen und um Rückruf gebeten. Bisher ging keiner ein."

„Warum auch? Vermutlich hat ihm sein Anwalt verboten, mit uns zu sprechen. Fahren Sie bei ihm vorbei und kriegen Sie heraus, was er mit *Your-imagination* zu schaffen hat, beziehungsweise, ob er nicht sogar selbst dahintersteckt."

„Ich kümmere mich darum." Julia seufzte. Gern wäre sie bei der Vernehmung von Jens Wagner dabei gewesen. Sie wettete darauf, dass er hinter den nächtlichen Geräuschen steckte, auch wenn sich das schwer beweisen ließ. Was den Mord an Irina Heff anging, konnte sie Wagner schlecht einschätzen. Aber wenn er keine Skrupel hatte, Luisa Rehm zu terrorisieren, warum dann nicht auch Irina Heff?

Einige Stunden später lief Julia die Marktstraße, die Fußgängerzone von Bad Cannstatt, entlang und suchte die Hausnummern ab. Das Wetter war in ungemütlichen Schneeregen übergegangen und die wenigen Passanten hielten sich hauptsächlich in den Geschäften auf, die sich beidseitig neben ihr aufreihten. Vor ihr befanden sich das Rathaus und der dazugehörige Brunnen, der die Form einer Weinpresse hatte.

Hinter dem Rathaus fand am sogenannten *schmotzigen Donnerstag* das Kübelesrennen statt, zu dem ihre Mutter sie früher immer mitgenommen hatte. Dabei versuchten mehrere Teams in überdimensionierten Holzkübeln als Erstes das Ziel zu erreichen. Ihre Mutter, selbst als Hexe verkleidet, hatte die Mannschaften euphorisch angefeuert, während sie die vielen unheimlichen Verkleidungen als bedrohlich empfunden hatte. Bald musste es wieder soweit sein. Sie bereute es, ihre Mutter nicht häufiger begleitet zu haben. Die letzten Jahre vor ihrem Tod war diese gesundheitlich nicht mehr in der Lage gewesen, herzukommen. Ein schwermütiges Gefühl stieg in ihr auf.

Sie schob die Erinnerungen rasch beiseite und beschloss, sich auf den Fall zu konzentrieren. Links von ihr befand sich die Brählesgasse mit der genannten Adresse. Das schäbige Haus wies mehrere Namen aus, darunter auch Zillers. Sie klingelte. Einige Sekunden verstrichen, ohne dass etwas geschah. Entweder war Ziller noch auf Arbeit oder er ignorierte sie.

Julia holte ihr Smartphone heraus und rief Ziller erneut an. Die Mailbox schaltete sich ein und Julia steckte das Telefon genervt weg. In dieser Sekunde kam eine kränklich wirkende alte Dame mit Krückstock aus dem Haus und zwängte sich durch die Tür. Julia hielt diese für sie auf. Die Alte lächelte und entblößte dabei eine Reihe gelber Zähne.

„Wissen Sie zufällig, wann Ihr Nachbar Timo Ziller für gewöhnlich nach Hause kommt?"

Die Greisin drehte sich zu ihr um und sah sie mit zusammengekniffen Augen an. „Nee, weiß ich nicht", krächzte sie. „Aber falls Sie ihn sehen, sagen Sie ihm, er soll seinen Müll rausbringen. Es stinkt."

„Richte ich aus."

Die Alte wandte sich ab und humpelte davon.

Das war ja eine merkwürdige Ansage. Sie hatte nicht erwartet, dass einer alten Dame so etwas auffiel, da die gesamte Gasse unangenehm roch. Julia, die noch immer in der geöffneten Eingangstür stand, beschloss, kurz auf der entsprechenden Etage zu klingeln. Vielleicht konnte sie in seiner Wohnung etwas hören.

Sie stieg die Treppen hinauf und erkannte bereits auf der ersten Etage, was die Frau gemeint hatte. Ein süßlicher Geruch stieg ihr in die Nase. Auch wenn sie ihn nicht genau zuordnen konnte, beschlich sie eine böse

Vorahnung. Sie unterdrückte den aufkommenden Brechreiz und ging weiter. Schließlich stand sie vor Zillers Tür. Es gab keinen Zweifel. Der bestialische Gestank drang durch seine Wohnungstür. Sie hielt sich den Ärmel ihres Pullovers unter die Nase. Inzwischen wusste Julia, womit sie es zu tun hatte. Sie hatte den Geruch nämlich erst eine Woche zuvor erlebt. Ihr Magen rebellierte. Das Klingeln konnte sie sich sparen. Sie nahm ihr Smartphone zur Hand und wählte die Nummer ihres Vorgesetzten.

„Keller?"

„Ich bin's. Ich weiß, warum wir Ziller nicht mehr erreichen können." Ihr Herz hämmerte. „Wir brauchen die Spurensicherung und einen Gerichtsmediziner." Kaum war das Gespräch beendet, rannte sie auf die Straße und schnappte nach Luft.

39

Ich ließ meinen Blick an Emilia hinabgleiten. Sie war nur spärlich mit einem dünnen, pinkfarbenen Shirt und knappen Hotpants bekleidet. Die vollen Lippen und die markanten Gesichtszüge waren geblieben. Ihre Augen wurden von dem Display des Smartphones angeleuchtet, wodurch sie magisch zu strahlen schienen. Mir wurde abwechselnd heiß und kalt. Der Anblick ihres nackten Körpers unter der Dusche drängte sich in meinen Gedanken auf. In wenigen Sekunden würde ich ihn erleben. Zwar nicht unter der Dusche, aber das störte mich nicht.

Ich öffnete die Tür und trat ein. In diesem Moment entdeckte Emilia mich. „Wer ...?" Sie riss sich die EarPods heraus und sprang auf. „Wer sind Sie? Was haben Sie in unserem Haus verloren?" Sie starrte mich mit offenem Mund an. Die Angst stand ihr ins Gesicht geschrieben. Sie hatte keine Fluchtmöglichkeit.

„Erinnerst du dich nicht mehr?", fragte ich und bewegte mich langsam auf sie zu.

Emilia wich unwillkürlich einen Schritt zurück. „Verlassen Sie auf der Stelle das Haus oder ich hole die Polizei!" Sie hielt das Smartphone in der Hand. Ihre einzige Chance. Ehe sie reagieren konnte, machte ich einen Hechtsprung und entriss ihr das Telefon. Emilia schrie und trat nach mir. Ich schlug ihr mit der Faust ins Gesicht und sie knallte auf dem Boden auf. *So ein törichtes Mädchen*. Mit klopfendem Herzen steckte ich das Telefon in meine Tasche und beobachtete Emilia, die wimmernd auf dem Fußboden kauerte. Mit der rechten Hand hielt sie ihren Kopf. Dabei wollte ich mich doch nur mit ihr unterhalten.

„Setz dich aufs Bett!", befahl ich.

„Fick dich!"

Ihre obszöne Ausdrucksweise missfiel mir. Es wäre klüger gewesen, mich nicht zu provozieren.

„Setz dich aufs Bett oder du wirst es bitter bereuen!" Meine Stimme klang fest und kräftig. Ich genoss die Macht, die Überlegenheit ihr gegenüber.

Emilia gehorchte. „Was willst du von mir?" Ihre Stimme klang dünn. Ihre Augen füllten sich mit Tränen.

Schon viel besser. „Wir sind uns schon einmal begegnet", sagte ich. „Vor zwölf Jahren." War es tatsächlich so lange her?

Ihr Blick spiegelte Verwirrung. Sie erinnerte sich nicht.

„Bundesjugendspiele?" Ich ließ einen Augenblick verstreichen. „Dusche?"

„O mein Gott." Ihre Augen weiteten sich noch mehr.

Bingo, dachte ich. Mich vergisst man nicht.

„Was willst du?" Sie sah zur Tür.

„Denk nicht mal dran! Jeder Fluchtversuch führt zu weiterer Bestrafung."

Ich machte einen Schritt auf sie zu. Ich war ihr so nah, dass ich bereits den Duft ihres Parfüms riechen konnte. Er gefiel mir. „Zieh dich aus." Der Augenblick, auf den ich solange gewartet hatte.

„Was?" In ihren Augen spiegelte sich die blanke Panik.

„Du hast mich schon verstanden."

Anstatt zu folgen, griff sie ein Buch, das hinter ihr lag und warf es in meine Richtung. Ich riss die Hände nach oben, um mich zu schützen. Ein dumpfer Schmerz schoss durch meinen Arm. Emilia hatte die kurze Ablenkung genutzt, um loszustürmen. Doch ich war schneller und bekam ihr Shirt zu fassen.

„Lass mich los. Hilfe!", brüllte sie.

Ich packte sie mit der linken Hand am Hals und schlug ihr mit der rechten ins Gesicht. Sie jaulte auf.

Wer nicht hören will, muss fühlen. Ich schlug ein weiteres Mal zu und Emilia sank zu Boden. Blut tropfte aus ihrer Nase auf den Fußboden.

„Warum tust du das? Was habe ich dir getan?" Sie heulte.

„Weil du nicht tust, was ich dir sage. Und jetzt zieh dich aus!"

Nach einer gefühlten Ewigkeit, in der sie mehrere Anläufe brauchte, um sich zu berappeln, zog sie ihr Shirt aus. Ihr Gesichtsausdruck verriet Scham, aber auch Angst.

„Alles!"

„Bitte." Ihre Stimme klang tränenerstickt, ihre Hände zitterten. Ich ließ ihr keine Wahl.

Dann saß sie vor mir. Vollständig entkleidet. Wie damals verdeckte sie ihre Brüste und den Intimbereich notdürftig mit den Händen. Wie unglaublich sie aussah. In meiner Hose spürte ich bereits starke Regungen.

Emilia wusste nicht, dass es ihre letzten Momente waren. Sie ging vermutlich davon aus, dass ich sie vergewaltigten wollte.

Ich strich ihr sanft die blonden Haare aus dem Gesicht. Dann ließ ich die Hände hinabgleiten, fühlte die Wärme ihrer Haut, spürte den hämmernden Herzschlag in ihrer Brust. In den Geruch ihres Parfüms mischte sich der Duft der nackten Angst. Es war betörend. Emilia war erstarrt, sagte nichts, zitterte wie Espenlaub. Am liebsten hätte ich diesen Moment für immer festgehalten. Konserviert, damit ich ihn bei Bedarf jederzeit erneut erleben durfte.

Dann tat ich es. Meine Hände schlossen sich um ihren Hals. Emilia strampelte und kämpfte um ihr Leben. Ihre Hände packten meine und versuchten, sie wegzuziehen, doch ich drückte unbarmherzig zu. Mir wurde gleichzeitig heiß und kalt. Mein Glied wurde steif. Mit ihren Händen griff sie nach meinem Gesicht, doch es gelang ihr nicht. Ich versank in einen völligen Rausch. Mein Herz hämmerte so wild, dass es jede Sekunde aus meiner Brust springen musste. Sie wollte schreien, mich abschütteln. Ihre Finger krallten sich in die Bettdecke. Ihr ganzer Körper wandte und verrenkte sich. Doch nichts und niemand konnte sie mehr retten. Ihre Bauchdecke hob sich immer schneller auf und ab. Die Augen quollen hervor, ihre Lippen verfärbten sich. Röchelnde Geräusche verkündeten ihre letzten Atemzüge. Ihre Bewegungen wurden schwächer. Das Licht in ihren Augen erlosch. Ich ließ mich fallen. Meine Hose wurde nass. Ein letztes Zucken. Dann war es vorbei.

Ich ließ sie los und ihr lebloser Körper sank auf das Bett. Es war berauschend. Mein Herz hämmerte immer noch, Euphorie durchströmte meinen Bauch wie bei einem Drogenabhängigen, der sich eine Spritze gesetzt hatte. Ich wusste, fortan würde es kein Zögern mehr geben. Das, was Hanna mir in jener Nacht verwehrt hatte, hatte Emilia wieder wettgemacht. Mit beschwingten Schritten glitt ich die Stufen hinab, als mich das Geräusch der Wohnungstür zurück in die Realität holte. Es war Emilias Freund. Ich saß in der Falle.

-40-

Der Anblick ging Keller durch Mark und Bein. Auch wenn er im Laufe seiner Karriere schon etliche Leichen gesehen hatte, rebellierte sein Magen beim Anblick von Zillers Zustand.

Zwei Stunden waren seit dem Anruf seiner Kollegin vergangen. Sie hatten die Tür von Beamten aufbrechen lassen. Das Bild, das sich ihnen bot, glich einem Schlachtfeld. Julia hatte nur kurz in die Wohnung geschaut und sich dann für die Befragung der Nachbarn entschieden.

Keller ließ seinen Blick schweifen. Auf der rechten Seite thronte ein großer Schreibtisch aus Holz, davor sah er einen umgekippten Drehstuhl. Ziller lag in einer riesigen, getrockneten Lache aus Blut daneben. An der Stelle, wo normalerweise sein Kopf hätte sein müssen, befand sich eine breiartige Masse. Einzelne Teile seines Gehirns waren in alle Richtungen gespritzt, nicht mehr erkennbar, welche Funktion sie einst erfüllt hatten. Die Wände waren mit einer braunroten Flüssigkeit besprenkelt.

Während die Kriminaltechnik bereits dabei war, Fotos zu schießen und Spuren sicherzustellen, hielt Keller Abstand. Der süßliche Geruch vermischt mit dem Gestank verschimmelter Lebensmittel war ekelerregend. Keller ließ sich nichts anmerken. Wie so oft, wenn er mit Extremsituationen konfrontiert wurde, betrachtete er den Tatort nüchtern und notierte sich gedanklich möglichst viele Details.

Er ließ seinen Blick wieder zu der Leiche wandern. Auch wenn von Zillers Gesicht nicht mehr viel übrig war, konnte er ihn zweifelsfrei identifizieren. Der dicke Bauch sowie der gestreifte Pullover, den er wohl zu jeder Tages- und Nachtzeit trug, waren eindeutig. Neben ihm lag eine Pistole, mit der er ganz offensichtlich sein Leben beendet hatte. Entweder das oder ihm wurde in den Kopf geschossen. Die Kriminaltechnik würde das anhand von Schmauchspuren, dem Einschusswinkel und den Fingerabdrücken schnell herausfinden. Außerdem erkannte er eine Patronenhülse, die in diesem Augenblick von einem Mann in einem weißen Ganzkörperoverall in eine Beweismitteltüte verfrachtet wurde.

Auf dem Schreibtisch befanden sich Stifte und ein beschriebenes Blatt Papier. Auf der gegenüberliegenden Seite sah er zwei große Fenster, die aber fast vollständig zugezogen waren und nur wenig Licht spendeten. Dafür war die Deckenlampe, eine längliche Neonröhre, eingeschaltet. Neben den Fenstern standen ein großer Fernseher sowie mehrere Konsolen, wenn er das richtig erkannte. Sport gehörte wohl nicht zu Zillers Hobbys. Gegenüber entdeckte er ein altes abgenutztes Sofa, auf dem ein undefinierbarer, blutverschmierter Breiklumpen lag. Daneben war eine Tür, die vermutlich in das Schlafzimmer führte. Auf dem Boden konnte er mehrere Kleidungsstücke ausmachen, ebenfalls rot besprenkelt. Die Wohnung wirkte schmutzig. Auf den Möbeln hatte sich eine dicke Staubschicht gebildet und anhand des Drecks auf dem Boden war ersichtlich, dass hier nur selten gesaugt wurde.

„Einige Nachbarn gaben an, am Sonntag gegen 16:00 Uhr einen lauten Knall gehört zu haben." Seine Kollegin Julia Beck stand plötzlich unvermittelt neben ihm.

„Das macht die Bestimmung des Todeszeitpunkts einfacher." *Nur wenige Stunden nach der Vernehmung*, dachte Keller. „Wieso hat uns niemand gerufen?"

Seine Kollegin zuckte die Schultern. „Offensichtlich hielten sie es für die Schüsse aus einem Ego-Shooter." Beck stand seitlich neben ihm, so konnte sie mit ihm sprechen, ohne sich die Leiche nochmal ansehen zu müssen. Er konnte es ihr nicht verübeln.

„Sonst noch was?"

„Ja, Ziller muss noch wenige Stunden vor seinem Tod Besuch gehabt haben. Ein Nachbar sprach von einem etwas jüngeren Mann, den er im Vorbeigehen gesehen hat. Um wen es sich handelte, konnte er mir nicht sagen. Die Fotos von Marius Mast oder Jens Wagner kamen ihm nicht bekannt vor."

„Und das war wann?"

„Gegen 14:00 Uhr."

Keller fuhr sich die Bartstoppeln entlang. Konnte es sich dabei um den Täter handeln? Lag hier überhaupt ein Tötungsdelikt vor?

„Wissen wir schon etwas?" Seiner Kollegin schienen die gleichen Fragen durch den Kopf zu gehen.

„Doc!", rief Keller dem Gerichtsmediziner Dr. Joachim Hanfstengel zu. „Kommen Sie mal kurz."

Dr. Hanfstengel, ein Mann Anfang fünfzig mit leicht ergrautem Haar, einem runden Gesicht und Designerbrille, erhob sich und kam auf sie zu.

„Können Sie uns schon was sagen?"

„Fall mit Knall würd ich sagen." Er grinste schief.

Seine Kollegin warf dem Gerichtsmediziner einen irritierten Blick zu. Der Humor des Gerichtsmediziners war schon immer ein wenig sonderbar gewesen. Eigentlich hatte dieser Dichter werden wollen, bis er feststellte, dass es damit schwierig war, seinen Lebensunterhalt zu bestreiten.

„Was Sie nicht sagen. Suizid?"

„Spricht einiges dafür. Auf den ersten Blick ein seitlicher Kopfschuss aus unmittelbarer Nähe. Die Liegeposition der Leiche spricht dafür, dass er den Abzug betätigte und anschließend vom Stuhl gefallen ist. Lieber locker vom Hocker, als hektisch übern Ecktisch." Er lachte lauthals über seinen eigenen Spruch und zwinkerte Julia zu, die seinen Humor offensichtlich nicht teilte. „Keine Abwehr- oder Kampfspuren an den Armen erkennbar. Er wurde nicht gefesselt, hat keine sichtbaren Einstichstellen und auch sonst nichts, was auf Fremdeinwirkung hindeutet. Die Leichenstarre hat sich bereits gelöst, die Verfärbung der Haut entlang der Bauchdecke deutet auf den Beginn von Fäulnisprozessen hin. Todeszeitpunkt daher schätzungsweise am Sonntag, also vor drei Tagen. Näheres verrate ich Ihnen nach der Obduktion. Sofern ich in den Genuss komme."

„Ein wahrer Genuss", sagte Julia trocken.

Hanfstengel sah sie einen Moment an, dann klopfte er ihr lauthals lachend auf die Schulter. „Ich mag Sie."

Julia rang sich ein Lächeln ab.

„Kann ich sonst noch etwas für Sie tun, Herr Keller?"

„Das war's, danke Doc."

„Immer gern. Jetzt geht's los, Spätzle mit Soß. Mahlzeit."

Mit diesen Worten verschwand der Gerichtsmediziner hinter der blauen Stellwand, die die Beamten aufgestellt hatten, um den Tatort vor neugierigen Blicken zu schützen.

Julia sah ihm hinterher. „Ist der immer so?"

„Man gewöhnt sich dran."

„Keller, sehen Sie sich das mal an." Einer der Kriminaltechniker hielt ihm eine Beweismitteltüte mit einem beschriebenen Blatt Papier entgegen, das zuvor auf dem Schreibtisch gelegen hatte.

„Was ist das?" Julia beugte sich vor.

Keller studierte den Inhalt, der nur wenige Sätze umfasste und in kleiner, krakeliger Schrift geschrieben war:

Es tut mir leid. Ich habe das mit Irina nicht gewollt. Ich habe sie geliebt, aber sie hat nicht verstanden, dass wir zusammengehören. Ich musste es tun, aber ohne sie kann ich nicht weiterleben.

„Ein Abschiedsbrief?" Julia zog die Augenbrauen hoch.

„Ein Geständnis." Normalerweise bedeutete ein Geständnis für ihn der perfekte Abschluss eines Falls. Keine Beweislage und keine Zeugenaussagen kamen an die Aussage des Täters heran, bei der er seine Tat vollumfänglich zugab. Doch seine langjährige Erfahrung bei der Polizei sagte ihm, dass hier etwas ganz und gar nicht stimmte. Ziller hatte ihr Präsidium am Sonntag in den Morgenstunden verlassen, nachdem ihn sein

Anwalt herausgehauen hatte und sie keinerlei Beweise für seine Schuld hatten. Danach war er nach Hause gekommen und hatte sich in den Kopf geschossen? Warum? Wenn er den Brief richtig deutete, litt Ziller unter plötzlichen Schuldgefühlen; bei der Befragung hatte er angegeben, sie gar nicht zu kennen. Wie passte das zusammen?

„Was denken Sie?" Seine Kollegin blickte ihn an.

Ehe er antworten konnte, dröhnte die aufgeregte Stimme eines Kriminaltechnikers aus dem Nebenzimmer. „Keller, das müssen Sie sich ansehen!"

-41-

Luisa war geschafft. Die Nachtschicht hatte ihr deutlich mehr abverlangt als gewöhnlich. Normalerweise hatte sie mit dem Wechsel der Schichtdienste keine Schwierigkeiten, aber nach den Ereignissen der gestrigen Nacht fühlte sie sich völlig gerädert. Sie war im Büro immer wieder weggedämmert – die erholsame Wirkung blieb allerdings aus. Dazwischen hatte sie versucht, sich auf die Arbeit zu konzentrieren, was ihr aber nicht so recht gelingen wollte. Zu sehr kreisten ihre Gedanken immer und immer wieder um die Frage, wie es Jens gelungen war, in ihre Wohnung einzudringen. Sie hatte keine Halluzinationen gehabt, dessen war sie sich sicher. Sollte die Polizei doch denken, was sie wollte. Sie wusste, was sie gesehen hatte. Vielleicht wäre es sinnvoller gewesen, sich für ein paar Tage krank zu melden, aber das wollte sie auch nicht.

Falls es überhaupt etwas brachte – sie würde daheim keine Ruhe finden. Gerne hätte sie mit Adam darüber gesprochen, aber wie sie durch eine Nachricht am Vorabend erfahren hatte, war er noch in der Türkei. Er versprach, sich zu melden, sobald das Rückreisedatum feststand. Sie vermisste ihn.

Luisa machte sich auf den Heimweg. Draußen war es noch dunkel. Der neue Tag würde erst in einer Stunde anbrechen und falls sich das lausige Wetter der letzten

246

Tage fortsetzte, würde es grau bleiben. Ihre Kopfschmerzen waren zu einem steten Begleiter geworden. Genauso wie die Angst, in ihrer Wohnung zu schlafen, nicht wissend, welcher Albtraum sie als Nächstes erwarten würde. Sie hatte auch schon überlegt, für ein paar Tage zu ihrer Mutter zu fahren, aber dazu fehlte ihr momentan die Energie. Außerdem wollte sie unangenehmen Fragen und Erklärungen aus dem Weg gehen.

Mit bleischweren Beinen kämpfte sie sich die Stufen hinauf und schloss ihre Wohnungstür auf. Lily begrüßte sie mit einem lauten Maunzen. Sie wollte sich gerade der Küche zuwenden, um ihrer Katze etwas Essen in den Napf zu füllen, als sie in der Bewegung innehielt. Auf dem Boden lagen gelbe Blütenblätter. Ihre Müdigkeit wich einer plötzlichen Panik. Es schnürte ihr die Kehle zu.

„Hallo?", krächzte sie. Sie folgte der Blütenspur ins Schlafzimmer. Halb wünschte sie sich, Jens stünde dort und grinste sie an. Dann hätte sie ihn zur Rede stellen, ihm eine scheuern können, stattdessen musste sie dieses kranke Spielchen mitmachen. Ihr Herz wummerte. Neben den gelben waren auch andersfarbige Blütenblätter dabei. Sie nahm eins davon in die Hand und betrachtete die eigenartigen Muster. Auf eine seltsame Art kamen sie ihr vertraut vor. Sie betrat das Schlafzimmer und knipste das Licht an. Ihr stockte der Atem. Die Bettdecke war zur Seite geklappt. In der Mitte des Lakens befanden sich mehrere kleine Zweige, die ein Herz bildeten. Ein gefalteter Zettel lag in der Mitte. Sie nahm ihn und faltete ihn auseinander:

Ihr Herz hämmerte wie ein Pressluftbohrer, ihre Knie wurden weich. Hier war der Beweis, dass Jens dahintersteckte. Warum tat er ihr das an? Sie musste die Kommissarin anrufen. Dann würde sie sehen, dass sie keine Einbildungen hatte. Irgendwie hatte sie gehofft, man hätte Jens inzwischen aus dem Verkehr gezogen, aber da hatte sie sich wohl geirrt. Sie wollte gerade ihr Mobiltelefon zur Hand nehmen, als ihr etwas ins Auge stach.

Sie beugte sich nach vorne und betrachtete die eigenartig anmutenden Zweige. Und in diesem Moment wurde ihr klar, was sie da sah. Es waren keine Zweige. Sie stammten auch nicht von Bäumen. Es waren tote Insektenkörper, deren Flügel ausgerissen und anschließend auf dem Boden verteilt wurden. Und sie wusste auch genau von welchem Insekt. Schmetterlinge. Zitronenfalter.

Mit einem Schrei ließ sie den gelben Flügel aus ihrer Hand fallen, rannte aufs Klo und übergab sich. Ihr Puls raste, Tränen schossen ihr in die Augen. *Dieses kranke Schwein.* Wie konnte er ihr das antun? Plötzlich hatte sie das Gefühl, es keine Sekunde länger in ihrer Wohnung auszuhalten. Sie rannte nach draußen und schnappte nach Luft. Die Bilder verfolgten sie. Sie kauerte sich am Straßenrand nieder, einige Passanten warfen ihr mitfühlende Blicke zu. Warum? Sie schüttelte immer wieder den Kopf. Warum tat er ihr das nur an?

Ich stand wie versteinert auf der Treppe. Es war Eile geboten, sonst verbrachte ich den Rest meiner Tage in einer Zelle. Ich hatte mir zwar meinen großen Traum erfüllt, aber Emilia sollte nur der Auftakt sein und nicht das Ende. Das Badezimmer im ersten Stock besaß ein Fenster – meine einzige Fluchtmöglichkeit. Emilias Freund hörte ich unten mit dem Geschirr hantieren, aber er konnte jederzeit hochkommen.

Ich schlich ins Badezimmer und öffnete das Fenster. Als ich gerade hinausklettern wollte, hörte ich Schritte auf der Treppe. Ich musste unbedingt verhindern, dass der Kerl nach Emilia sah, sonst würde er sofort die Polizei holen. Die würde zwar etwas brauchen, bis sie hier eintraf, aber es war fraglich, ob ich in diesem Fall noch unerkannt flüchten könnte. Ich schloss die Tür ab und schaltete die Dusche ein. Wenn mich nicht alles irrte, ging er davon aus, dass Emilia unter der Dusche stand, und hatte keinen Grund, nach oben zu gehen. So der Plan. Ich stand an der Tür und lauschte.

„Schatz?"

Ich hielt den Atem an.

Er klopfte an die Badezimmertür. „Emilia?"

Verschwinde, fluchte ich innerlich. Hätte er nicht zwei Minuten später kommen können? Ich verharrte einige Sekunden reglos, drückte mein Ohr an die Tür und lauschte, was der Freund tat. Ich hörte, wie er auf der Etage umherlief. Mein Herz klopfte wie wild in meiner Brust. Es war nicht so, dass ich Angst verspürte. Es war eher eine Art Nervenkitzel. Würde er mich entdecken? Wie würde er reagieren, wenn er den Leichnam seiner Freundin fand? Zu gerne würde ich dabei sein, wenn er ihren nackten, leblosen Körper fand, aber man kann eben nicht alles haben.

Ich hörte, wie der Kerl wieder die Stufen hinabstieg. Erleichtert atmete ich aus und lächelte. Das war knapp.

Ich kletterte auf den Sims und ließ mich auf das Dach gleiten, das sich unter mir befand. Es handelte sich um ein flaches Garagendach, sodass ich keine Probleme hatte, die Balance zu halten. Ich spähte hinab. Der Höhenunterschied zwischen dem Dach und dem Boden betrug ungefähr zwei Meter, also keine wirkliche Schwierigkeit für mich. Ich überlegte. Sollte ich auf die Gartenseite springen und versuchen über den Rasen zu entkommen? Das Risiko war hoch. Emilias Freund hielt sich aller Wahrscheinlichkeit nach im Wohnzimmer auf. Auch wenn der Garten selbst nicht beleuchtet war, bestand ein großes Risiko, dass er mich sah.

Auf der Vorderseite blieb ich vom Haus aus unsichtbar, musste aber an den beiden Nachbarhäusern vorbei und über mehrere Straßen, weil ich meinen Wagen auf der rückwärtigen Gartenseite versteckt hatte. War es sinnvoller, zu warten, bis er schlafen ging?

Dann dachte ich wieder an die Dusche. In spätestens einer Viertelstunde würde es dem Freund seltsam vorkommen und er würde in Emilias Zimmer nachsehen. Ich durfte keine Zeit verlieren. Vorsichtig hangelte ich mich nach unten und landete auf dem Asphalt auf der

Vorderseite des Hauses. In diesem Augenblick gingen die Bewegungsmelder an.

Hatte man mich entdeckt? So schnell ich konnte, verließ ich den Hof, nicht ohne die Nebengebäude im Blick zu behalten. Hin und wieder konnte ich eine Bewegung hinter den Fenstern ausmachen, aber niemanden, der mich beobachtete. Nach wenigen Gehminuten hatte ich meinen Wagen erreicht und entspannte mich. Ich lehnte den Kopf zurück und schloss die Augen. Mein Atem regulierte sich. Ich hatte es getan. Es hatte sich intensiver und lebendiger angefühlt, als ich es mir jemals hätte vorstellen können. Aber ich wollte mehr. Viel mehr. Ich hatte meine Berufung, mein Lebensziel gefunden. Wie lange würde es brauchen, bis er Emilias Leichnam entdeckte?

Ich fuhr die Veitstraße hinab, bis ich wieder auf der großen Hauptstraße angelangt war. Als ich Mühlhausen verließ, kamen mir mehrere Streifenwagen mit Blaulicht und Martinshorn entgegen. Ich grinste in mich hinein. Gedanklich stellte ich mir vor, wie Emilias Freund das Zimmer betrat und einen markerschütternden Schrei ausstieß. So wie Mathilda damals, als sie ihren Kohlrex in den Händen hielt. Was für ein Abend. In Gedanken entwickelte ich bereits neue Pläne. Emilias aufmüpfige Art war nicht ganz das, was ich mir erhofft hatte. Sie war zu selbstbewusst und es war mir zu schnell gegangen. Das nächste Mal würde ich mir Zeit lassen. Das nächste Opfer würde ich nach meinen festgelegten Kriterien auswählen. Sie sollte erst nach und nach erkennen, welch gravierenden Fehler sie begangen hatte. Und wenn ihre Angst den Zenit erreicht hatte, würde ich ihrem Leiden ein Ende setzen. Ich hatte bereits eine Idee, wo ich beginnen konnte.

-43-

Luisa hatte unten auf die Kommissarin gewartet, die nur zwanzig Minuten später eintraf. Sie hatte keine Lust, irgendeinem Beamten die Sachlage zu erklären und nochmal alles zu Protokoll zu geben. Zu Julia Beck hingegen hatte sie Vertrauen gefasst.

Bereits auf den Treppenstufen hatte sie der Kommissarin erklärt, was vorgefallen war und von der Nachricht auf ihrem Bett berichtet.

Beck hörte interessiert zu. „Dann haben wir wenigstens etwas gegen ihren Ex in der Hand.“

„Das wär gut, dann ist der Spuk endlich vorbei.“ Luisa seufzte. Wenn Jens sich in Gewahrsam befand, hatte sie ihre Ruhe. Sie schloss die Tür auf und die Kommissarin folgte ihr.

„Wo sind die Schmetterlinge?“

„Na ...“ Luisa hielt mitten im Satz inne. Die abgerissenen Flügel waren verschwunden. „Das glaub ich jetzt nicht.“ Sie rannte ins Schlafzimmer und riss die Decke zur Seite. Nichts. Kein einziger toter Schmetterlingskörper lag dort.

Beck war ihr ins Schlafzimmer gefolgt und stand nun in der Tür.

„Das ist unmöglich.“ Luisa griff sich an den Kopf. „Sie waren direkt hier!“ Sie deutete auf das Bett. Ihre Stimme zitterte. In der Aufregung hatte sie nicht daran gedacht, ein Foto zu machen. Aber sie hätte es auch niemals für möglich gehalten, dass die Beweise einfach verschwinden könnten.

Beck kam zu ihr, inspizierte die Decke und kniete sich auf den Boden, um unter dem Bett nachzusehen.

Luisa konnte nicht glauben, was hier gerade passierte. Sie hatte es mit eigenen Augen gesehen. „Bitte, Sie müssen mir glauben. Sie waren genau hier. Es waren mehrere tote Schmetterlingskörper, die eine Art Herz bildeten. In der Mitte ein Zettel. Die Flügel waren wie ein Weg, der zu dem Herz führte."

Die Kommissarin antwortete nicht sofort. „Wie viel Zeit ist verstrichen, seit Sie die Wohnung verlassen haben?"

Luisa rieb sich den Nacken. „Ich habe Sie sofort danach angerufen!" Sie war viel zu durcheinander gewesen, um auf die Uhr zu achten, schätzte aber, dass nicht viel Zeit dazwischen lag.

„Also eine knappe halbe Stunde."

Luisa nickte kaum merklich.

„Haben Sie, bevor oder nachdem Sie die Wohnung betreten haben jemanden gesehen?"

Luisa dachte einen Moment nach, dann schüttelte sie den Kopf. Im Treppenhaus war ihr niemand begegnet. „Ich begreife das nicht." Sie beobachtete die Kommissarin, die in jedes Zimmer sah. Die unheimliche Erinnerung an die gestrige Nacht drängte sich unwillkürlich in ihre Gedanken. Luisa ließ sich auf das Sofa sinken und vergrub das Gesicht in den Händen. „Er will mich in den Wahnsinn treiben."

„Jens Wagner?" Beck blieb neben dem Sofa stehen und ließ ihren Blick die Decke entlang schweifen.

„Ja", murmelte Luisa.

„Gibt es denn einen Beweis, dass Ihr Ex-Freund dafür verantwortlich war?"

„Ich habe die Nachricht gesehen."

„War es seine Handschrift?"

Darauf hatte Luisa in der Aufregung ebenfalls nicht geachtet. Sie sah auf. „Wer sollte es sonst gewesen sein?"

„Ich weiß es nicht." Beck warf ihr einen mitfühlenden Blick zu. „Warum Schmetterlinge? Haben die eine besondere Bedeutung für Sie?"

„Ja." Luisa nickte und zog ihren Pullover ein Stück nach oben, damit Beck sich den Zitronenfalter auf ihrem Unterbauch ansehen konnte. „Sie geben mir ein Gefühl von Freiheit."

„Und Herr Wagner wusste von Ihrem Tattoo?"

„Ja. Dieses miese Schwein", sagte sie und schnaufte. „Sie glauben mir doch, oder?" Luisa blickte der Kommissarin in die Augen.

Beck nahm einen tiefen Atemzug. „Ich würde gerne. Allerdings wüsste ich tatsächlich nicht, wie er das hätte bewerkstelligen sollen. Ohne gesehen zu werden. Was hat er davon?"

Luisa sagte nichts. Zu gern hätte sie die Antwort auf diese Fragen gewusst. Und ob das in Realität passierte oder ihrer Fantasie entsprang. Sie war nicht verrückt. Oder etwa doch? „Haben Sie Jens vernommen?"

„Wir konnten ihn noch nicht erreichen."

Er musste untergetaucht sein, schoss es Luisa durch den Kopf. Doch wo? Der Gedanke, dass er sich hier in ihrer Wohnung versteckte, war mehr als beängstigend, aber absurd. Sie selbst hatte die Wohnung mehrfach abgesucht. Es gab keine großen Versteckmöglichkeiten. Auch war es eine ganze Weile her, dass sie ihn zuletzt gesehen hatte. Im Parkhaus. Beobachtete er sie seither unauffällig? Sonst tauchte er früher oder später auf, zeigte seine verständnisvolle und fürsorgliche Seite oder bedrohte und belästigte sie. War ihm das zu auffällig geworden? Wollte er sie lieber seinen Hass spüren lassen?

„Ich muss jetzt los." Die Kommissarin riss sie aus ihren Gedanken. „Wenn wieder etwas passiert, machen Sie unbedingt ein Foto und geben mir Bescheid."

„Okay", flüsterte Luisa wie zu sich selbst.

„Und eins noch." Beck blieb in der geöffneten Tür stehen. „Wir haben Hinweise, dass es sich bei dem Mörder von Irina Heff nicht um Ihren Ex handelt."

Luisa horchte auf. „Sondern?"

„Das darf ich Ihnen leider nicht sagen. Dachte nur, es hilft, wenn Sie es wissen."

Luisa wusste nicht, ob sie die Info beruhigend finden sollte. Zwar war er dann vielleicht kein Mörder, aber das bedeutete auch, dass man ihrem Fall keine besondere Bedeutung mehr beimaß.

„Wenn irgendetwas ist, zögern Sie nicht, mich anzurufen."

„Danke."

Beck warf ihr einen aufmunternden Blick zu, dann verließ sie die Wohnung.

Luisa blieb alleine zurück. Obwohl sie sich wie erschlagen fühlte, wollte sie nicht ins Bett gehen. Sich nicht auf jenes Laken legen, auf dem zuvor die toten Körper der Schmetterlinge gelegen hatten. Allein der

Gedanke daran verursachte eine neue Welle der Übelkeit. Wie konnte Jens die Schmetterlinge in der Wohnung platzieren und sie in der Sekunde entfernen, in der sie diese verließ? Was, wenn sie in der Wohnung geblieben wäre? Und woher zum Teufel hatte er einen Schlüssel? Die Fragen ließen ihr keine Ruhe. Lily kam zu ihr und schmiegte sich maunzend um ihre Beine.

Sie nahm die Katze hoch und setzte sie auf ihren Schoss. „Ach Lily, wenn du doch nur sprechen könntest." Doch leider behielt ihre einzige Zeugin das Geheimnis für sich. Er wusste es. Er musste gewusst haben, dass sie die Wohnung verließ. Wie war das möglich, wenn er sich nicht in der Wohnung aufhielt? Die Antwort traf sie wie ein Schlag. Sie sprang auf, katapultierte Lily auf den Boden, stieg aufs Sofa und inspizierte die Zimmerdecke. Sie wusste, dass Kameras in der heutigen Zeit nicht mehr so groß waren, dass man sie auf den ersten Blick sah und auch dass sie nicht unbedingt ein Kabel benötigten, aber unsichtbar waren sie nicht.

An der Wohnzimmerdecke konnte sie nichts Auffälliges entdecken. Sie lief ins Schlafzimmer und kletterte aufs Bett. Deshalb war er in der gestrigen Nacht in ihrer Wohnung gewesen. Nicht, um ihr Angst einzujagen, sondern um die Kameras anzubringen. Um sie bei jedem ihrer Schritte beobachten zu können. Dann konnte er auch sehen, wenn sie sich umzog. Mit wem sie sprach. Wenn sie schlief. Ein eiskalter Schauer lief ihr den Rücken hinunter. Den Spaß würde sie ihm verderben. Wo befanden sich die scheiß Dinger?

Inzwischen hatte sie im Eiltempo jedes Zimmer abgesucht. Nicht nur Schlaf- und Wohnzimmer, sondern auch die Küche, den Flur und das Bad. Mit einem Seufzer ließ sie sich auf dem Bett nieder. Enttäuschung machte sich breit. Sie hatte nichts gefunden. Und doch wusste sie, dass sie da sein mussten. Es gab keine andere Erklärung. Vielleicht beobachtete er sie genau in diesem Moment. Und er war in der Nähe. Sonst hätte er die Wohnung niemals so schnell betreten und wieder verlassen können. Hatte er sich eine Wohnung im Haus gemietet? Aber wie hätte er das bewerkstelligen können, ohne dass sie es mitbekam?

Sie konnte nicht mehr klar denken, ihr fielen beinahe die Augen zu. Sie brauchte dringend Schlaf und danach würde sie zu ihren Eltern fahren. Keine Sekunde länger wollte sie hier in dieser Wohnung bleiben.

Sie riss das Laken herunter, ließ sich auf die Matratze fallen und schloss die Augen. Ihr Herz hämmerte immer noch. *Er beobachtet dich.* Sie setzte sich aufrecht hin. Bei dem Gedanken ergriff sie ein eiskalter Schauer. Sie kroch zur Bettkante und sah in den großen Spiegel, der gegenüber vom Bett hing. Eine blasse, erschöpfte Gestalt blickte ihr entgegen. Unter den Augen hatten sich tiefe, violette Ringe gebildet, die Lippen wirkten fahl. Sie sah aus wie eine alte Frau, um Jahre gealtert.

Plötzlich hörte sie ein Geräusch. Schritte. Eine Bewegung. Sie sah in den Spiegel und unterdrückte einen Schrei. Jens stand direkt hinter ihr.

-44-

Julia betrat den Besprechungsraum, in dem sich neben Li und Keller auch Kriminalrat Preiß eingefunden hatten. Ein Blick auf ihre Armbanduhr verriet ihr, dass sie spät dran war.

Ihre Neugier auf die Auswertung der Spuren von Zillers Wohnung schäumte beinahe über. Irinas Heffs Mobiltelefon am Tatort zu finden, hatte nicht nur sie überrascht.

„Frau Beck." Der Kriminalrat drehte sich zu ihr um. „Darf ich den Grund für Ihre Verspätung erfahren?"

„Ich hatte einen Anruf von Luisa Rehm." Julia nahm zwei Stühle weiter Platz. „Sie hat behauptet, Jens Wagner sei erneut in ihre Wohnung eingedrungen und habe sich einen makabren Scherz erlaubt, indem er tote Schmetterlinge in ihrer Wohnung platziert habe."

„Und?" Der Kriminalrat zog die Brauen hoch.

„Nichts." Julia schüttelte den Kopf. „Als ich die Wohnung betreten habe, konnte ich weder tote Tiere auf dem Bett noch auf dem Laken entdecken."

„Hab doch gesagt, die fantasiert", brummte Keller.

Preiß kratzte sich am Kopf. „Gab es denn irgendeinen Beweis, dass jemand in Rehms Wohnung eingedrungen ist?"

„Nein." Julia seufzte. „Aber ..." Sie hielt inne.

„Ja?" Der Kriminalrat blickte sie mit hochgezogenen Augenbrauen an.

„Ihre Reaktion war so überzeugend. Sie hat wirklich Angst. Ich schätze sie nicht wie jemanden ein, der Wahnvorstellungen hat."

„Manchmal kann man es den Menschen nicht ansehen. Und es war ja auch nicht der erste Vorfall dieser Art. Sollte sich Frau Rehm nochmal bei Ihnen melden, verweisen Sie sie bitte an die zuständigen Beamten. Wir können keine Ressourcen aufwenden, weil jemand glaubt, belästigt zu werden, ohne dass es dafür konkrete Anhaltspunkte gibt."

Julia wusste, dass es keine Beweise für Rehms Aussagen gab. Aber sie hatte die Angst in ihren Augen gesehen. Ihr Bauchgefühl, das sie nur selten täuschte, sagte ihr, dass Luisa sich in Gefahr befand. Noch wusste sie zwar nicht, wer oder was dahintersteckte, aber dass Rehm sich alles nur einbildete, glaubte sie nicht. „Finden Sie es nicht sonderbar, dass Jens Wagner nicht mehr auffindbar ist?"

„Doch, aber Nachbarn gaben an, sie hätten Wagners Wagen vorgestern spätabends aus der Tiefgarage fahren sehen. Er könnte also auch verreist sein."

Julia verkniff sich die Frage, in welchem Reiseziel es keinen Empfang gab und warf stattdessen Keller einen irritierten Blick zu, den er ignorierte. Die Info hatte sie nicht erhalten. „Sollte Wagner bei Frau Rehm auftauchen, soll sie sich melden. Die Kollegen werden sich darum kümmern. Jetzt aber zurück zu unserem eigentlichen Fall." Preiß richtete seine Aufmerksamkeit wieder auf Keller, der mit einem Bein wippte. Für ihn schien das Thema abgeschlossen. „Bitte." Der Kriminalrat machte eine auffordernde Handbewegung.

„Wir haben am Tatort mehrere Mobiltelefone gefunden. Das eine gehörte definitiv Irina Heff, die anderen beiden laufen auf den Namen von Timo Ziller“, erklärte Keller. Er wirkte blass und hatte dunkle Ringe unter den Augen. Kein Wunder, angesichts des gestrigen Tages, bei dem sie noch Stunden verbracht hatten, Ermittlungsergebnisse zusammenzutragen. Sie selbst fühlte sich mindestens genauso müde.

„Einer ersten Überprüfung zufolge hatte Heff lange Kontakt mit einer Person, die sich als Marius Mast ausgab. Und diese Person scheint niemand anderes als Timo Ziller selbst gewesen zu sein, wie die Auswertung der Chatverläufe auf einem seiner Telefone belegen. Unter dem Onlinepseudonym *Your-imagination* hat er regelmäßig mit ihr kommuniziert.“

Julia fragte sich, warum Ziller zwei Mobiltelefone benötigte, wenn sie beide auf seinen Namen liefen.

„Der Ton schien dabei immer aggressiver und bedrohlicher zu werden“, fuhr Keller fort. „Von anfänglichen Liebesbekundungen und einer Bilderbuchromanze zu perversen Fantasien, Beleidigungen und subtilen Drohungen. Etwa vier Wochen vor ihrem Tod hat sie ihn gesperrt.“

Preiß nickte. „Was noch?“

„Bei der Waffe handelt es sich um eine Flobert Grand Power, neun Millimeter Kaliber“, erklärte Li. „Gängiger Waffentypus in kriminellen Kreisen, online einfach zu beschaffen. Laut ballistischen Untersuchungen ist es die Pistole, mit der Ziller sein Leben beendet hat. Die Patronenhülse lag am Tatort. Auf dem Griff hat die Kriminaltechnik ausschließlich seine Fingerabdrücke gefunden, auf seiner rechten Handfläche konnten

Schmauchspuren sichergestellt werden. Spricht für einen Suizid. Dazu passt auch der Abschiedsbrief, der neben der Leiche entdeckt wurde und nach Abgleich mit anderen Schriftstücken aus der Wohnung Zillers Handschrift trägt. Und nicht nur das." Er legte eine bedeutungsvolle Pause ein. „Der Kriminaltechnik ist es gelungen, am Tatort eine einzelne, blonde Haarsträhne sicherzustellen, die nicht von Ziller stammt. Sie könnte von Irina Heff sein. Die Auswertung der DNA dauert allerdings noch an."

„Gute Arbeit", sagte Preiß mit einem Lächeln. „Ich werde die Ergebnisse an die Staatsanwaltschaft weitergeben. Wenn sich keine unerwarteten Aspekte ergeben, bin ich zuversichtlich, den Fall Heff zu einem baldigen Abschluss führen zu können."

„Ich finde das alles sehr merkwürdig." Julia legte die Stirn in Falten. „Noch am Sonntag hat Ziller behauptet, Irina Heff nur einmal getroffen und danach das Interesse verloren zu haben. Es gab keine stichhaltigen Beweise gegen ihn. Dann fährt er nach Hause, von plötzlichen Schuldgefühlen gepackt, und schießt sich mit einer Waffe in den Kopf. Wir finden seine Leiche und zufälligerweise auch alle Beweise, die ihn als Täter überführen. Ich meine, wieso lässt er die so offensichtlich in seiner Wohnung herumliegen? Das passt doch nicht."

„Ich habe da auch so meine Zweifel." Li, der sich einen der letzten Vernehmungsberichte aufmerksam durchgelesen hatte, blickte auf. „Ich habe Timo Ziller während der Vernehmung als eher unsicheren, beeinflussbaren Typ kennengelernt, dessen Art so gar nicht zu dem skrupellosen Verhalten eines Mörders passt. Und auch nicht zu der souveränen, selbstsicheren Art, die *Y-our-imagination* während der Chatverläufe zeigte. Und warum sollte sich Irina Heff auf jemanden einlassen, der gar nicht so ist, wie er vorgibt, zu sein?"

„Menschen können sich online problemlos als jemand anderes ausgeben. Das ist ja das Problem! Irina Heff wusste nicht, wie Ziller wirklich aussieht." Der Kriminalrat blickte nachdenklich zur Seite.

„Aber sie wusste definitiv, dass Timo Ziller nicht der gutaussehende Typ mit Sonnenbrille ist. Spätestens nach dem ersten Treffen." Julia dachte an das Profilfoto.

„Aber vielleicht ist auch genau das der Grund." Preiß beugte sich vor. „Sie tauschen Nummern aus und verabreden sich. Beim ersten Date muss Irina Heff allerdings feststellen, dass Ziller sie sowohl in Bezug auf sein Aussehen als auch auf seinen echten Namen in die Irre geführt hat. Sie lässt ihn sitzen, Ziller fühlt sich in seiner Ehre gekränkt und beginnt Heff online und im echten Leben zu stalken. Diese blockiert ihn, zieht sogar um. Ziller spürt sie auf und tötet sie."

Für einen Moment entstand Schweigen im Besprechungsraum. Julia erschien das nicht plausibel. Sie hatte einen ähnlichen Eindruck wie Li von dem Mann bekommen, der sich als *Your-imagination* ausgab. Eine selbstbewusste Persönlichkeit, die wusste, wie man Frauen um den Finger wickelte, Komplimente an der richtigen Stelle setzte, nie zu forsch oder aufdringlich war und jemandem das Gefühl gab, etwas Besonderes zu sein. Es war keine Unsicherheit zwischen den Zeilen zu erkennen. Und dann dachte sie an Zillers nervöses Verhalten. Dieser sollte Heff so eingeschüchtert haben, dass sie vor ihm geflüchtet war? Da stimmte etwas nicht. In einem Punkt hatte der Kriminalrat allerdings recht. Hätte sie sich auf ein Date eingelassen und dann wäre jemand wie Ziller aufgekreuzt, hätte sie sicher auf dem Absatz kehrtgemacht. Nur das hatte Heff nicht. „Gab Irina Heff gegenüber ihren Eltern nicht an, in einer Beziehung gewesen zu sein?"

„Wer weiß, was heute als Beziehung durchgeht." Keller, der sich bisher zurückgehalten hatte, lachte auf. „Vielleicht war sie beeindruckt von dem Foto, seinen imposanten Geschichten, der vermeintlichen Penthousewohnung, dem tollen Job, aber kannte Ziller zu diesem Zeitpunkt noch gar nicht persönlich. Vielleicht haben sie telefoniert. Beim ersten Date kam dann die große Ernüchterung."

„Gab es ein Telefonat zwischen Ziller und Heff?" Preiß blätterte durch die Unterlagen.

„Wird noch untersucht. Wir haben noch nicht alle Telefoninformationen", antwortete Li.

„Aber trotzdem, falsche Identität, anderes Mobiltelefon – das klingt für mich sehr nach einer kalkulierten Tat. Das hätte Ziller doch gar nicht berücksichtigt, wenn er hoffte, mit Irina Heff zusammenzukommen", sagte Julia und blickte von einem zum anderen.

„Wir können ihn dazu leider nicht mehr befragen." Preiß nahm die Akte und erhob sich. „Wir werden nun erst mal die DNA-Analyse und weitere Ergebnisse abwarten. Ich gebe die bisherigen Infos an die Staatsanwaltschaft weiter. Ich gehe davon aus, dass eine Obduktion der Leiche zur weiteren Beweissicherung notwendig sein wird. Wenn sich etwas Neues ergibt, geben Sie mir bitte sofort Bescheid." Mit diesen Worten

wandte er sich zur Tür und verließ den Besprechungsraum.

Julia seufzte und ließ sich tiefer in ihren Stuhl sinken.
Sie hatte nicht das Gefühl, dass Preiß ihrem Einwand
eine große Bedeutung beimaß. Ein Blick zu Li verriet
ihr, dass ihm das Gleiche durch den Kopf ging. Aber
wenn Ziller nicht der Täter war, wer dann?

-45-

Irina Heff. Der Name löste in mir ein wohliges Kribbeln aus. Laut ihrem Profil war sie Grafikdesignerin – eine kreative Natur also. Ich begutachtete das Bild, das, wenn ich es richtig erkannte, auf dem Schlossplatz vor dem Neuen Schloss aufgenommen wurde. Es schien ein warmer Sommertag gewesen zu sein, da Irina nur leicht bekleidet mit Shirt und Jeans dastand. Die Sonnenstrahlen brachten ihre blonden Haare zum Leuchten. Sie hatte leichte Sommersprossen, eine füllige, wenn auch nicht übergewichtige Figur und lächelte schüchtern in die Kamera. Alles in allem fand ich sie hübsch, wenn sie auch keine Augenweide wie Emilia war.

Die Idee, mich in einer Dating-App zu registrieren, stammte von meinem minderbemittelten Jugendfreund Timo. Seinen Aussagen zufolge, hatte er dort schon ‚jede Menge heißer Bräute klargemacht'. Für mich war es ein großes Angebot an potentiellen neuen Opfern, mit dem Manko, dass die meisten Frauen vermutlich nur eine Version ihrer Selbst darstellten und nicht ihr wahres Ich. Dennoch konnte ich mich unauffällig umsehen und wenn es eine Chance gab, unsichere Frauen zu finden, dann hier.

Einer genialen Idee folgend bot ich Timo Geld für sein Handy an. Er wirkte irritiert, da das Handy nicht das

Neueste war und ich ihm eine stattliche Summe versprach. Der Tölpel hatte natürlich keine Ahnung, warum. Ich erklärte ihm, dass mein Smartphone kaputt gegangen sei und ich zügig Ersatz bräuchte. Da er sowieso vorhatte, sich ein neues Mobiltelefon zu kaufen, willigte er ein. Außerdem durfte er das Geld nur dann behalten, wenn er bei Nachfragen behauptete, das Telefon sei ihm entwendet worden. Er war einverstanden. Und auch wenn Timo ungefähr den Intelligenzquotienten eines Sonderschülers in der fünften Klasse besaß, war er eine treue Seele. Zumindest dachte ich das.

Ich überflog die angezeigten Profile. Die meisten Frauen hatten kaum Infos hinterlegt, außer dass sie keine sogenannten ,Dickpics' wünschten. Ich fragte mich manchmal, wie hirnverbrannt manche Vertreter meines Geschlechts waren. Was wollte man denn einer Frau mit einem überdimensionierten Penisbild suggerieren? Großer Penis, kleines Gehirn? Andrerseits waren die meisten Frauen auch nicht besser. Viele biederten sich mit ihren freizügigen Bildern und den lüsternen Duckfaces geradezu an. Kein Wunder, dass sie entsprechende Bilder erhielten. *Nicht mein Typ Frau.*

Ich blieb also bei Irina Heff hängen und drückte auf den Like-Button. Eine Kommunikation war nur möglich, wenn ich ihr ebenfalls gefiel. Das Bild mit der Sonnenbrille, das einige Jahre zuvor während eines Spanienurlaubs entstanden war, schien geradezu ideal. Natürlich war es ein hohes Risiko, aber wenn ich das Bild einer fremden Person verwendete, hätte Irina vermutlich auf dem Absatz kehrtgemacht.

Ich geduldete mich. Zu meiner freudigen Begeisterung likte sie mich einige Stunden später ebenfalls und ich schrieb ihr eine smarte, unaufdringliche Nachricht. Ich war überzeugt, sie würde darauf anspringen. Es war eine Mischung aus Kompliment und provokantem Scherz – Frauen reagierten eigentlich immer darauf.

Sie biss an. Nach einigen fantasievollen Schilderungen meines vermeintlichen Berufes und meiner Wohnsituation öffnete sie sich mehr und mehr. Sie erzählte mir, wie ihre Eltern sie nie für voll genommen hatten, weil sie nicht studiert hatte, sondern nur eine Ausbildung gemacht hatte. Dass sie bereits in der Schule eher die graue Maus gewesen war, eine Außenseiterin, der man nichts zutraute. Und dass sie sich im Umgang mit anderen Menschen oft schwertat und ihre Meinung nur selten aussprach. Mir ging dieses Selbstmitleid ziemlich gegen den Strich. Warum sollten ihre Eltern sie auch ernst nehmen, wenn sie den Mund nicht aufbekam?

Doch sie war perfekt. Genau der Typus, den ich gesucht hatte. Wenig soziale Kontakte bedeutete weniger Risiko. Eine schwache Bindung zu den Eltern war ebenfalls von Vorteil, dann würden sie sich nicht täglich nach ihrem Wohlbefinden erkundigen.

Der erste Schritt war getan. Wir unterhielten uns lange und so erhielt ich genug Informationen, um meiner Sache sicher zu sein. Wir verschoben unseren Gesprächskanal von der Dating-Plattform auf WhatsApp und ich unternahm den wagemutigen Versuch, mich nach einem ersten Date zu erkundigen. Der Zeitpunkt musste klug gewählt sein. Sie musste sich sicher fühlen. Eine Frau wie Irina Heff war bei persönlichen Treffen besonders vorsichtig. Man wusste ja nie, ob sich hinter den freundlichen und verständnisvollen Worten ein

Axtmörder verbarg. *Oder Schlimmeres.* Ich konnte mir das Grinsen nicht verkneifen. Sie willigte ein und wir legten Zeitpunkt und Ort fest.

Ich war gespannt auf das, was mich erwartete. Emilias Tod hatte für Aufsehen in den Medien gesorgt. Doch die Polizei tappte im Dunkeln. Nicht ein Beamter hatte an meiner Tür geklingelt. Die Auswertung der DNA-Spuren, die ich mit Sicherheit am Tatort hinterlassen hatte, halfen der Polizei ohne eine Vergleichsprobe nicht weiter. Und diese hatte ich löschen lassen.

Ich war beinahe enttäuscht. Vielleicht hatte ich bei Emilia Newerth unnötig viel Zeit verstreichen lassen, weil die Polizei viel zu beschränkt war, um überhaupt eine Verbindung zwischen uns herzustellen. Bei Irina würde ich es bewusst langsam angehen. Ich wollte es auskosten. Nicht nur den Moment ihres Todes wie bei Emilia. Nein, das ganze Schauspiel, wie unsere Beziehung sie langsam in ein emotionales Wrack verwandelte, um ihr dann den tödlichen Stoß zu versetzen.

Das Verlangen erfüllte meine Brust, als ich an das dachte, was ich vorhatte. Aber eins nach dem anderen. *Vorfreude ist die schönste Freude.* Erst einmal würde ich Irina Heff ihren Bilderbuchprinzen präsentieren, den sich jede Frau wünschte und der sie auf seinem edlen Ross mit in sein prunkvolles Schloss nahm. Na gut, ich besaß weder Ross noch Schloss, aber immerhin ein Auto. Ich war überzeugt, sie würde mir verfallen, nichtsahnend, in welch tödlichen Strudel sie dadurch geraten würde.

-46-

Es war früher Abend, als Keller sie in den Besprechungsraum zitierte, um die eingetroffenen DNA-Ergebnisse durchzugehen. Li war bereits anwesend. Keller stand mit einem Beamten noch auf dem Flur.

„Wo ist Preiß?" Julia sah sich um.

„Führt ein Gespräch mit der Staatsanwältin." Li lehnte sich zurück.

Julia fragte sich, warum Keller sie her zitiert hatte, wenn er selbst noch gar nicht fertig war. Sie beobachtete durch die Scheibe ihren Vorgesetzten, der jetzt wild gestikulierend auf den Beamten einredete. Worüber sie sprachen, konnte sie nicht verstehen, aber anhand Kellers Gesichtsausdruck musste es sich um eine ernste Angelegenheit handeln.

„Worüber unterhalten die sich?" Sie warf Li einen irritierten Blick zu.

„Ich habe da so eine Ahnung."

Ehe sie nachfragen konnte, platzte Keller mit finsterem Gesichtsausdruck in den Besprechungsraum, knallte die Tür hinter sich zu und rückte den Stuhl am Tischende geräuschvoll zurecht.

„Wing-Wing, legen Sie los!"

Li teilte Keller und ihr je schweigend eine Kopie der Ergebnisse aus. Er räusperte sich. „Wir wissen jetzt, dass die blonde Haarsträhne vom Tatort von Irina Heff stammt. Die Kriminaltechnik konnte sie ihr zweifelsfrei zuordnen.“

Es sprachen tatsächlich viele Indizien für Timo Ziller als Täter, dachte Julia, während sie Lis Schilderung folgte.

„Was erst mal eindeutig klingt, ist aber genauso merkwürdig.“ Li hob die Stimme und Julia horchte auf.

„Die DNA, die unter den Fingernägeln von Irina Heff gefunden wurde, gehört nicht zu Timo Ziller – das geht aus dem Bericht eindeutig hervor. Und genauso merkwürdig ist es, dass es am gesamten Tatort von Heff nicht eine einzige DNA-Spur von Ziller gab.“

„Das heißt, es wäre möglich, dass die Indizien und die Telefone vom Täter absichtlich in Zillers Wohnung platziert wurden, um ihn den Mord in die Schuhe zu schieben?“, fragte Julia.

„Dann könnte es sich bei dem Selbstmord um eine Inszenierung handeln, um einen Mord zu vertuschen.“ Keller blickte zur Seite. „Die Frage ist nur, warum. Bei der Beweislage hätten wir Ziller erst mal aus dem Verkehr gezogen.“

„Und dann hätte er unter Druck ausgeplaudert, wer der wahre Täter ist“, sagte Li und zog damit alle Blicke auf sich. „Ich hatte schon während der Vernehmung den Eindruck, dass er uns etwas verheimlicht. Die Spurensicherung konnte am Tatort keine Hinweise auf ein gewaltsames Eindringen feststellen. Ziller kannte also den Täter und hat ihn hereingelassen. Wahrscheinlich hat er dem Täter schon vorab gesagt, dass ihm die Sache zu heikel wurde, woraufhin dieser entschied, ihn aus dem Weg zu räumen. Es kann keine Affekthandlung gewesen sein, denn der Täter hatte alles dabei –

die Haarsträhne, die Pistole, die beiden Telefone. Jetzt musste er Ziller nur noch zu einem schriftlichen Geständnis zwingen, was mit einer Pistole an der Schläfe jeder getan hätte.“

Julia nahm die Unterlagen zur Hand. Sie spürte eine wachsende Aufregung. Vielleicht bot diese zweite Tat die Möglichkeit, den Täter zu fassen, und sie hatte bereits eine Idee. „Haben wir schon die Auswertung der Telefondaten von Ziller? Wenn er vorab mit dem Täter Kontakt gehabt hatte, müssten wir doch die Spur zurückverfolgen können.“

„Daran hat der Täter gedacht“, antwortete Li und seufzte. „Ich habe die Telefondaten sowohl von *Your-imagination* als auch von Zillers Smartphone gecheckt, aber der gesamte Telefonspeicher wurde gelöscht. Auch der Chatverlauf war unauffällig.“

Julia schnaubte. „Wäre auch zu leicht gewesen. Aber vielleicht kann die Technikabteilung die Gespräche wiederherstellen?“ Sie sah Li mit großen Augen an.

„Möglicherweise. Ich habe Tom bereits in Kenntnis gesetzt. Das kann aber dauern. Die unbekannte DNA unter Heffs Fingernägeln wurde auch in Zillers Wohnung gefunden. Das verstärkt unseren Verdacht, dass sie vom Täter selbst stammen. Von daher müssen wir die Verbindung zwischen Ziller und dem Täter suchen. Davon ausgehend, dass es sich um Marius Mast alias *Your-imagination* handelt, wofür die Chatverläufe auf der Dating-Plattform sprechen, haben wir zumindest ein Foto.“

Keller, der bis dahin nichts gesagt hatte, erhob sich. „Wing-Wing, machen Sie mal die Rollläden runter, ich möchte Ihnen etwas zeigen." Li warf ihm einen überraschten Blick zu, tat, wie ihm geheißen und Keller schaltete den Beamer ein.

Julia rückte ihren Stuhl zurecht. *Welches Ass hat Keller wohl im Ärmel?* Dass er sowohl in dieser als auch in der Teamsitzung so still gewesen war, kannte sie nicht von ihm. Sie wusste nicht, ob sie es als gutes oder als schlechtes Zeichen werten sollte. Selbst Kommentare über den Geruch ihres grünen Tees hatte er sich verkniffen. Doch das konnte daran liegen, dass Preiß selbst auf den Geschmack gekommen war.

Auf der Großleinwand hinter Keller erschien das Gesicht einer jungen Frau. Mit den strohblonden, schulterlangen Haaren, den markanten Wangenknochen und den symmetrischen Gesichtszügen war sie auffallend hübsch. Sie hatte für Julias Geschmack zu viel Make-up aufgetragen, was sie künstlich wirken ließ. Wer sie war, wusste Julia nicht.

„Emilia Newerth, zum Todeszeitpunkt siebenundzwanzig, wohnhaft in Stuttgart-Mühlhausen. Sie wurde im Sommer vor anderthalb Jahren tot in ihrem Haus aufgefunden. Todesursache war Strangulation, der Täter bis heute unbekannt." Keller hielt einen Moment inne, damit sie die Informationen aufnehmen konnten. „Ich bin bereits vorherige Woche auf den Fall gestoßen, weil die Todesursache sehr der von Irina Heff ähnelt, genauso wie Alter, Haarfarbe und Geschlecht. Allerdings wusste ich nicht, dass die unbekannte DNA-Spuren in Heffs und Zillers Wohnung auch identisch sind mit Hautpartikeln, die unter Emilias Fingernägeln sichergestellt wurden."

„Wieso erfahren wir erst jetzt davon?" Julia blickte Keller mit zusammengezogenen Augenbrauen an.

„Weil es krankheitsbedingt zu Verzögerungen bei der DNA-Auswertung am Tatort von Heff kam. Die vollständigen Ergebnisse liegen uns erst seit heute vor."

„Und wieso erzählen Sie uns nichts von Emilia Newerth, wenn Sie die Parallelen auf den ersten Blick gesehen haben?", fragte sie mit hoher Stimme.

„Ich erzähle es Ihnen doch gerade." Keller stöhnte.

Julia war zu müde, um sich auf eine Diskussion einzulassen. Ihrer Meinung nach hätte Keller ihr und Li sofort von dem Fall Emilia Newerth erzählen müssen. Auch wenn noch keine DNA-Ergebnisse vorlagen, wie oft wurde in Stuttgart eine junge Frau erwürgt? Es ging einfach nicht, dass Keller ständig Informationen für sich behielt. Sie warf einen hilfesuchenden Blick zu Li.

„Ich denke mal, der Suizid von Ziller, der vielleicht gar keiner war, kam für uns alle sehr überraschend, weshalb auch die ein oder andere Information unterging", sagte Li, um ein Lächeln bemüht. Er war sowieso immer sehr ausgeglichen. Vielleicht sollte sie es auch mal mit Qigong versuchen.

„Fakt ist, die DNA unter Irina Heffs Fingernägeln war sowohl am Tatort von Emilia Newerth als auch an dem von Timo Ziller. Der Täter scheint also für mehrere Morde verantwortlich zu sein und es muss eine Verbindung zwischen Newerth, Ziller und dem Täter geben. Irina Heff hat er ja offensichtlich online kennengelernt."

Julia atmete hörbar aus. „Okay, das heißt, wir müssen diese Verbindung suchen, dann finden wir auch den Täter."

Li nickte. „Zumindest in der Theorie."

„Eine Idee, wo wir ansetzen?" Julias Blick wanderte zu Keller. Vielleicht hatte er ja noch mehr Überraschungen auf Lager.

„Ich habe mir die Unterlagen zum Fall ‚Newerth' angesehen. Ihr Freund hat die Leiche gefunden und den Notruf abgesetzt. Der Täter ist geschickt vorgegangen. Hat die Dusche angestellt, damit der Freund denkt, sie sei im Bad und ist dann vermutlich durch das Badezimmerfenster getürmt."

„Der Täter war noch im Haus, als ihr Freund nach Hause kam?" Julia hielt den Atem an.

„Scheinbar. Zumindest lag der Todeszeitpunkt laut Gerichtsmedizin erst zwei Stunden zurück und sie kamen zwei Stunden nach dem Anruf an. Außerdem war die Badezimmertür von innen verriegelt."

Julia verschlug es für einen Moment die Sprache. Sie fragte sich, was passiert wäre, wenn der Freund einige Minuten früher nach Hause gekommen wäre. Hätte er den Mord verhindern können? Oder wäre er dem Täter selbst zum Opfer gefallen? Die Vorstellung, dass er den Mord an Emilia Newerth eventuell hätte verhindern können, musste für den Freund ungeheuer belastend sein.

„Emilias Eltern sind früh bei einem Autounfall ums Leben gekommen", fuhr Keller fort. „Sie hat dann bei ihrer Tante gewohnt, ist später aber zusammen mit ihrem Freund in das Elternhaus zurückgekehrt. Wir gehen sämtliche Ergebnisse nochmal durch, um die Schnittstelle zu Ziller zu finden. Ich werde mich dazu mit den Kollegen von den früheren Ermittlungen in Verbindung setzen – die sollen uns helfen."

Li konnte ein Seufzen nicht unterdrücken. Julia verstand ihn. Das bedeutete viel Arbeit und die letzten Wochen waren bereits zehrend gewesen. Sie hatte gehofft, das anstehende Wochenende würde etwas ruhiger werden, aber da hatte sie sich getäuscht. Schlimm fand sie es nicht. Sie wollte sich in ihrem neuen Job beweisen und vielleicht bot dieser Fall die Gelegenheit dafür. Allerdings ließ die Erschöpfung sie nicht mehr aus ihrem Würgegriff.

„Bis ich von Preiß die Genehmigung für die Aufstellung einer Sonderkommission habe, teilen wir es folgendermaßen auf. Li, Sie nehmen sich das private Umfeld von Emilia Newerth vor. Laut den Unterlagen war sie Mitglied beim Volleyballverein und in einer Reitschule. Sie werden sämtliche Leute dort nochmals befragen, auch Mitglieder, die in der Zwischenzeit ausgetreten sind. Vielleicht finden Sie sogar eine Verbindung zu Ziller."

Li nickte und machte sich Notizen.

Julia bezweifelte, dass Ziller den Täter im Reitverein kennengelernt hatte. Schließlich hatte dieser ihres Wissens nach nichts mit Pferden zu tun und sie glaubte auch nicht, dass es dort so viele männliche Mitglieder gab.

„Ich werde mir nochmal den Ex von Emilia Newerth vorknöpfen. Er war damals der Hauptverdächtige, nachdem es zuvor einen Streit zwischen ihm und Newerth gegeben hatte, besaß aber ein Alibi. Eins, wie ich finde, schwammiges. Danach widme ich mich dem Freund, der die Leiche gefunden hat."

Julia fand die Unterschiede zwischen Emilia Newerth und Irina Heff erstaunlich. Während Heff ein sehr zurückgezogenes Leben mit wenig Kontakten geführt hatte, schien bei Emilia Newerth das genaue Gegenteil der Fall gewesen zu sein. Optisch gab es gewisse Ähnlichkeiten, vielleicht ging es dem Täter nur darum.

Kellers Blick wanderte zu ihr. „Newerth und Ziller besuchten in ihrer Jugend beide das Gottlieb-Daimler-Gymnasium in Bad Cannstatt. Die Schulzeit wurde damals außen vorgelassen, weil sie länger zurücklag und sie natürlich noch nicht die Verbindung zwischen den beiden vor Augen hatten. Fangen Sie mit der Klassenliste an. Finden Sie heraus, ob es jemanden gab, der als Täter infrage kommt."

Julia stöhnte innerlich auf. Es war eine Mammutaufgabe.

„Kein Problem." Sie setzte ihr freundlichstes Lächeln auf.

„Was ist mit der Familie von Newerth?", hakte Li nach.

„Sollen die Kollegen machen. Keine Lust, mich mit trauernden Hinterbliebenen herumzuschlagen."

Da war es wieder: Kellers unwiderstehliches Taktgefühl.

„So, und jetzt geh ich das Kaffeekränzchen von Preiß und der Staatsanwältin unterbrechen."

Preiß wird begeistert sein, dachte Julia. Wo einige Stunden zuvor noch die Aussicht bestand, den Fall zu einem zügigen Ende zu bringen.

Keller stand auf. „Was sitzen Sie hier noch rum? An die Arbeit!"

-47-

Ich schloss die Tür auf und betrat die Wohnung in der Augustenstraße. Aus dem Badezimmer hörte ich das Wasser laufen. Offenbar stand Irina unter der Dusche. Das Rauschen endete und ich hörte, wie der Vorhang zur Seite geschoben wurde.

„Hallo?", drang ihre Stimme aus dem Bad.

„Hallo", äffte ich sie nach. Wen hatte sie denn erwartet? Den Weihnachtsmann?

„Ach, du bist es." Es klang nicht erfreut. Sie stieg aus der Dusche. Wir wohnten nicht zusammen, allerdings hatte ich klargestellt, dass ich einen Zweitschlüssel verlangte. Irina war von der Idee nicht angetan, aber ich ließ ihr keine Wahl.

Vier Monate waren seit unserem ersten Date vergangen. Inzwischen häuften sich ihre Fehltage auf der Arbeit. Es war nur noch eine Frage der Zeit, bis man ihr kündigen würde. Mir sollte es recht sein. Dann bestand nicht mehr die Gefahr, dass sie sich dort jemandem anvertraute.

Es war Samstagabend. Ich ließ meinen Blick durch die Wohnung schweifen und stellte fest, dass der Laptop noch eingeschaltet war. Irina hatte nicht mit meinem Besuch gerechnet und das war auch gut so. Sie brauchte nicht zu wissen, wann ich kam – so hatte ich die absolute Kontrolle.

Ich drückte eine Taste und der Startbildschirm öffnete sich. Zu meiner Enttäuschung waren keine Programme mehr geöffnet. Ich wollte gerade ihre E-Mails überprüfen, als mir im Browser eine Seite für Immobilienvermittlung vorgeschlagen wurde. Neugierig klickte ich darauf. Tatsächlich handelte es sich um ein Vergleichsportal, mit dem man günstige Wohnungen in Stuttgart und Umgebung finden konnte. Ich sah mir im Browserverlauf ihre letzten Suchergebnisse an. Mit dabei war eine Wohnung in Stuttgart-Büsnau. Ich begutachtete die einzelnen Bilder. Eine kleine, nicht wirklich ansprechende Einzimmerwohnung mit Balkon. Offensichtlich hatte sie sogar eine Kontaktanfrage versendet. In mir stieg die Wut hoch. Wie konnte sie es wagen, sich eine neue Wohnung zu suchen, ohne mich vorher darüber zu informieren?

Wenn sie flüchtete, hatte ich keine Chance, meinen Plan in die Tat umzusetzen. Hatte ich ihre Spur erst verloren, gab es kaum noch eine Möglichkeit, sie zu finden. Ich notierte mir die Adressen ihrer letzten Suchergebnisse und schloss den Browser. Sollte ich den Vorfall verschweigen? So hatte ich zukünftige Adressen und konnte sie suchen, für den Fall, dass sie plötzlich nicht mehr hier wohnen würde. Andrerseits konnte sie in der Zwischenzeit weitere Kontaktanfragen versenden. Sie rechnete sicher nicht damit, dass ich mir die Adressen notiert hatte. Außerdem durfte ihr Verrat nicht ungesühnt bleiben.

Ich erhob mich und ging hinüber ins Badezimmer. Ich riss die Tür auf und Irina zuckte zusammen. Sie stand splitterfasernackt vor mir. Mein Blick wanderte an ihr hinab. Sie hielt sich das Handtuch vor die Brüste, ihre Beine waren noch nass. Das Bild von Emilia in der Dusche stieg unwillkürlich in mir auf, jede Zelle in mir vibrierte. Allerdings war Emilia deutlich hübscher gewesen. Mein Blick wanderte wieder zu ihrem Gesicht. Mit großen Augen blickte sie mich an. Wie eine Maus, die einer Katze gegenüberstand und wusste, dass sie in der Falle saß.

Ich kam auf sie zu und sie wich zurück. „Ich bin gerade ein wenig im Internet gesurft", erklärte ich ihr. „Und da habe ich etwas sehr Unerfreuliches entdeckt." Ich ließ einen Moment verstreichen, um ihre Reaktion abzuwarten. Sie sagte nichts. Im Gegensatz zu Emilia hatte sie keine vorlaute Klappe. Mir Widerworte zu geben, traute sie sich nicht mehr. Sie kannte mich eben schon. „Du hast dir Wohnungen angesehen." Ich betrachtete sie und wartete. „Willst du mich etwa verlassen?" Es war nicht so, dass ich an Irina hing oder sie mir etwas bedeutete. Dennoch durfte sie nicht gehen. Nicht bevor ich mit ihr fertig war. Schließlich hatte ich nicht vier Monate meiner kostbaren Zeit geopfert, damit sie am Ende untertauchte.

„Nein", stammelte sie. „Ich ... Ich hab mir nur Wohnungen für eine Freundin angesehen." Der verführerische Duft der Angst stieg mir in die Nase. Genießen konnte ich es in diesem Augenblick nicht. Sie log mich an.

„Für eine Freundin, ja?" Ich machte einen weiteren Schritt auf sie zu.

„Ja, ich ähm, ihr Freund hat sie rausgeworfen und ich wollte ihr helfen, etwas Neues zu finden."

Irina hatte keine Freundinnen. Das wusste ich. Dafür war sie viel zu schüchtern. Stattdessen redete sie sich um Kopf und Kragen, nur um das Unvermeidbare hinauszuzögern. „Wie heißt die Freundin denn?"

Ihr Blick wanderte hilfesuchend zur Seite. Wollte sie sich etwa an mir vorbeidrängen und die Flucht ergreifen? Die Vorstellung, wie Irina nackt und schreiend durchs Treppenhaus rannte, erheiterte mich.

„Bitte." Ihre Augen wurden wässrig. „Ich würde dich doch niemals verlassen."

Ich machte eine 90-Grad-Drehung, damit sie mit dem Rücken zum Spiegelschrank stand. Mit meinen Fingerspitzen berührte ich ihre nassen Haare und fuhr an ihrer Wange entlang. Sie zog die Mundwinkel nach oben, was wohl ein Lächeln darstellen sollte. Ich führte ihr Gesicht ganz nah an meins. „Wie kannst du es wagen, mich so dreist anzulügen?"

Die Gesichtszüge entglitten ihr. Ich genoss den kurzen Augenblick, in dem sie realisierte, dass etwas Entsetzliches geschehen würde und sie doch machtlos war, etwas dagegen zu unternehmen. Ich packte sie an den Haaren. Sie schrie auf. Dann donnerte ich ihren Kopf mit aller Gewalt gegen den Spiegelschrank. Sie wimmerte.

„Mach das nie wieder!", brüllte ich. „Hörst du? Nie wieder!"

Irina brach in Tränen aus. Blut aus ihrer Nase tropfte auf den Fußboden. „Du kannst dich nicht vor mir verstecken. Ich finde dich überall!" Mit diesen Worten wandte ich mich um und verließ die Wohnung. Strafe muss eben sein.

48

Luisas Handy piepte. Sie blieb im Treppenhaus des Wohnheims stehen und sah auf das Display. Insgeheim hatte sie gehofft, es wäre Adam, der ihr Bescheid gab, dass er auf dem Rückweg war. Stattdessen stammte der Anruf von Claudia.

„Na, wie ist die Lage?" Ihre fröhliche Art mochte so gar nicht zu Luisas düsterer Stimmung passen, dennoch freute sie sich, von ihr zu hören.

Als Jens im Schlafzimmer plötzlich hinter ihr gestanden hatte, dachte sie, ihr Schicksal sei besiegelt gewesen. Wenige Augenblicke später war sie schweißgebadet aufgewacht. Der Traum hatte nur ihre Angst gespiegelt und dennoch war er ihr so echt vorgekommen, dass er ihr immer noch in Mark und Bein saß.

„Soweit ganz okay", log sie und schob die Gedanken an den Traum beiseite. Sie hatte ein schlechtes Gewissen, ihre beste Freundin anzulügen, aber sie konnte sich jetzt keinen Heulkrampf leisten, schließlich stand ihre Nachtschicht unmittelbar bevor und sie wollte nicht völlig verheult oben ankommen.

„Sicher?"

Eine gute Schauspielerin war sie noch nie gewesen. „Ja. Du, hör mal, ich muss gleich arbeiten, kann ich dich später anrufen?"

„Klar." Claudia gab sich betont locker, dennoch meinte sie, eine leichte Enttäuschung in ihrer Stimme zu hören. „Aber ruf auch wirklich an, okay? Mache mir langsam Sorgen um dich.“

„Versprochen.“ Vielleicht war es besser, ihre beste Freundin in ihre Probleme einzuweihen. Immerhin hatte sie sich einem beinahe Fremden sowie der Kommissarin anvertraut. Doch das Schamgefühl einer Versagerin hielt sie davon ab. Ihre Freundin führte ein entspanntes, unkompliziertes Leben und sie hatte nichts als Probleme. Wie gern hätte sie einmal erzählt, dass bei ihr alles rund lief. Sie verabschiedeten sich und Luisa fuhr mit dem Aufzug in den fünften Stock, in dem sich die Wohngruppe befand.

Sheela kam ihr mit gehetztem Gesichtsausdruck entgegen. „Hey, Luisa.“ Es war ungewohnt, von ihrer Kollegin nicht Schätzchen genannt zu werden. Sie lief durch das Büro und zog sich eilig Jacke und Schal an.

„Ich muss unbedingt los, mein Jüngster hat es geschafft, sich den Kopf anzuschlagen, und die Nachbarin macht mich schon verrückt. Hab dir alle Unterlagen rausgesucht. Kommst du klar?“

„Ja, wird schon gehen“, sagte Luisa.

Ihre Kollegin betrachtete sie einen Moment. Auch sie schien zu merken, dass es ihr nicht gut ging. Sie kam einen Schritt näher und streichelte ihr über den Arm. „Tut mir leid, ich muss wirklich los. Übrigens, der Chef will dich sprechen. Klang ernst.“

„Wann?“

„Am besten morgen Abend. Kannst du etwas früher kommen?“

Luisa seufzte innerlich. Eigentlich hatte sie sich krankmelden und zu ihrer Mutter fahren wollen, aber das musste sie dann wohl verschieben. Sie fragte sich, was ihr Vorgesetzter mit ihr besprechen wollte. Ein Gefühl sagte ihr, dass es kein angenehmes Gespräch werden würde. „Ja, lässt sich machen."

„Okay, super. Bis morgen." Sheela nahm ihre Handtasche vom Stuhl und verschwand.

Luisa ließ sich auf dem Stuhl nieder. Der Stapel Papiere auf dem Schreibtisch sah nach einem Haufen Arbeit aus. Am liebsten hätte sie sich auf die Liege gelegt und geschlafen, aber sie musste durchhalten. Seitlich nahm sie eine Bewegung wahr. Es war Tobias, der sie angrinste. Ein klares Indiz, dass er etwas ausgefressen hatte. „Na, du Schlawiner, was hast du wieder angestellt?"

Zwei Stunden später war Ruhe eingekehrt. Nachdem alle ins Bett gegangen waren, widmete sie sich den Unterlagen und übertrug die erste Liste in den PC. Es nahm viel Zeit in Anspruch und kostete mehr Energie als sonst. Sie musste Arbeiten doppelt erledigen und alle Eintragungen erneut überprüfen, weil sie immer wieder Fehler machte. Ihre Konzentration ließ sehr zu wünschen übrig, was auch den Kopfschmerzen geschuldet war, die heute wieder besonders schlimm waren. Sie musste sich zusammenreißen, wenn schon der Chef auf ihr Verhalten aufmerksam geworden war. Nicht, dass sie am Ende noch gefeuert wurde.

Sie hielt einen Augenblick inne und rieb sich das Gesicht. 22:56 Uhr. Sechs Stunden musste sie noch durchhalten – eine gefühlte Ewigkeit. Ihr Mobiltelefon vibrierte und sie griff danach. Das Display zeigte eine eingehende E-Mail. Das Herz sank ihr in die Hose. Als Absender wurde Jens Mailadresse angezeigt. Die Nachricht beinhaltete keinen Text, sondern lediglich einen

Link, den sie anklicken musste. Sollte sie es tun? Welche Überraschung hielt er jetzt wieder für sie bereit?

Luisa beschloss, die E-Mail einfach zu ignorieren. Sollte er doch schicken, was er wollte. Am besten blockierte sie auch seine Mails, dann hatte er keine Möglichkeit mehr, sie zu kontaktieren. Sie knallte das Telefon auf den Schreibtisch und widmete sich wieder ihren Unterlagen zu. Allerdings wanderten ihre Gedanken immer wieder zu dem Link. Sollte sie es wagen? Sie hatte auch die Möglichkeit die E-Mail mit dem Browser des PCs zu öffnen, für den Fall, dass sich hinter dem Link ein Virus verbarg. Die IT konnte das sicher beheben. Andererseits bezweifelte Luisa, dass sie sich mit Öffnen des Links tatsächlich einen Virus herunterlud. Hatte Jens überhaupt das Wissen, wie man das anstellte?

Was sie weit mehr beunruhigte als ein Virus, war, wohin der Link führte. Sie nahm ihr Mobiltelefon zur Hand und öffnete erneut ihr E-Mail-Postfach. Die Nachricht verriet nicht, zu welcher Webseite der Link gehörte.

Ihr Puls beschleunigte sich. Sie hatte ein mulmiges Gefühl, aber ihre Neugier war einfach zu groß. Mit zittrigen Fingern drückte sie auf den Link. Im ersten Moment sah sie gar nichts. Dann öffnete sich ein schwarzes Fenster und eine rotleuchtende Überschrift mit dem Titel ‚Nude Bitches‘ erschien. Eine böse Vorahnung stieg in ihr auf. In der Mitte der Seite öffnete sich ein Videofeld. Mit klopfendem Herzen drückte sie auf Play. Nach einem kurzen Slogan, der erneut ‚Nude Bitches‘ anzeigte, öffnete sich das Video.

Ihr stockte der Atem. Das Video zeigte ihr Badezimmer. Wenige Augenblicke später war zu sehen, wie sie ihr Badezimmer betrat, nur noch mit Unterwäsche bekleidet. Mit entsetztem Gesichtsausdruck beobachtete Luisa, wie sie sich langsam entkleidete und in die Dusche stieg. Von der Perspektive her musste sich die Kamera an der Duschstange befinden. Sie hatte mit ihrer Vermutung die ganze Zeit recht gehabt und nur an der falschen Stelle gesucht.

Insgesamt zehn Minuten lief das Video. Jeder zwielichtige Rumtreiber konnte es sich anschauen – wie sie sich einseifte, die Haare wusch und anschließend wieder völlig nackt aus dem Badezimmer lief. Luisa wurde mit jeder Sekunde übler. Als das Video zu Ende war, starrte sie regungslos auf den Bildschirm. Man hatte ihr Gesicht gesehen. Dieses verdammte Arschloch hatte sie nackt ins Netz gestellt. Wie viel Leute mochten das Video gesehen haben? Sie scrollte nach unten.

Sie wollte heulen, als sie eine vierstellige Nutzerzahl entdeckte. Laut den Daten oberhalb war das Video gestern hochgeladen worden. Luisa erinnerte sich, wie sie die heiße Dusche genossen hatte. Wenn sie jetzt daran dachte, dass irgendwelche wildfremden Kerle sie dabei beobachtet hatten und dabei wer weiß was taten. Es war abscheulicher als alles, was sie sich hatte vorstellen können. Sie scrollte herunter, bis sie die Kommentarfunktion erreichte. Eine Liste öffnete sich, in der nur einige wenige Kommentare vermerkt waren, aber diese waren ekelerregend. Von vergleichsweise harmlosen Bemerkungen wie ‚geile Möpse' und ‚süßer Arsch' bis hin zu Vergewaltigungsfantasien, in denen User schilderten, was sie alles mit ihr anstellen wollten, wenn sie ihr begegneten. Luisa drehte sich der Magen um. Tränen schossen ihr in die Augen. Sie nackt unter der Dusche, die Kommentare, wie jemand androhte, sie zu vergewaltigen – das alles hallte durch ihren Kopf. Was, wenn sie denjenigen auf der Straße begegnete und man sie erkannte? Was, wenn ihre Familie etwas von dem Video erfuhr. Ihre Freunde? Selbst wenn sich das Video löschen ließ, das Internet vergaß nichts. Ihr Puls raste. Sie hörte ihr Blut in den Ohren rauschen. Ihr Herz hämmerte, dass es schmerzte. Sie hatte kein Gefühl mehr in ihren Armen und Beinen. Ihr wurde schwarz vor Augen. *Versuch dich auf deine Atmung zu konzentrieren!* Sie durfte nicht hier auf der Arbeit zusammenklappen. Es half nichts. *Ich werde Jens umbringen*, war ihr letzter Gedanke, ehe sie auf dem Boden zusammenbrach.

49

Irina hatte tatsächlich Reißaus genommen. Ich sah es auf den ersten Blick. Der Laptop war verschwunden, genau wie die Bilder an der Wand. Im Bad waren keine persönlichen Utensilien mehr von ihr und der Kleiderschrank war leergeräumt. Lediglich Möbel und Teppiche waren noch vorhanden. Wie hatte sie das so schnell bewerkstelligen können? Ich war hin- und hergerissen zwischen Wut und Faszination. Eigentlich ging ich davon aus, Irina so weit unter Kontrolle gebracht zu haben, dass sie sich nicht mehr traute, sich meinen Anweisungen zu widersetzen. Aber offensichtlich hatte ich mich geirrt.

Ich stand in der Wohnung und ließ meinen Blick schweifen. Vielleicht wäre es sinnvoller gewesen, Überwachungskameras anzubringen. Allerdings hätten mir diese auch nicht verraten, wohin Irina geflüchtet war. Wie gut, dass ich mir die Adressen ihrer potentiellen Bewerberwohnungen angesehen hatte. Jetzt musste ich nur noch herausfinden, welche sie bekommen hatte. Dass sie zu ihren Eltern geflüchtet war, hielt ich für unwahrscheinlich – sie würde diese niemals in Gefahr bringen.

Ich sah mir auf dem Mobiltelefon die drei Adressen an, die ich notiert hatte. Ein Blick in das Immobilienportal verriet mir, dass in den letzten Tagen keine neuen, kleineren Wohnungen im näheren Umkreis von Stuttgart online gestellt worden waren. Es bestand natürlich die Möglichkeit, dass Irina in eine andere Stadt gezogen war, aber danach hatte ihr letzte Suchanfrage nicht ausgesehen.

Nachdem die ersten beiden Adressen keinen Erfolg brachten, machte sich bei mir Ernüchterung breit. War es Irina gelungen, mich hinters Licht zu führen? Vielleicht war es doch keine gute Idee gewesen, sie mit ihrer Wohnungssuche zu konfrontieren. Vielleicht hatte sie aus Angst ihre Suche auf eine andere Plattform verschoben oder war bei jemanden untergekommen, den ich nicht kannte. Nur bei wem?

Ich beschloss, noch die dritte und letzte Adresse abzusuchen und mir dann eine andere Strategie zu überlegen. Irina laufen zu lassen, kam nicht infrage. Ich hatte viel Zeit investiert, sie von ihrem vertrauten Umfeld zu isolieren, sie gefügig zu machen, um sie als Höhepunkt töten zu können. Nicht, um jetzt bei einer anderen Frau wieder von vorne anzufangen. Außerdem verschaffte mir die Suche nach ihr einen gewissen Nervenkitzel. Ich fühlte mich wieder in meine Kindheit versetzt. Damals hatte ich davon geträumt, Polizist zu werden, bis ich eines Tages begriff, dass Polizisten nicht wahllos Menschen fesseln und erschießen durften. Damit war die Faszination für mich dahin.

Ich näherte mich dem Haus in Büsnau und suchte die Klingelschilder ab. Mein Herzschlag setzte für eine Sekunde aus, als ich den Namen ‚Heff‘ las. Wie unbedacht von ihr. Andrerseits, wie hätte sie sonst ihre Post erhalten können? Schließlich musste sie auf Anfragen vom Amt reagieren. *Hab dich!*

Ich zog mir die Cappy tiefer ins Gesicht und versuchte, einen Blick nach oben zu erhaschen. Das Haus beherbergte nur vier Parteien und da Irina sicher keine teure Gartenwohnung bekommen hatte, blieb nur einer der beiden Dachgeschosswohnungen. Die Vorhänge waren zugezogen und erlaubten keine unerwünschten Einblicke. Die entscheidende Frage war: Wie kam ich hinein?

Während ich verschiedene Szenarien durchspielte und dabei das Haus umrundete, kam eine Frau mit ihrer kleinen Tochter heraus. „Maren, jetzt komm schon, sonst sind wir zu spät." Ich beobachtete das kleine Mädchen, vielleicht zehn oder elf Jahre alt, mit den wild gelockten, braunen Haaren, die einen überdimensionierten Sportbeutel hinter sich herzog und zu dem am Straßenrand geparkten SUV schlenderte. Die beiden hatten mich noch nicht bemerkt.

„Entschuldigen Sie bitte!" Ich ging auf die Frau zu, bemüht, mir die Cappy so weit wie möglich ins Gesicht zu ziehen, für den Fall, dass die Frau später von der Polizei befragt werden würde.

Sie warf mir lediglich einen kurzen Blick zu. Ihr Gesichtsausdruck verriet Eile, was angesichts Marens Tempo keine Überraschung war.

„Ich komme wegen der freien Wohnung im Obergeschoss und wollte fragen, ob eine Besichtigung spontan möglich wäre." Es war gewagt. Wenn ich Pech hatte, hatte die Frau zwar mitbekommen, dass die Wohnung eine Zeit lang leer gestanden hatte, konnte mir aber keine näheren Infos geben. Aber vielleicht wusste sie etwas über die Vermieter. Diese waren vermutlich die

Einzigen, die neben Irina einen Schlüssel für die Wohnung besaßen. Irina war auf der Hut, davon war ich überzeugt. Sie würde niemandem arglos die Tür öffnen, von daher kam es nicht infrage, mich als Postbote oder Ähnliches zu verkleiden. Ein Fenster einzuschlagen oder die Tür aufzubrechen, war zu riskant. Das würde auffallen und ich wollte nicht von der Polizei überrascht werden. Ein Schlüssel wäre ideal. Auch wenn ich noch keine Ahnung hatte, wie ich über den Vermieter an diesen herankommen sollte. „Da sind Sie zu spät, tut mir leid. Die Wohnung wurde letzte Woche an eine junge Frau vermietet.“

Ich setzte eine enttäuschte Miene auf. „Oh, das ist aber schade. Ich hatte nämlich vor ein paar Tagen mit dem Vermieter gesprochen und der meinte, sie sei noch frei.“ Eine glatte Lüge.

„Da haben Sie vermutlich mit meinem Mann geschrieben. Der hat die Anzeige erst vor Kurzem reingestellt und anfangs jede Anfrage bearbeitet, hat aber so viele erhalten, dass er sich zwischen den ersten Fünf entschieden hat.“

Und dabei war die Wahl auf Irina gefallen? Wie vertrottelt musste man sein, um einer Arbeitslosen eine Wohnung zu geben? Möglicherweise war sie bei der Erklärung ihrer finanziellen Verhältnisse nicht ganz ehrlich gewesen. Immerhin wusste ich jetzt, wer die Vermieter waren und wo sie wohnten.

Ich beobachtete, wie die Frau ihre Tochter unter Protest ins Auto bugsierte, während ich mich mit einem Lächeln verabschiedete und hinter der nächsten Abbiegung stehen blieb. Ich nahm einen tiefen Atemzug, während ich darüber nachdachte, was ich mit meinen neu gewonnenen Informationen anstellen sollte. Die Möglichkeit, bei den Vermietern zu klingeln und mich als Irinas Freund auszugeben, schied aus. Schließlich kannten sie jetzt mein Gesicht. Vielleicht konnte ich warten, bis Maren, die Tochter der Vermieter, alleine zu Hause war und sie dann unter einem Vorwand nach dem Schlüssel fragen. Maren war nicht so jung gewesen, dass sie nicht einmal alleine daheimbleiben konnte. Doch hatte sie überhaupt eine Ahnung, wo ihre Eltern Irinas Wohnungsschlüssel aufbewahrten? Und würde sie ihn mir aushändigen? Wohl eher nicht. Zumal die Information dann garantiert an die Eltern ging. Es war verzwickt. Emilia hatte damals das Fenster zum Lüften offengelassen, aber die Möglichkeit schied im Januar aus, zumal ich dafür an der Mauer hätte hochklettern müssen.

Ich dachte wieder an die kleine Maren. Ob sie wohl einen eigenen Wohnungsschlüssel besaß? Und in diesem Moment kam mir eine verwegene Idee. Während ich noch darüber nachdachte, sah ich eine Taube auf der Straße sitzen. Die Flügel waren seltsam deformiert, sodass sie offenbar nicht mehr in der Lage war, davonzufliegen. Die Taube erinnerte mich mit ihren großen Kugelaugen und der hilflosen Art an Irina. Auch sie würde nirgendwo mehr hinkönnen. Ich machte einen Schritt auf das Tier zu und trat mehrmals auf es ein. Die Taube quiekte und schlug mit den kaputten Flügeln um sich. Blut spritzte. Dann war sie frei – genauso wie Irina bald.

Ich observierte das Haus. Mal von der Straßenseite, die darauf zulief, mal von der anderen Seite, die an den

Waldweg grenzte. Ich trug verschiedene Outfits mit unterschiedlichen Cappys und war immer zu verschiedenen Uhrzeiten unterwegs. Wenn Irina sah, dass ich das Haus beobachtete, würde sie erneut die Flucht ergreifen. Und dann, davon war ich überzeugt, würde ich sie niemals wiederfinden.

Anfangs war ich nur nachts unterwegs, wusste aber, dass mir das für meinen Plan nicht ausreichen würde. Es verstrich eine ganze Weile, bis ich Irina das erste Mal hinter den Fenstern erkannte. Sie hatte den Vorhang zur Seite geschoben und das Fenster geöffnet. Eilig suchte ich hinter einem Baum Deckung. Als ich hörte, wie das Fenster geschlossen wurde, kam ich wieder hervor. Es war nur ein winziger Augenblick, aber jetzt wusste ich, in welcher Wohnung sie sich aufhielt.

Nach und nach wurde ich mutiger und beobachtete sie auch tagsüber. Es stellte sich heraus, dass Irina so gut wie nie das Haus verließ – in der Regel ging sie nur einmal die Woche zum Supermarkt und wieder zurück. Der knappe Fußweg bot keinerlei Möglichkeiten, sie zu überwältigen und zu mir zu bringen. Aber das war auch gar nicht meine Absicht. Ich beobachtete, wie Maren jeden Morgen um 7:30 Uhr von ihrer Mutter mit dem Auto zur Schule und spätnachmittags zurückgebracht wurde. Der Vater kehrte gegen 17:30 Uhr zurück. Es gab nur eine Ausnahme. Mittwochnachmittags kam Maren allein nach Hause. Und wie auch an dem Tag, an dem ich ihre Mutter und sie angesprochen hatte, hatte sie einen Sportbeutel dabei. Sie holte den Schlüssel aus ihrem Schulranzen, schloss auf und ging ins Haus.

Eines Morgens fuhr ich den beiden unauffällig nach, um herauszufinden, welche Schule Maren besuchte.

Sie betrat das Gebäude durch den Haupteingang, aber verließ die Schule mittwochs durch den Hinterausgang. Es dauerte eine ganze Weile, bis ich registrierte, dass sich die Turnhalle innerhalb des Schulgebäudes befand und einen separaten Ausgang besaß.

Nun war es Mittwochnachmittag und meine Chance war gekommen. Den ganzen Mittag über hatte ich Heerscharen von Kindern beobachtet, die in der Turnhalle ein- und ausgingen. Um 12:15 Uhr kam Maren zusammen mit zwei Freundinnen die Treppe heruntergeschlendert und verschwand in der Halle. Jetzt oder nie. Mein Herz pochte. Ich trug ein kariertes Holzfällerhemd mit blauer Latzhose und hatte eine braune Tragetasche dabei. Das musste reichen, um unerwünschte Beobachter zu überzeugen, dass ich Handwerker sei. Nicht, dass noch jemand die Polizei rief, weil man mich für einen Pädophilen hielt, der sich in der Turnhalle herumtrieb. Ein Gestank aus Schweiß, ungewaschenen Füßen und Softdrinks empfing mich, als ich die Mädchenumkleide betrat. Warum mussten Kinder immer so stinken?

Zu meiner Erleichterung war niemand darin. Ein flüchtiger Gedanke an die Bundesjugendspiele kam in mir auf. Ich durfte jetzt nicht an Emilia denken, sondern musste mich konzentrieren. Mit zügigen Schritten lief ich durch die Umkleidekabine, bis ich Marens Schulranzen und Sporttasche entdeckte, die sie arglos in die Ecke geworfen hatte. Ich durchsuchte den Schulranzen, bis ich den Haustürschlüssel in der Hand hielt. Ein Kinderspiel. Die Eltern würden keinen Verdacht schöpfen. Sie würden einfach davon ausgehen, dass Maren ihn verloren hatte.

Ich öffnete die Tür, spähte in den Korridor, aber die Kinder waren alle oben in der Turnhalle. Ich verließ das Gebäude, setzte mich in meinen Wagen und startete den Motor. Eile war angesagt. In spätestens einer Stunde würde Maren vor verschlossener Tür stehen und ihre Mutter anrufen. Wenig Zeit, um Irinas Wohnungsschlüssel zu finden, nachmachen zu lassen und das Original wieder zurückzulegen. Aber ich war zuversichtlich. Was für ein Nervenkitzel. Wie hieß es so schön? Man wächst mit seinen Aufgaben. Ich konnte mir jetzt schon Irinas angsterfüllte Visage vorstellen, wenn ich vor ihrem Bett stand. Schon allein dafür lohnte es sich.

-50-

Julia konnte das Gähnen nicht unterdrücken. Obwohl es bereits auf Mitternacht zuging, saß sie noch immer im Büro und ging die Akten im Fall ‚Emilia Newerth‘ durch. Keller war ebenfalls noch im Haus. Li war bereits nach Hause gegangen, um seinen Sohn noch eine Gute-Nacht-Geschichte zu erzählen, wie er mit einem breiten Lächeln erklärt hatte. Manchmal beneidete sie ihn. Sie hatte einen sehnlichen Kinderwunsch, aber momentan gab es keinen Kandidaten, mit dem sie ihre Familienplanung umsetzen konnte. Außerdem war ihr klar, dass sie auf der Arbeit große Abstriche machen müsste und das wollte sie zu Beginn ihrer Karriere auf keinen Fall tun.

Julia sah sich die Klassenliste an. Wie ihr Vorgesetzter bereits herausgefunden hatte, gingen Timo Ziller und Emilia Newerth auf dieselbe Schule. Irina Heff besuchte eine andere. Doch davon ausgehend, dass sie ihren Mörder online kennengelernt hatte, spielte das eine untergeordnete Rolle. Emilia musste vom Alter her zwei Klassen über Timo gewesen sein. Die Namen von Emilias Mitschülern sagten ihr nichts.

Julia überlegte: Wenn Timo den Mörder tatsächlich kannte, wofür einiges sprach, war es möglich, dass er ihn in der Schule kennengelernt hatte und mit ihm in dieselbe Klasse ging. Allerdings konnte Julia, wie zu erwarten, keine Klassenliste von Ziller finden, da die Ermittler ihn damals nicht auf dem Schirm hatten. Sie beschloss, die Liste von seinen Klassenkameraden gleich am nächsten Morgen anzufordern.

Julia fragte sich, ob sie ihre Zeit verschwendete. War es überhaupt vorstellbar, dass der Täter, wenn er Emilia in der Schule kennengelernt hatte, erst Jahre später ermordete? Hätte er nicht viel früher zugeschlagen? Oder lernte er Emilia erst später kennen und es war reiner Zufall, dass sie und Timo auf derselben Schule waren?

Sie rieb sich die Stirn. Obwohl sie sich die letzten Stunden intensiv mit dem Fall auseinandergesetzt hatte, hatte die Zeit nicht gereicht, sämtliche Unterlagen zu sichten. Sie wusste nur, dass die Kollegen die früheren Mitschüler von Emilia befragt hatten. Erinnern konnten sich viele an sie. Offenbar hatte die junge Frau einen bleibenden Eindruck hinterlassen. Schnell entdeckte Julia auch den Grund dafür. Im Gegensatz zu Irina hatte sie mehrere Beziehungen und die ein oder andere Affäre mit Mitschülern gehabt. Sie war bei den Männern sehr beliebt gewesen.

Nach den Aussagen zu urteilen, brachen die meisten Kontakte im Laufe der Zeit ab und so ergab sich bei Emilias Ex-Freunden aus Schulzeiten kein Motiv. Auch fiel den ehemaligen Mitschülern niemand ein, der eine solche Abneigung gegen Emilia hegte, dass er sie Jahre später umbrachte. Wobei Hass in diesem Fall möglicherweise nicht das Motiv war. Julia dachte an Irinas ängstliches Verhalten vor ihrem Tod. Die Tatsache, dass sie gestalkt wurde, die Zeit, die sich der Täter für ihren Tod nahm, sprach eher für einen Mord aus Leidenschaft. Hinzu kam noch die gekonnte Inszenierung von Zillers Tod. Hatten sie es mit einem Psychopathen zu tun, dem es Spaß machte, seine Opfer zu quälen und anschließend zu ermorden?

Sie beschloss, sich noch einen grünen Tee zu holen, und stand auf. Die restlichen Schreibtische und Besprechungsräume lagen im Dunkeln. Nur in Kellers Büro brannte noch Licht. Kurz überlegte sie, bei ihm anzuklopfen, entschied sich aber dagegen. Seine Laune hatte sich nach dem Gespräch mit dem Kriminalrat noch verschlechtert. Dieser war von der anstehenden, neuen Arbeit nicht begeistert. Er hatte der Erweiterung ihrer Ermittlungsgruppe zugestimmt und die Obduktion von Timo Zillers Leiche in Auftrag gegeben. Allerdings fragte sich Julia, ob die Obduktion des zerfetzten Körpers noch hilfreiche Hinweise liefern könnte.

Sie füllte heißes Wasser in die Tasse und ließ den Beutel hineingleiten, woraufhin das Wasser überschwappte. Ihre Müdigkeit machte sich deutlich bemerkbar. Vielleicht wäre es sinnvoller gewesen, nach Hause zu fahren und morgen mit einem frischen Geist der Sitzung der Sonderkommission beizuwohnen. Allerdings hielt sie die Vorstellung, in die leere, dunkle Wohnung zu fahren, zurück. Nach dem Tod ihrer Mutter hielt sie es dort oft nur schwer aus. Sie hatte zwar das Zimmer ausgeräumt und mehrfach gereinigt, dennoch suchten sie die Erinnerungen immer wieder heim. Vielleicht wäre es besser, umzuziehen, aber dafür hatte sie momentan weder die Zeit noch den Nerv.

Sie stellte die dampfende Tasse auf den Schreibtisch und ließ sich auf den Bürostuhl fallen. Die Frage, warum Timo Ziller einen Mörder deckte, ließ ihr keine Ruhe. Weil sie verwandt waren? Das konnte sie anhand Zillers winziger Familie ausschließen. Eine enge Freundschaft vielleicht? Aber zu wem? Li hatte Ziller in seinem Bericht als beeinflussbare Persönlichkeit beschrieben. Vielleicht genau der richtige Kontakt für einen Psychopathen, der in der Lage war, Menschen gezielt zu manipulieren. Und wenn er ihm noch Geld angeboten hatte, war dies durchaus möglich. Allerdings schien Ziller kalte Füße bekommen zu haben, sonst hätte der Täter ihn nicht aus dem Weg räumen müssen. Vorausgesetzt Li lag mit seiner Vermutung richtig.

Julia nippte an ihrem Tee. Vielleicht konnte sich jemand aus Zillers Klasse erinnern, mit wem Timo regelmäßig Kontakt gehabt hatte. Doch dazu brauchte sie unbedingt die Klassenliste.

Julia entschied, einen Blick auf die Homepage der Schule zu werfen. Manchmal gab es dort Bilder der Abschlussjahrgänge, vielleicht auch von früheren und sie konnte jemanden identifizieren. Sie gab den Namen der Schule in die Suchzeile ein und entdeckte die Seite. Nachdem sie ein paar Reiter durchgeklickt hatte, musste sie feststellen, dass es keinerlei Bilder von den Jahrgängen gab. Sie wollte das Browserfenster gerade schließen, als ihr ein anderer Link ins Auge stach. Sie klickte ihn an und ein Zeitungsartikel ploppte auf.

Streit zwischen Mitschülern eskaliert. Sechzehnjähriger wegen schwerer Körperverletzung angeklagt.In der Nacht von Donnerstag auf Freitag kam es in der

*Nähe der Bushaltestelle Heumaden zu einer gewalttä-
tigen Auseinandersetzung zwischen einem Sechzehnjährigen und seiner siebzehnjährigen Mitschülerin.
Die beiden Schüler des Gottlieb-Daimler-Gymnasiums
hatten geplant, den Abend gemeinsam zu verbringen,
als ein Streit eskalierte. Zeugen zufolge soll der Jugendliche seine Begleitung plötzlich angegriffen und
schwer verletzt haben. Der Täter ergriff die Flucht, die
junge Frau kam mit einer schweren Kopfverletzung
ins Krankenhaus. Durch die Aussagen der Schülerin
konnte der junge Mann identifiziert werden und sitzt
inzwischen in Untersuchungshaft. Die Staatsanwaltschaft kündigte an, Anklage wegen schwerer Körperverletzung zu erheben.*

Sie sah sich den Artikel genauer an. Offenbar hatte
die Tat mit der Schule zu tun, die sowohl Emilia als
auch Timo besuchten.

Julias Herz klopfte wild. Handelte es sich bei der
Schülerin um Emilia? Hatte der Täter sie schon früher
im Visier? Julia war klar, dass den Ermittlern das damals nicht entgangen wäre, dennoch prüfte sie die Al-
tersangabe von Emilia und verglich sie mit dem genannten Alter der Schülerin und dem Datum des Zeitungsartikels. Schnell wurde ihr klar, dass es sich bei
dem Opfer unmöglich um Emilia handeln konnte. Sie
musste zu diesem Zeitpunkt mindestens zwei Jahre älter gewesen sein, als die Frau, die im Artikel genannt
wurde.

Julia seufzte. Sie suchte im Internet nach weiteren Informationen über die beiden Schüler, konnte aber
nichts entdecken. Möglicherweise hatte man der Tat

auch keine Bedeutung beigemessen, immerhin lag der Artikel über zehn Jahre zurück. Auch wenn es sich als Sackgasse herausstellen sollte, entschied sie weitere Infos über den Fall einzuholen. Sie durchsuchte die Datenbank nach Fällen von schwerer Körperverletzung, gab Jahr und Monat ein und begrenzte den Suchradius auf Stuttgart. Gespannt wartete sie ab. Sie landete eine Vielzahl von Treffern. Julia stöhnte innerlich auf, als sie die Liste sah und grenzte die Suche noch auf die genauen Tage ein. Es verblieben drei Fälle. Nach wenigen Minuten musste sie feststellen, dass keiner davon mit einem sechzehnjährigen Schüler zu tun hatte.

Seltsam, dachte Julia und lehnte sich zurück. Wieso führte ihre Datenbank keine Informationen über den Fall? Sie widmete sich wieder dem Artikel. Er stammte aus den Stuttgarter Nachrichten. Ihr Blick wanderte nach unten. Ein Mann namens *Günter Falkrad* wurde als Verfasser genannt. Julia zog einen Notizblock heran und schrieb sich den Namen auf. Vielleicht konnte er weiterhelfen. Zwar hätte sie auch Informationen am Gericht abfragen können, aber der bürokratische Aufwand hätte viel Zeit gekostet. Der Artikel nannte Zeugen, die die Tat beobachtet hatten. Auch wenn die Chance winzig war, dass sie sich noch erinnerten oder es überhaupt eine Verbindung zu ihrem Fall gab, durfte sie nichts unversucht lassen. Wenn der Täter tatsächlich aus Leidenschaft tötete und diesen Drang vielleicht schon in jungen Jahren entdeckt hatte, dann war es nur eine Frage der Zeit, bis er wieder zuschlug.

-51-

Ich betrat eine hübsche, geräumige Erdgeschosswohnung. Ein langgestreckter Flur führte in das helle Wohnzimmer, das einen guten Blick in den Garten bot, den ich bereits von der anderen Seite gesehen hatte. Das Risiko, entdeckt zu werden, war gering, weil sich hinter dem Gartengrundstück nur ein schwach frequentierter Trampelpfad befand. Rechts grenzte eine Küche an, im hinteren Bereich konnte ich weitere Zimmer, vermutlich das Elternschlafzimmer und Marens Reich, ausmachen. Die Familie Nauenstein, wie Irinas Vermieter hießen, hatten sich mit hellen Eichenholzmöbeln, einer großen Ledercouch und einem blauen Wandaquarell, das wohl einen Fischschwarm darstellen sollte, gemütlich eingerichtet. Allerdings hatte ich nicht die Zeit, weiter ihre Wohnung zu bestaunen, schließlich hatte ich eine Mission.

Im hinteren Teil des Wohnzimmers hing ein Kästchen an der Wand, in dem mehrere Schlüssel aufbewahrt wurden. *Bingo*, dachte ich und sah sie mir näher an. Im nächsten Augenblick verwandelte sich meine Freude über die schnelle Entdeckung in Enttäuschung. Die Nauensteins hatten sich nicht die Mühe gemacht, die einzelnen Schlüssel zu beschriften. Und es waren mindestens ein Dutzend. Wie sollte ich den richtigen finden? Verärgert zog ich Marens Schlüssel hervor und verglich sie mit denen aus dem Kästchen. Eventuell waren die Wohnungsschlüssel ähnlich. Ich hoffte, dass Irinas Vermieter den Zweitschlüssel nicht an ihrem Schlüsselbund trugen, sonst war meine ganze Aktion vergebens. Die meisten sahen so gar nicht nach Wohnungsschlüsseln aus. Am liebsten hätte ich alle zu Boden geworfen, aber dann bemerkten die Nauensteins, dass jemand eingedrungen war und das wollte ich unter allen Umständen vermeiden. In der letzten Reihe wurde ich fündig. Es waren zwei Schlüssel, der eine war identisch mit Marens Haustürschlüssel, der andere gehörte wohl zu einer weiteren Wohnung. Es musste der passende sein. Ich nahm ihn an mich und verließ die Wohnung durch das Treppenhaus. Eigentlich hatte ich so schnell wie möglich abhauen wollen, aber das Wissen, dass Irina nur eine Etage über mir war, hielt mich davon ab.

Wie ferngesteuert lief ich die Treppe hinauf und blieb vor Irinas Wohnung stehen. Ich lauschte. Das Herz schlug mir bis zum Hals. Von drinnen vernahm ich Schritte. Was, wenn sie in dieser Sekunde die Wohnungstür öffnete? Ich wusste, dann hätte ich keine Wahl, als es sofort zu Ende zu bringen. Ich besaß die Macht, jederzeit in ihre Wohnung einzudringen. Meine Vorfreude war unermesslich. *Vorfreude ist die schönste Freude.* Halb war ich geneigt, den Schlüssel in das Schlüsselloch zu stecken und Irina zu überraschen. Doch das wäre unklug. Irinas Vermieterin hatte mich gesehen und würde schnell feststellen, dass ich den Ersatzschlüssel gestohlen hatte. Ich musste überlegt vorgehen, den Schlüssel nachmachen lassen und ihn nächste Woche zurückbringen. Auf diese Weise lag etwas Zeit zwischen Irinas Tod und der Begegnung mit den Nauensteins. Mit etwas Glück brachte Frau Nauenstein die beiden Dinge gar nicht miteinander in Verbindung und verschwieg es der Polizei. Wieder hörte ich Irinas Schritte hinter der Tür. Wir waren uns ganz nahe. Spürte sie die Verbindung? Oder wiegte sie sich in Sicherheit?

Die Vorstellung war zu verlockend. Sie war zwei, höchstens drei Meter von mir entfernt. Sollte ich es nicht doch wagen? Ich holte den Schlüssel hervor und bewegte ihn auf das Schlüsselloch zu. In diesem Moment klingelte es. Ich war wie erstarrt. Sie würde jede Sekunde die Tür öffnen.

Doch nichts dergleichen geschah. Ich brauchte einige Augenblicke, bis ich realisierte, dass es nicht bei Irina geklingelt hatte, sondern bei den Nauensteins. Natürlich, weil Maren vor verschlossener Tür stand und hoffte, dass ihre Eltern zuhause waren. Ich klopfte mir selbst gegen die Stirn. Irinas Nähe hatte mir die Sinne vernebelt. Mir blieb nicht mehr viel Zeit.

Mit leisen Schritten verließ ich das Obergeschoss und blieb vor der Haustür stehen. Jetzt musste ich nur noch an Maren vorbei. Ich öffnete die Tür. Maren warf mir einen prüfenden Blick zu, dann nutzte sie die geöffnete Tür, um ins Treppenhaus zu schlüpfen. Hatte sie mich erkannt?

Ich hastete weiter über den Eisenauer Weg, warf einen kurzen Blick über meine Schulter und meinte, eine Bewegung hinter Irinas Vorhängen ausgemacht zu ha-

ben. Sie hatte meine Nähe gespürt, davon war ich überzeugt. Sie musste es gespürt haben. Aber ganz egal, was
sie von jetzt an tat, ihr Schicksal war besiegelt.

-52-

Nachdem Julia sich mit der Schule in Verbindung gesetzt hatte, um die Klassenliste anzufordern, erkundigte sie sich bei den Stuttgarter Nachrichten nach Günter Falkrad. Ernüchtert musste sie feststellen, dass dieser dort schon eine Weile nicht mehr arbeitete, was angesichts des Alters des Zeitungsartikels nicht weiter verwunderlich war. Sie erhielt die Info, dass er bei einer kleineren Lokalzeitung tätig war und sie es doch dort mal versuchen solle. Inzwischen war es 8:03 Uhr und bis auf ein kleines Nickerchen auf ihrem Schreibtischstuhl, hatte Julia nicht geschlafen. Dennoch motivierten sie die neuen Ermittlungsergebnisse, sodass sie ihre Beine kaum stillhalten konnte. Es war Montagmorgen und auf dem Flur sowie den benachbarten Tischen herrschte geschäftiges Treiben.

Sie suchte die Nummer im Internet heraus, griff nach dem Telefon und nannte ihr Anliegen. Eine gelangweilte Mitarbeiterin stellte sie, nachdem sie eine halbe Ewigkeit gebraucht hatte, die Nummer zu finden, schließlich durch. Das Freizeichen erklang.

„Falkrad?", erklang eine tiefe Männerstimme.

„Beck, Kripo Stuttgart. Es geht um einen Fall von schwerer Körperverletzung über den sie vor etwa zehn Jahren berichtet haben." Sie hielt einen Moment inne. „Ein Sechzehnjähriger wurde der schweren Körperverletzung angeklagt, nachdem er seine Mitschülerin angegriffen hat und anschließend geflüchtet ist. Erinnern Sie sich?"

Falkrad lachte auf. „Vor zehn Jahren? Und damit kommen Sie jetzt?"

„Ich weiß, es ist lange her, aber für unsere aktuellen Ermittlungen brauche ich ein paar Details. Der Fall trug sich in Heumaden in der Nähe der Bushaltestelle zu."

Am anderen Ende der Leitung herrschte für einen Moment Schweigen. Als Julia schon fürchtete, die Verbindung sei abgebrochen, meldete sich Falkrad wieder zu Wort. „Ja, ich erinnere mich vage. Aber alle Details kann ich Ihnen nicht mehr nennen, dafür ist es einfach zu lange her."

„Aber Sie erinnern sich?" Julia setzte sich auf.

„Na ja, wenn so etwas in unmittelbarer Nachbarschaft passiert, bleibt natürlich das ein oder andere hängen."

„Sie wohnen in Heumaden?" Julia zog die Brauen hoch.

„Nicht mehr, aber ich habe zu der Zeit dort gewohnt, deswegen war es mir auch ein Anliegen darüber zu berichten. Ich kannte auch Herrn und Frau Bischoff, die damals den Dreckskerl dabei beobachtet haben, wie er mit der jungen Frau umgesprungen ist. Ich weiß noch, dass es zum Prozess kam und der Kerl verurteilt wurde – mehr leider nicht."

Julia notierte sich den Namen Bischoff, vielleicht konnten die beiden ihr mehr Auskunft geben. „Sie wissen nicht zufällig noch die Namen der Schüler?"

„Nein."

Julia erkannte, dass ihr Falkrad keine weiteren Infos liefern konnte. „Dann probiere ich es mal bei der Familie Bischoff. Haben Sie vielen Dank."

„Gern geschehen."

Sie verabschiedete sich höflich und öffnete das Einwohnerverzeichnis von Heumaden. Da das Meldeamt nur einmal den Namen Bischoff in Heumaden führte, konnte sie sicher sein, die richtigen gefunden zu haben. Sie schrieb sich die Adresse auf, verließ ihren Schreibtisch und prallte in der Tür beinahe mit Li zusammen.

„Hey, wo willst du denn hin?" Li blickte sie mit hochgezogenen Brauen an. Im Gegensatz zu ihr wirkte er fit und ausgeruht.

„Ich fahre zu den Bischoffs. Sie können mir vielleicht Informationen über den Fall mit der schweren Körperverletzung geben."

Li runzelte die Stirn. Ohne die Hintergründe machte das für ihn natürlich keinen Sinn.

„Ich erklär's dir später." Julia lächelte. „Sag Keller, ich bin in spätestens einer Stunde wieder da."

„Lass dir Zeit. Keller ist sowieso unterwegs."

Julia warf einen Blick in Richtung Kellers Büro. Sie hatte gar nicht bemerkt, dass ihr Vorgesetzter gegangen war. „Wo ist er denn hin?"

„Ich leite dir Kellers ausführliche Erklärung weiter."

Julia, die verstanden hatte, was Li meinte, grinste und ging weiter, bevor sie stockte. „Kannst du mal die Klassenliste von Ziller durchleuchten? Müsste gleich eine E-Mail reinkommen."

„Klar, sobald ich mit meinem Qigong durch bin." Er zwinkerte ihr zu.

„Ich wusste, dass ich mich auf dich verlassen kann. Bis später." Damit war sie auch schon aus dem Büro verschwunden.

***

Keller stand vor dem weißen Mehrfamilienhaus in Büsnau. Er hatte sich die ganze Nacht um die Ohren geschlagen, um herauszufinden, dass Emilias Freund sowie ihr Ex nichts mit ihren aktuellen Fällen zu tun hatten. So beschloss er, sich nochmal mit Heffs Vermietern in Verbindung zu setzen. Es war immer noch nicht klar, wie sich der Täter Zutritt zu ihrer Wohnung verschafft hatte – genau das würde er jetzt herausfinden. Da es keine Hinweise auf ein gewaltsames Eindringen gab und Irina Heff sicher nicht mitten in der Nacht jemandem die Tür geöffnet hatte, musste der Täter irgendwie an den Schlüssel gekommen sein. Und die Einzigen, die einen besaßen, waren die Nauensteins.

Kurz darauf stand er einer Saskia Nauenstein gegenüber, die ihn mit einem gehetzten Gesichtsausdruck ansah. Sie war gerade dabei, ihre Tochter für die Schule fertigzumachen.

„Keller, Kripo Stuttgart. Ich hätte noch ein paar Fragen bezüglich ihrer Vermieterin Irina Heff."

„Muss das jetzt sein? Ich habe Ihren Kollegen doch schon alles erzählt." Sie warf einen Blick auf ihre Armbanduhr.

Keller ignorierte den vorwurfsvollen Ton. „Wer hatte alles Zugang zu Frau Heffs Wohnung?"

Nauenstein seufzte. „Nur ich und mein Mann. Das haben wir aber bereits zu Protokoll gegeben. Der Schlüssel hängt hier." Sie verschwand aus seinem Blickfeld und kam wenige Sekunden später mit einem Schlüsselbund zurück, an dem zwei Schlüssel hingen. „Zufrieden?"

„Hing er die ganze Zeit über dort?" Er konnte keine Rücksicht auf die Befindlichkeiten anderer nehmen, schließlich hatte er auch nicht den ganzen Tag Zeit. Im Hintergrund war ein junges Mädchen zu sehen, das wild durch die Wohnung stürmte und dabei merkwürdige Geräusche wie von einem Düsenjet von sich gab.

„Maren, gehst du dir bitte die Zähne putzen?" Frau Nauenstein warf ihrer Tochter einen strengen Blick zu, bevor sie sich wieder zu Keller drehte. „Ja, er hing die ganze Zeit dort, aber ich habe nicht drei Mal täglich nachgesehen."

Ihr Ton war pampig, aber das störte Keller nicht weiter. Er beobachtete wie die Tochter mit einer Zahnbürste im Mund durch die Wohnung lief. „Hat Ihre Tochter eigentlich auch einen Schlüssel?"

„Ja, natürlich, sie ist ja kein kleines Kind mehr. Auch wenn sie sich manchmal so benimmt." Sie seufzte.

„Und den hat sie seit wann?"

Saskia Neuenstein warf einen Blick zur Seite. „Schon länger. Wir mussten den Ersten nachmachen lassen, weil sie ihn verloren hat und seitdem nutzt sie den Neuen."

Keller horchte auf. „Wann war das?"

„Vor einem Monat ungefähr, wieso?"

Keller überlegte: War es möglich, dass der Täter für den Diebstahl verantwortlich war? Er hätte sich damit Zutritt in die Wohnung der Nauensteins verschaffen,

Heffs Schlüssel entwenden und ihn anschließend zurückbringen können. Aber war das möglich? War der Täter tatsächlich so dreist?

„Ich müsste mal kurz mit Ihrer Tochter sprechen."

Nauenstein sah ihn mit großen Augen an. „Das geht jetzt nicht. Sie hat gleich einen Mathetest."

Keller ließ sich nicht beirren. „Wir ermitteln in einem Mordfall, Frau Nauenstein. Und zwar an dem Ihrer Mieterin. Also holen Sie jetzt bitte Ihre Tochter her." Er hatte sich Lis Bericht durchgelesen. Sein Kollege hatte das Ehepaar Nauenstein befragt, sowohl sie als auch ihn, aber nicht die Tochter.

Nauenstein verkniff die Augen, dann rief sie nach ihrer Tochter. Keller betrachtete das junge Mädchen mit den Sommersprossen und den wild gelockten Haaren, das vielleicht zehn oder elf Jahre alt war. Sie erinnerte ihn an Freya, seine Nichte. Seine Schwester, ihr Mann und sie statteten ihm zweimal im Jahr einen Pflichtbesuch ab, wenn sie keine Ausrede fanden. Da er weder zu seiner Schwester noch zu ihrem Mann einen guten Draht hatte, konnte er darauf verzichten. Freya war zwar süß, aber eine verwöhnte Göre.

„Hallo, Maren." Er bückte sich zu ihr hinunter.

„Hi." Sie lächelte schüchtern.

„Weißt du noch, wo du den Schlüssel verloren hast?"

Maren fixierte einen Punkt an der Decke, schließlich sah sie Keller an. „Ich glaube, in der Turnhalle oder auf dem Heimweg. Als ich dann die Tür aufmachen wollte, war er weg."

„Hast du in der Turnhalle jemanden gesehen oder hat dich jemand auf dem Heimweg verfolgt?"

„Nö." Sie schüttelte den Kopf. „Aber ich wette, der Mann hat ihn geklaut."

Keller kniff die Augen zusammen. „Welcher Mann?"

„Na, der, wo damals meine Mama angesprochen hat wegen der Wohnung über uns. An dem Tag, als ich meinen Schlüssel nicht mehr finden konnte, kam er aus dem Treppenhaus."

Volltreffer, dachte Keller. Der Täter hatte tatsächlich dem kleinen Mädchen den Schlüssel geklaut, um so in die Wohnung von Irina Heff zu kommen. Das bedeutete aber auch, dass er die Nauensteins ausgekundschaftet haben musste, um die richtige Gelegenheit abzupassen.

„Sind Sie endlich fertig mit Ihren Fragen? Maren muss in die Schule."

„Die muss warten", sagte Keller. Die Frau gab einen Seufzer von sich, verzichtete aber auf weitere Kommentare. Maren grinste und klatschte in die Hände. Wer schrieb schon gerne einen Mathetest?

„Maren, das ist jetzt sehr wichtig." Er zeigte ihr das Bild von *Your-imagination.* „Ist er das gewesen?"

„Ich kenne diesen Kerl nicht. Das habe ich Ihrem Kollegen doch schon mitgeteilt", keifte Frau Nauenstein, während sie immer wieder auf die Uhr sah.

„Ich spreche jetzt aber mit Ihrer Tochter", gab Keller patzig zurück. „Maren?"

Sie nahm das Smartphone entgegen und studierte das Bild.

„Also eine Sonnenbrille trug er nicht."

„Guck dir den Rest an. Vielleicht die Haare?"

Er sah, wie Marens Blick nach oben wanderte, dann wieder nach unten und schließlich mit zwei Fingern heranzoomte. Offenbar hatte sie Erfahrungen mit Smartphones. Keller beobachtete ihre Mundwinkel, die permanent in Bewegung waren. Sie wirkte unschlüssig.

„So Schatz, jetzt gibst du dem Kommissar mal bitte sein Telefon zurück, wir müssen nämlich los.“

„Lass dir alle Zeit, die du brauchst“, sagte Keller an Maren gewandt.

Nauenstein warf Keller einen finsteren Blick zu. „Ich muss die Schule informieren.“ Mit diesen Worten marschierte sie davon.

Maren sah auf. „Das ist er“, flüsterte sie. „Die Haare waren anders, auch die Farbe, aber der hatte so ne Falte auf der Stirn und die ist gleich.“

„Bist du sicher, Maren?“

Sie warf einen erneuten Blick darauf, dann nickte sie und gab Keller das Smartphone zurück.

Das Mädchen hatte eine gute Beobachtungsgabe, stellte er fest. Deutlich besser als die der Mutter. Er wusste, bei seinem nächsten Vorschlag würde die Mutter durch die Decke gehen, aber darauf konnte er jetzt keine Rücksicht nehmen. „Maren, ich glaube, du könntest uns helfen, einen äußerst wichtigen Fall zu lösen.“

Marens Augen leuchteten.

„Lass mich kurz einen Anruf machen.“ Er drehte sich um, während die Mutter wieder im Türrahmen erschien.

„Wing-Wing? Kommen Sie in den Eisenauer Weg und bringen Sie Ihren Laptop mit!“

„Mama, ich kann der Polizei helfen, einen wichtigen Fall zu lösen!“ Maren strahlte über das ganze Gesicht,

während die Mutter die Arme vor der Brust ver-
schränkte.

„Das ist jetzt ein Scherz, oder?"

-53-

Wenig später stand Julia vor einem hübschen Einfamilienhaus in der Lorbeerstraße, nur einige Gehminuten von der Haltestelle Heumaden entfernt. Julia mochte den Ortsteil, deren Ränder an die Fildern, eine weitläufige Hochebene, angrenzten, die im Sommer zahlreiche Spaziergänger nach draußen lockte. An diesem kühlen, trüben Tag wirkten die Felder jedoch karg und abweisend.

Julia fröstelte. Sie klingelte bei Bischoff und wartete. Nachdem einige Zeit vergangen war, in der sie befürchtete, dass diese trotz Vorankündigung nicht da waren, hörte sie Schritte hinter der Tür.

Eine dürre, ältere Dame mit hellgrauen Haaren und einem freundlichen Gesichtsausdruck öffnete.

„Ja, bitte?" Sie musterte Julia.

„Beck, Kripo Stuttgart, wir haben telefoniert."

„Richtig, kommen Sie rein." Sie trat einen Schritt beiseite. „Was kann ich für Sie tun?"

„Es geht um den Übergriff vor zehn Jahren. Vielleicht erinnern Sie sich. Ein junger Mann hat seine Mitschülerin schwer verletzt und ist dann abgehauen. Wissen Sie zufällig noch den Namen?"

Helga Bischoff blickte sie stirnrunzelnd an. „Es tut mir leid, Kindchen."

Julia hasste es, wenn sie jemand Kindchen nannte.

„Ich bin ja schon froh, wenn ich mich erinnere, wo ich meine Brille abgelegt habe", fuhr sie fort und lachte, während sie Julia in das große Wohnzimmer führte. „Es war schrecklich, wie er mit dem jungen Ding umgesprungen ist. So was von gewalttätig – mich verfolgt das immer noch. Bin froh, dass er hinter Schloss und Riegel gewandert ist."

An das eine oder andere Detail konnte sie sich offenbar erinnern, allerdings war das nichts, was Julia nicht bereits von dem Journalisten erfahren hatte. War sie umsonst gekommen? „Aber wissen Sie was, fragen Sie doch mal Dietmar, meinen Mann. Der hat ein Gedächtnis wie ein Elefant." Sie zeigte auf einen älteren Herrn, der draußen im Garten vor dem Zaun kniete und damit beschäftigt war, eine offene Stelle zu reparieren. Er schien noch wesentlich agiler als seine Frau zu sein. Helga Bischoff öffnete die Terrassentür und Julia trat ins Freie.

„Dietmar?"

Der Mann, nur mit einem dünnen Hemd und Jeans bekleidet, drehte sich zu ihr um und kam auf sie zu. „Dietmar Bischoff." Er gab ihr die Hand. Seine Stimme klang rau.

„Julia Beck." Sie lächelte. „Es geht um den Übergriff von vor zehn Jahren. Sie und Ihre Frau waren Zeugen, als ein Jugendlicher seine Mitschülerin schwer verletzt hat. Erinnern Sie sich?"

„Gehen wir rein." Er deutete auf das rote, altmodisch wirkende Sofa und ließ sich selbst mit einem Stöhnen nieder.

Julia nahm dankend Platz und blickte Bischoff an.

„Wieso interessiert sich die Polizei nach all den Jahren noch für die Ereignisse?" Er betrachtete sie.

„Wir überprüfen ihn in Zusammenhang mit einem anderen Fall."

„Ah, hätt mich auch gewundert, wenn der Schweinehund die Füße stillhält", murmelte Bischoff.

Julia zog die Brauen hoch und blickte Bischoff an. „Meinen Sie den jungen Mann?"

„Ja. Wir waren damals auf dem Rückweg von einem Konzert, als wir das Pärchen die Straße hinabspazieren sahen." Er zeigte mit der Hand auf die Straße, die hinter dem Garten zu erkennen war und an den Feldern entlangführte.

Frau Bischoff betrat das Wohnzimmer und stellte Julia und ihrem Mann eine Tasse dampfenden Kaffee hin. Das Röstaroma stieg Julia in die Nase, sodass sich ihr Magen verkrampfte. Dennoch zwang sie sich zu einem Lächeln, bedankte sich und wandte sich wieder Herrn Bischoff zu.

„Erst mal sah alles ganz normal aus. Sie unterhielten sich, beziehungsweise hauptsächlich sprach die junge Frau, dann wich sie plötzlich vor ihm zurück."

Julia stellte fest, dass Dietmar Bischoff die Szene sehr genau beobachtet haben musste. Sie war erstaunt, wie detailliert er sich daran erinnerte. „Kannten Sie die beiden?"

„Nein, zu diesem Zeitpunkt noch nicht. Wenige Augenblicke später haben wir beobachtet, wie der Kerl auf sie zu marschiert ist, sie an den Haaren gepackt und ihren Kopf gegen das Auto gedonnert hat." Bischoffs Stimme klang fest, dennoch konnte sie hören, dass ihn die Geschehnisse nicht kalt ließen. „Danach ist er einfach abgehauen, aber zum Glück haben sie das Schwein erwischt."

„Schrecklich", flüsterte Frau Bischoff und seufzte, als sie ebenfalls auf dem Sofa Platz nahm.

„Wissen Sie, um wen es sich da handelte?", fragte Julia.

Herr Bischoff schüttelte den Kopf. „Wir kannten die beiden wie gesagt nicht. Aber wir waren in der Gerichtsverhandlung später als Zeugen geladen, da erfuhren wir auch die Namen."

Julias Mobiltelefon vibrierte. Sie beschloss, sich nicht ablenken zu lassen.

„Sie hieß Hanna Reichel. Glücklicherweise hat sie überlebt. Wie sie in ihrer eigenen Blutlache auf dem Asphalt lag ..." Er hielt inne und sah zu Boden. Offenbar hatte sich der Anblick in sein Gedächtnis gebrannt.

„Und wie hieß der junge Mann?"

Bischoff nahm einen kräftigen Schluck von seinem Kaffee. Julia nutzte die kurze Pause, um einen Blick auf ihr Mobiltelefon zu werfen. Die Nachricht kam von Li und enthielt eine Bilddatei. Darunter:

Unser Täter, wie er jetzt aussieht.

Julia fragte sich, woher die Information stammte. Neugierig klickte sie darauf und ein vertrautes Gesicht blickte ihr entgegen. Ihr Herzschlag setzte für einen Moment aus.

Sie sah wieder zu Bischoff. Und noch bevor er es aussprach, kannte sie die Antwort.

-54-

Als sie auf der Arbeit wieder zu sich gekommen war, blickte sie in zwei besorgte Gesichter. Das eine gehörte Tobias, das andere einer jungen Frau, die eine Etage unter ihr Nachtwache gehabt und die Tobias gerufen hatte. Sie wusste nicht, ob Minuten oder Stunden vergangen waren, aber ein Blick auf die Uhr zeigte ihr, dass sie nur kurz bewusstlos gewesen war. Es war ihr furchtbar peinlich. Nie zuvor war sie einfach zusammengeklappt. Sie erklärte, dass alles in Ordnung sei und sie keinen Krankenwagen brauche. Das Video, das sie wenige Stunden zuvor gesehen hatte, kam ihr wie ein Albtraum vor. Dennoch wusste sie, dass es keiner gewesen war.

Mittlerweile war sie daheim und hatte jeden Millimeter des Badezimmers abgesucht, aber ohne die Kamera zu finden. Erschöpft ließ sie sich auf dem Rand der Wanne nieder. Wie konnte das sein? Sie musste hier sein. Am besten leitete sie die E-Mail an die Polizei weiter, dann konnte diese die Kamera entfernen.

Mit zittrigen Fingern öffnete sie die Mail-App. Nachdem sie mehrere Ordner, einschließlich des Papierkorbs durchgesehen hatte, stellte sie fest, dass die E-Mail verschwunden war. Um sicherzustellen, dass sie keinem Irrtum unterlag, loggte sie sich noch unter ihrer anderen Mailadresse ein, doch auch hier war das

Video nirgends zu finden. Es war verschwunden, wie jeder andere Beweis auch.

„Das kann alles nicht wahr sein", flüsterte Luisa und fuhr sich durch die Haare. War jemand erneut in ihre Wohnung eingedrungen, hatte die Kamera entfernt und die Mail zurückgerufen? War das überhaupt möglich? Sie dachte an die ausgerissenen Schmetterlingsflügel, die wenige Minuten, nachdem sie die Wohnung verlassen hatte, auf mysteriöse Art verschwunden waren. Genauso wie der Einbrecher, von dem es plötzlich keine Spur mehr gab. Bildete sie sich das alles nur ein?

Bohrende Kopfschmerzen bahnten sich wieder ihren Weg an die Oberfläche. Luisa steuerte die Küche an, um sich eine Aspirin einzuwerfen. Sie nahm das Döschen heraus und schluckte zwei auf einmal. Inzwischen lag ihr Tagespensum weit oberhalb des empfohlenen, aber ohne waren die Kopfschmerzen kaum noch auszuhalten. Ihre Gedanken schweiften zu Jens. Dem Mann, der Schuld an der ganzen Misere hatte. Der dafür verantwortlich war, dass sich ihr Leben in einen Albtraum verwandelt hatte. Und der plötzlich hinter ihr im Spiegel gestanden hatte. Es hatte sich so real angefühlt und dennoch war es nur ein Traum gewesen. Geschah das alles nur in ihrem Kopf? Litt sie unter Wahnvorstellungen?

Sie schloss die Augen und wartete, bis die Schmerzen auf ein erträgliches Pensum sanken. Von draußen drangen die ersten Sonnenstrahlen in die Wohnung. Sie nahm einen tiefen Atemzug. Was sie brauchte, waren Beweise. Beweise, dass sie nicht unter Halluzinationen litt. Sie grübelte. Dann fiel ihr plötzlich die Website ein, auf die der Link geführt hatte. *Nude bitches?*

Natürlich gab es dort die Möglichkeit, das Video zu löschen, aber vielleicht hatte Jens das vergessen. *Oder er wollte es gar nicht löschen.* Sie gab das Stichwort in die Suchzeile ein und fand die Seite. Immerhin war sie nicht verschwunden, auch wenn ihr das fast lieber gewesen wäre. Wenn sie sich alles nur einbildete, hatte es auch kein Video von ihr gegeben, in dem sie nackt in die Dusche stieg und notgeile Typen sie dabei beobachten konnten.

Sie scrollte durch die Seite und stellte fest, dass es unzählige Videos gab. Die meisten zeigten Frauen in der Umkleidekabine, am Strand und sogar schlafend im Bett. Luisa schauderte. Sie fragte sich, ob die anderen Frauen wussten, dass sie jemand gefilmt und das Bildmaterial auf dieser Seite hochgeladen hatte. Die Videos waren in verschiedene Kategorien unterteilt. Ihres konnte sie nirgendwo finden, was ihr anhand der Masse auch unmöglich erschien.

Luisa legte ihr Smartphone beiseite. Sie taumelte, alles drehte sich in ihrem Kopf, aber an Schlaf war nicht zu denken. Hatte die Polizei recht? War sie verrückt? Lag es vielleicht an ihrem Medikamentenkonsum, allen voran an den Schmerztabletten gepaart mit dem chronischen Schlafmangel, der sie Dinge sehen ließ, die nicht existierten? Sie hatte einmal gehört, dass Schlafmangel zu Halluzinationen führen konnte, aber in diesem Ausmaß?

Ein schabendes Geräusch ließ sie hochfahren. Was war das? Mit klopfendem Herzen ging sie in Richtung Schlafzimmer. Lily tollte über den Boden. Offenbar hatte sie ein neues Spielzeug unter dem Nachtschrank entdeckt.

„Lily, was hast du denn da?" Sie beugte sich zu ihr. Die Katze warf ihr einen kurzen Blick zu, dann versuchte sie erneut mit vollem Körpereinsatz etwas unter dem kleinen Schrank hervorzuziehen. Luisa ging in die Knie und griff nach dem dünnen, flachen Gegenstand, der auf den ersten Blick nach einem Blatt aussah. Ihr Herzschlag setzte aus. Es hatte eine gelbe, ovale Form und wurde von feinen Linien durchzogen. Sie hielt den Beweis in ihren Händen. Den Beweis, dass sie nicht verrückt war.

„Gut gemacht, Lily!" Sie streichelte der Katze über den Kopf. Jens musste einen Schmetterlingsflügel übersehen haben, als er sämtliche Beweise entsorgt hatte. Sie nahm ihr Smartphone zur Hand und schoss ein Foto. Ihr war klar, dass sie der Polizei damit nichts beweisen konnte, aber es würde ihr helfen, nicht länger an ihrer Wahrnehmung zu zweifeln.

Krämpfe durchzogen ihr Innerstes. Wenn sie sich nichts von alldem eingebildet hatte, bedeutete das auch, dass ihre Wohnung nicht sicher war. Jens konnte jederzeit eindringen. Was, wenn er ihr etwas antat? Und sie war überzeugt, dass er das tun würde. Bisher hatte er ihr nur Angst machen wollen. Vielleicht damit sie allein dastand, abgeschottet von der Außenwelt war und er dann zuschlagen konnte. Wie im Parkhaus. Nur dass ihr hier niemand zu Hilfe kommen würde.

Luisa griff zum Telefon. So leicht würde sie es ihm nicht machen. Sollte sie Julia Beck anrufen? Nein, sie hatte ja wieder keine Beweise. Also blieb nur Adam. Seine letzte Nachricht war von gestern. Sie hoffte, dass er endlich von seiner Geschäftsreise zurück war. Sie brauchte ihn. Jetzt mehr denn je.

Das Freizeichen ertönte. Luisa tippelte von einem Fuß auf den anderen. Sie hielt inne, als sie eine vertraute Melodie hörte. Es war der Klingelton von Adams Mobiltelefon. Sie hielt das Telefon ein wenig vom Ohr weg. Es kam aus ihrer Wohnung. Wie war das möglich? Ihr Puls beschleunigte sich.

In diesem Augenblick hörte sie Schritte. Ein eisiger Schauer lief ihr über den Rücken. Aus den Augenwinkeln heraus nahm sie eine Bewegung hinter sich wahr. Langsam, wie in Zeitlupe, drehte sie sich um.

„Hallo, meine Taube. Hast du mich vermisst?“

Wie hatte sie nur so blind sein können? Julia hätte sich am liebsten geohrfeigt für ihre Dummheit. Adam Schenk. Sie hatte ihn auf dem Foto sofort erkannt. Und er war schon als Jugendlicher gewalttätig gewesen.

Sie trat das Gaspedal durch und raste durch die Innenstadt. Wenn Luisa etwas geschah, könnte sie sich das nie verzeihen. Julia hatte keinen Zweifel daran, dass die junge Frau in Lebensgefahr schwebte. Adam war bestimmt nicht zufällig bei ihr gewesen und es konnte nur eine Frage der Zeit sein, bis er zuschlug – wenn er es nicht schon getan hatte.

Sie wählte erneut Luisas Nummer, während sie versuchte, sich auf den Verkehr zu konzentrieren. Es klingelte mehrmals, dann sprang die Mailbox an. *Scheiße!* Sie haute mit der Faust aufs Lenkrad. Sie hätte ihn erkennen müssen. Egal, ob mit Sonnenbrille oder ohne, egal, ob er die Haare anders geschnitten und gefärbt hatte, als Ermittlerin durfte ihr so etwas nicht entgehen. Sie kochte vor Wut über ihre eigene Unfähigkeit.

Sie wählte die Nummer ihres Kollegen. „Li?", rief sie außer Atem.

„Ja, ist was passiert?"

„Das Foto, dass du mir aufs Handy geschickt hast, zeigt Adam Schenk. Ich habe ihn in Luisas Wohnung gesehen. Bin schon auf dem Weg zu ihr. Ihr müsst sofort kommen!"

„Ähm, klar. Ich geb sofort Keller Bescheid. Warte mal, er kommt gerade rein." Julia hörte Kellers aufgebrachte Stimme im Hintergrund.

„Schenk stand doch direkt vor Ihnen, oder?", bellte er durch die Freisprechanlage.

„Ja, aber er hat sein Aussehen verändert und mich so getäuscht. Deswegen habe ich ihn nicht näher überprüft."

„Himmel, und Sie wollen Ermittlerin sein? Vielleicht versuchen Sie's mal beim Streifendienst."

Kellers Worte trafen sie wie ein Schlag in die Magengrube. Das war genau das, was sie jetzt gebraucht hatte. Jemand, der ihr den Fehler noch vor Augen führte. Keller war so ein unfassbares Arschloch und das Schlimmste daran: Er hatte recht.

„Am besten warten Sie im Kommissariat und überlassen die Arbeit den Profis!"

Julia dachte überhaupt nicht daran. Sie hatte einen Fehler gemacht, aber jetzt würde sie nicht herumsitzen und warten, bis andere tätig wurden.

„Wissen Sie was, Keller? Ohne mich hätten Sie doch keine Ahnung, bei wem es sich um den Mann auf dem Foto handelt. Sie haben Luisas Angst als Wahnvorstellungen abgetan. Deswegen halten Sie Ihren Mund und lassen mich meine Arbeit machen."

Sie drückte die Verbindung weg. Ihre Hände zitterten. Sie musste Gas geben. Laut Navi waren es noch fünf Minuten.

Fünf Minuten, die über Leben und Tod entscheiden konnten.

-56-

Sie stand vor mir – so bezaubernd wie Emilia, so verängstigt wie Irina. Luisa war die Erfüllung meiner Träume.

Als ich sie wenige Tage zuvor im Supermarkt angesprochen hatte, ahnte ich noch nicht, dass meine ehemalige Nachbarin das perfekte Opfer sein würde. Sie schien nicht in mein Schema zu passen – zu stark, zu selbstbewusst. Alles änderte sich, als sie mich wenig später anrief. Ihre Tonlage war höher als sonst und ich vernahm ein Zittern in ihrer Stimme. Ich hatte im Laufe der Jahre ein feines Gespür für den Klang von Angst entwickelt. Wie sie sich durch feine Nuancen bemerkbar machte, kaum hörbar für andere.

Luisa wirkte schon bei der Begegnung im Supermarkt sehr erschrocken, aber ich war davon ausgegangen, dass sie Stress auf der Arbeit hatte. Meinem Gespür folgend, traf ich mich mit ihr, erzählte ein paar frei erfundene Geschichten von meiner vermeintlichen Tätigkeit als Architekt. Sie zeigte sich interessiert und neugierig. Offenbar glaubte sie mir den Unsinn, den ich von mir gab. Natürlich brannte ich darauf, den Grund für ihr ängstliches Verhalten zu erfahren, und war nicht wenig überrascht, als sie mir von einem Stalker erzählte.

In diesem Moment fragte ich mich, ob unsere Begegnung ein Wink des Schicksals sein konnte.

„Adam, w… was machst du in meiner Wohnung?"

Ich sah die Irritation in Luisas Augen. Sie schwankte zwischen der Erleichterung, mich zu sehen, und der Angst, einen folgenschweren Fehler begangen zu haben. Ich genoss diesen Augenblick.

„Ich hatte Sehnsucht nach dir." Sanft strich ich ihr über die Wange. Ihre Unsicherheit beflügelte meine Seele. Noch konnte Luisa sich kontrollieren.

„Ich dachte, du bist auf Geschäftsreise?"

Eine schöne Idee, um die Zeit zu haben, ihren Ex-Freund aus dem Weg zu räumen. „Ich bin früher zurück", erklärte ich.

Luisa wich einen Schritt zurück. „Wie bist du in meine Wohnung gekommen?"

Tja, man sollte eben seine Ersatzschlüssel nicht offen herumliegen lassen. Ich grinste in mich hinein. „Du kennst die Antwort", antwortete ich und trat einen Schritt näher.

„Nein, ich verstehe nicht."

Ich schwieg, wollte sehen, wie die Erkenntnis über ihren Irrtum sich langsam in ihr Gedächtnis drängte. „Du?", stieß sie schließlich hervor.

Kluges Mädchen. „Ich. Hat dir mein kleines Video gefallen?"

Sie starrte mich mit offenem Mund an. „Aber ich dachte ... Jens."

Sie hielt offenbar immer noch an ihrem Wunschdenken fest. „Jens ist tot."

Ihre Augen weiteten sich. „Was?"

„Er war ein Risiko. Ich habe ihm die Blumenvase über den Kopf gezogen. Leider hat er danach noch gezappelt, deswegen habe ich so lange auf ihn eingeschlagen, bis sein Kopf nur noch eine breiartige Masse war." Ich ließ

einen Augenblick verstreichen, um ihre Reaktion auszukosten. Ihre Augen weiteten sich mit jedem Satz. Der
Duft ihrer Angst erfüllte den Raum.

„Aber warum?“, stammelte sie. Ihre Augen füllten
sich mit Wasser.

„Die Geschichte mit deinem Stalker gefiel mir und so
entschied ich, Jens Platz einzunehmen. Als er erledigt
war, legte ich seinen Finger auf den Sensor seines Handys. Die Authentifizierung deaktivierte ich in den Einstellungen. So hatte ich Zugriff auf sämtliche seiner
Apps, E-Mails, einfach alles. Seine Leiche ließ ich verschwinden und seine Daten habe ich genutzt. Niemand
schöpfte Verdacht. Du nicht, und die Polizei denkt,
mein alter Jugendfreund Timo steckt hinter den Taten.
Dafür habe ich gesorgt. Ihm habe ich sämtliche Beweise
in die Schuhe geschoben und ihn anschließend beseitigt.“

„Du hast noch mehr Menschen getötet?“ Die Angst
stand ihr ins Gesicht geschrieben. Ich fragte mich, woher ihre Bestürzung kam. Ich hatte ihr einen Gefallen
getan, als ich ihren Ex beseitigte, und Timo vermisste
sowieso niemand.

Im nächsten Augenblick rannte Luisa los. Auf die
Wohnungstür zu. Ein großer Fehler. Mit einem Sprung
packte ich sie und verpasste ihr einen solchen Stoß,
dass sie das Gleichgewicht verlor und auf den Boden
knallte. Sie hatte es nicht anders gewollt. Ich wollte ihr
die Schmerzen ersparen, aber jetzt würde ich sie leiden
lassen.

-57-

Luisa schrie auf. Sie hatte versucht, den Sturz mit ihren Händen aufzufangen und war stattdessen auf ihren linken Arm geknallt. Ein unerträglicher Schmerz breitete sich in ihrem Körper aus.

„Das hätte nicht passieren müssen, aber du wolltest es ja nicht anders." Adam lief um sie herum.

Sie versuchte immer noch zu begreifen, was hier gerade passierte. Die ganze Zeit über hatte sie geglaubt, Jens sei für den Albtraum, der sie die letzten Wochen heimgesucht hatte, verantwortlich, aber stattdessen war es Adam gewesen. Warum? Es war ihr völlig unbegreiflich. Hatte er Jens tatsächlich umgebracht? Hatte er mit ihr das Gleiche vor? Tausend Fragen rotierten durch ihren Kopf, während der Schmerz, der von ihrem Arm ausging, ihr beinahe den Verstand raubte.

„Steh auf!"

Mit einem Stöhnen stützte sie sich auf den unverletzten Arm und kam dabei langsam wieder auf die Beine.

Sie sah ihn an. Seine eisblauen Augen fixierten sie wie ein Raubtier seine Beute. Seine Miene war starr und zeigte keinerlei Regungen. Es war, als stünde ein anderer Mensch vor ihr. Von der verständnisvollen und warmherzigen Art war nichts mehr übrig. Hatte er ihr das alles nur vorgespielt?

„Geh zum Bett!"

Er schien es zu genießen, wie das Leuchten seiner Augen verriet. Sie ging zum Bett, während sie sich verzweifelt nach ihrem Smartphone umsah. Bei ihrem Sturz hatte sie es in der Hand gehabt, aber jetzt konnte sie es nirgends entdecken. Sie musste irgendwie einen Notruf absetzen, während Adam sie keine Sekunde aus den Augen ließ. Was hatte er nur vor?

„Zieh dich aus!"

„Was?" Luisas Puls raste. Warum sollte sie sich ausziehen? Wollte er sie etwa vergewaltigen?

„Dürfte dir doch nicht so schwerfallen. Ich wette, wenn ich höflich gefragt hätte, hättest du ganz freiwillig die Beine breitgemacht." Ein Lächeln umspielte seine Lippen.

Er war gestört, vollkommen krank. Sie war einem Psychopathen zum Opfer gefallen und nun war sie ihm schutzlos ausgeliefert. Sie musste reagieren, bevor er wer weiß was mit ihr anstellte. „Adam, vielleicht können wir drüber ...?"

„Du sollst dich ausziehen!", brüllte er.

Sie zog Pullover und Hose aus. Ihr Arm schmerzte. Adam sah ihr dabei zu. Es war unglaublich beschämend und dennoch spürte sie einen brennenden Hass. Sie wollte den Kerl umbringen. Was hatte er ihr bloß angetan? Und noch schlimmer – was würde er noch mit ihr tun? Sie hatte sich bis auf die Unterwäsche ausgezogen und wartete, was nun geschah.

Adam ließ seinen Blick an ihr hinabgleiten. „Den Rest auch!"

Sie öffnete den BH und zog den Slip hinunter. Ein bösartiges Lächeln umspielte Adams Mundwinkel.

Er bewegte sich auf sie zu. Sie wich zurück, stieß gegen die Bettkante. „Luisa, du bist so wunderschön." Er trat ganz dicht an sie heran. Die Angst schnürte ihr die Kehle zu. Am liebsten hätte sie sich auf der Stelle übergeben. Vor wenigen Stunden hatte sie noch gedacht, das Video sei das Schlimmste, das ihr passieren konnte. Sie hatte sich geirrt. Er ließ ihre Haare durch seine Finger gleiten, beugte sich zu ihr herab und schnupperte an ihr. Was für ein krankes, abartiges Schwein war er?

Sie schloss die Augen und betete, dass es bald vorbei sein würde. Was würde er tun, wenn er sich an ihr vergangen hatte? Sie ebenfalls umbringen? Er küsste ihren Hals. Noch vor einer Woche hätte sie es genossen, jetzt ekelte sie sich.

Plötzlich sah Adam auf. In seinem Blick hatte sich etwas verändert. Er war noch gefährlicher, noch unberechenbarer geworden. Ihr Herz hämmerte in ihrer Brust, bevor die Tränen ihr den Blick vernebelten.

Er stieß sie aufs Bett und setzte sich auf ihre Oberschenkel. Dann fuhr er mit der Hand von ihrem Hals über ihre Brüste zu ihrem Bauch und weiter zu ihrem Intimbereich. Alles in ihr zog sich zusammen. Luisa lag da wie eine Marionette, unfähig zu reagieren. Plötzlich legte er seine Hände um ihren Hals und drückte zu. Sie rang nach Luft. Das Adrenalin schoss durch ihren Körper. Sie riss an seinen Händen, die sich nur noch mehr um ihren Hals verkrampften. Die Schwärze erfüllte bereits ihre Sicht. Luisa hatte keine Chance. Mit letzter Kraft schlug und strampelte sie wie ein verschrecktes Tier. Schreie hallten durch ihren Kopf, die sie nicht mehr äußern konnte. Nur ein Gurgeln entfloh ihrer

Kehle, als ihre Kraft mehr und mehr nachließ. Sie war verloren.

In diesem Moment klingelte es an der Tür. Adam hielt inne. Er lockerte seinen Griff für einen Augenblick und Luisa stieß einen erstickten Schrei aus. Sofort drückte er seine Hände auf ihren Mund.

„Halt bloß dein Maul!", flüsterte er und sah zur Tür. Luisas Herz hämmerte, während sie den Sauerstoff in sich einsog. Wer immer vor ihrer Tür stand, war ihre einzige Hoffnung zu überleben. Sie musste sich irgendwie bemerkbar machen, nur wie? Es klingelte erneut. Adam hatte die Lippen aufeinandergepresst, seine Halsschlagader pulsierte.

Luisa sah sich verzweifelt nach etwas um, das sie als Waffe benutzen konnte. Nur einen Meter von ihr entfernt befand sich ihr Nachtlicht, das lediglich aus einer runden Glaskugel bestand. Sie streckte den Arm aus. Adam hielt ihr weiterhin den Mund zu, während er die Tür im Blick behielt. Mit den Fingerspitzen erreichte sie die Kugel. Hatte Adam etwas bemerkt? Sein Blick war nach wie vor auf die Tür gerichtet.

Luisas Finger umschlossen die Kugel. Ein brennender Schmerz schoss durch ihre verletzte Hand. Mit einer Bewegung riss sie die Kugel nach oben und donnerte sie Adam so kräftig sie konnte gegen die Schläfe. Das Glas zerbrach. Er jaulte auf und ließ sie los. Blut spritzte auf sie herab.

„Hilfe!", schrie Luisa. „Helfen Sie mir, bitte!" Sie wand sich unter Adam, doch dieser hatte sich wieder gefangen und schlug ihr mit der Faust ins Gesicht.

„Du verdammtes Miststück. Wer immer da draußen ist, wird dich jetzt auch nicht mehr retten können."

Sie hatte einen metallischen Geschmack im Mund. Dann drückte er mit aller Kraft zu. Ihre Lunge brannte. Um sie herum wurde es schwarz. Sie war überzeugt, dass das ihr Ende war.

„Beiseite!", brüllte Keller und trat mit dem Fuß gegen Luisas Wohnungstür. Sie war massiv. „Wing-Wing, los zusammen!" Sie hätten den hydraulischen Türöffner mitnehmen sollen, aber dafür blieb keine Zeit. Julia zog ihre Waffe und richtete sie auf die Tür. „Auf drei. Eins … zwei … los!" Keller und Li warfen sich mit aller Kraft gegen die Tür. Sie sprang aus der oberen Angel. „Weg!" Keller trat erneut gegen die Tür und sie sprang auf. Er lief durch die Wohnung und betrat das Schlafzimmer. Das Bild, das sich ihm bot, war grotesk. Luisa lag völlig nackt auf dem Bett und gab nur noch röchelnde Geräusche von sich. Schenk saß auf ihr und presste eine blutverschmierte Glasscherbe an ihren Hals.

„Weg damit!", brüllte Keller und richtete seine Pistole auf Luisas Peiniger. Hinter ihm standen Li und Julia, die ihre Waffe ebenfalls auf Schenk richteten.

„Nehmen Sie Ihre Waffen runter und verschwinden Sie, dann verschone ich Luisas Leben."

„So wie sie Emilia und Irina verschont haben? Ich sage es jetzt ein letztes Mal: Nehmen Sie die Scherbe von ihrem Hals und stehen Sie auf!" Er wägte seine Optionen ab. Schenk war nur wenige Meter von ihm entfernt. Er könnte ihn überwältigen, aber mit der Scherbe an Luisas Hals war es zu riskant. Die andere Möglichkeit war, Schenk zu erschießen. Er hatte keine Skrupel, einen Mehrfachmörder umzulegen, zog es aber vor, ihn festzunehmen. Es hing nun alles von Schenks Reaktion ab.

Einen Augenblick geschah nichts. Schenk saß einfach nur, starrte sie an. Keller umschloss die Pistole fester. Dann wandte sich Schenk wieder Luisa zu. „Sie kommen zu spät.“ Er presste die scharfe Kante der Scherbe gegen Luisas Halsschlagader.

-59-

Keller schoss. Die Kugel traf Schenk in die Schulter. Er kippte zur Seite. Blut spritzte auf Luisa herab. Sie schrie. Julia und Keller rannten zu ihr und rollten Schenk von ihr herunter. Keller drückte Schenk mit dem Knie auf den Boden und legte ihm Handschellen an, während sich Julia um Luisa kümmerte. Sie sammelte Luisas Klamotten ein und reichte ihr diese, als Luisa plötzlich mit den Händen auf sie einschlug. „Lass mich in Ruhe! Hau ab, du Schwein! Hau ab!"

„Luisa, ganz ruhig, ich bin es. Julia Beck." Sie bekam Luisas Hände zu fassen und hielt sie fest, ohne Luisa wehzutun.

Li kam zu ihr. „Brauchst du Hilfe?"

„Geht schon." Sie machte eine abweisende Handbewegung. Luisa starrte sie einen Augenblick an, dann zitterte sie am ganzen Körper. „Ganz ruhig." Julia nahm sie in den Arm und Luisa schluchzte hemmungslos. „Alles wird gut." Sie strich mit der Hand über Luisas Rücken. Li winkte die eingetroffenen Sanitäter heran, die sich zuerst um Schenks Schussverletzung kümmerten, damit er nicht verblutete. Keller kniete neben ihm, drückte mit einem Handtuch auf die offene Wunde und fixierte ihn weiterhin mit dem Knie.

„Wir übernehmen." Der Sanitäter verband die Wunde, dann nickte er Keller zu.

Gemeinsam hievten sie Schenk auf die Beine. Für eine Sekunde trafen sich Luisas und Adams Blicke. Er grinste eigenartig. „Keine Angst, meine Taube, ich bin bald zurück. Dann holen wir unser verpatztes Treffen nach." Ein erneutes Zittern durchfuhr Luisa.

„Bringen Sie dieses Dreckschwein weg." Keller versetzte Schenk einen Stoß und die Sanitäter begleitet von zwei Uniformierten brachten ihn nach draußen.

„Du musst keine Angst mehr haben." Julia hielt Luisa noch immer im Arm. „Der kommt nie wieder zurück, das verspreche ich dir. Komm, wir bringen dich jetzt ins Krankenhaus." Li kam zu ihr und gemeinsam hoben sie die junge Frau auf die Beine. Julia half ihr beim Anziehen. Luisa sagte kein Wort, ihr Blick ging in die Ferne. Julia wusste, die nächste Zeit würde für Luisa nicht einfach werden.

-60-

Einige Tage später ...

Julia hatte Luisa ins Krankenhaus begleitet. Sie konnte nur teilweise nachvollziehen, was diese die letzten Wochen durchgemacht hatte. Schenks ersten Angaben zufolge, hatte Luisa mit allem recht gehabt. Sowohl, was die toten Schmetterlingskörper in ihrer Wohnung betrafen, den Einbruch, als auch ein Video, von dem sie bisher gar nichts gewusst hatten. Die Spurensicherung, die kurz danach Luisas Wohnung auf den Kopf gestellt hatte, hatte Kameras im Schlafzimmer, in der Küche und auch im Wohnzimmer entdeckt. Klein und unauffällig. Die im Badezimmer hatte Schenk wohl kurz vor Luisas Eintreffen in der Wohnung entfernt. Die E-Mail mit dem Videolink, von der die junge Frau berichtet hatte, hatte er mit einer Schadsoftware versehen, die bei Anklicken dafür sorgte, dass die E-Mail sich automatisch löschte.

Julia war gleichermaßen entsetzt wie beeindruckt, wie Schenk alles eingefädelt hatte. Das Wissen mit der Schadsoftware hatte er von Ziller erhalten. Für ihn als ITler war das ein leichtes Unterfangen, wie Julia vermutete. Und wofür das Ganze? Nur um Luisa zu quälen und anschließend zu ermorden? Julia zog sich der Magen zusammen.

Schenk hatte erst Timo Ziller, dann Jens Wagner umgebracht. Auch die Morde an Irina Heff und Emilia Newerth gingen auf sein Konto, was sie anhand der DNA-Vergleiche zweifelsfrei beweisen konnten.

Adam Schenk grinste nur, als er von den Tatvorwürfen hörte. Zwar war er geständig – ihm blieb angesichts des Beweismaterials auch kaum etwas anderes übrig – zeigte aber weder Reue noch Mitgefühl. Auch dass er den Rest seines Lebens hinter Gittern und in anschließender Sicherheitsverwahrung verbringen würde, schien ihm egal zu sein.

Was Julia am meisten interessierte, war, wie Schenk es geschafft hatte, die toten Insekten so schnell aus der Wohnung zu entfernen. Wenn er im Auto gesessen hatte, hätte Luisa ihn beim Verlassen des Hauses sehen müssen. Die Antwort war simpel: Er hatte sich an diesem Tag im Keller versteckt. Anhand der Überwachungskameras wusste er immer genau, wann sich Luisa wo befand und hatte kaum ein Risiko, entdeckt zu werden.

Die Suche nach dem vermissten Jens Wagner dauerte noch an. Spuren in seiner Wohnung deuteten auf einen Kampf hin. Danach hatte Schenk ihn angeblich in einer Abfalltonne hinter dem Haus entsorgt. Die Suche nach seinen sterblichen Überresten in den städtischen Müllbergen war Sache der Kriminaltechnik. Eine Aufgabe, für die Julia sie in diesem Moment nicht beneidete.

Luisa konnte bereits nach wenigen Tagen aus dem Krankenhaus entlassen werden. Die körperlichen Verletzungen, die ihr Adam Schenk zugefügt hatten, waren nicht so gravierend, wie zunächst angenommen.

Die psychischen Folgen, da war sich Julia sicher, wiegten sehr viel schwerer und würden vermutlich noch lange Zeit nachwirken.

Sie betrat den Flur des Kommissariats, in dem Keller sie bereits erwartete. „Frau Beck, in mein Büro."

Julia wappnete sich bereits innerlich gegen die Ohrfeige, weil sie sich nicht an Kellers Anweisung gehalten hatte, ins Kommissariat zu kommen, sondern zu Luisa Rehm gefahren war. Sie setzte sich ihm gegenüber und blickte ihn an. Sein Gesichtsausdruck zeigte keinerlei Regung.

„Um es kurz zu machen, Frau Beck ..."

Sie hielt die Luft an. Warf er sie jetzt aus dem Team?

„Sie haben gute Arbeit geleistet."

Julia atmete innerlich auf. „Schön zu hören." Damit hatte sie nicht gerechnet. Ein Lob von Keller, das musste sie im Kalender rot anstreichen.

„Sie haben einen Fehler gemacht, aber das hätte auch anderen passieren können. Letztendlich hat Ihre Identifizierung von Adam Schenk einer jungen Frau das Leben gerettet und das war eine starke Leistung."

„Danke." Sie lächelte. Offenbar war Keller doch nicht immer ein Arschloch. Sie dachte an sein rücksichtsvolles Verhalten, als er sie früher gehen ließ, um noch Blumen für das Grab ihrer Mutter zu besorgen. Wie unterschiedlich ein und derselbe Mensch sein konnte. Irgendwann würde sie sich daran gewöhnen. Oder hatte sie es vielleicht schon?

-61-

Mit flauem Gefühl im Bauch betrat Luisa ihre Wohnung. Es war das erste Mal, seit Adam versucht hatte ... Sie schloss die Augen und hielt sich an der Wand fest.

„Süße, alles okay?" Claudia musterte sie von der Seite. Ihre beste Freundin hatte sich bereit erklärt, ihr beim Packen zu helfen und sie für ein paar Tage zu ihrer Mutter zu fahren. Diese wohnte in Brucken, einer kleinen Ortschaft am Fuße der Schwäbischen Alb, eine knappe Autostunde entfernt. Die Gegend war ruhig und malerisch schön – der perfekte Ort für eine Auszeit. Und genau das brauchte sie jetzt, nach all den Schrecken der letzten Wochen.

„Ja, es geht schon." Sie zwang sich zu einem Lächeln. „Kannst du mir kurz den Koffer aus der Kammer holen?"

„Klar." Claudia drehte sich um und lief in Richtung Küche.

Luisa betrat das Schlafzimmer. Sofort schossen Erinnerungen hoch. An Adam. Wie er seine Hände um ihren Hals gelegt und zugedrückt hatte. Panik erfasste ihren Körper, wie in jenem Moment, als er ihr sein wahres Ich offenbart hatte. Sie rannte zum Fenster und riss es auf. Kalte Luft strömte in ihre Lunge. Immer tiefer sog sie sie ein, bis ihr Puls sich wieder normalisierte. Wie lange würde es dauern, bis die plötzlich auftretenden Angstgefühle endlich aufhörten? Sie wusste es nicht. Auch im Krankenhaus hatte ihr das keiner der Ärzte oder Psychologen sagen können. Alles, was sie hörte, war, nehmen sie sich Zeit und haben sie Geduld mit sich. Sie konnte es nicht mehr hören. Auf der Arbeit hatte sie sich für ein paar Tage krankgemeldet. Ihr Chef klang wenig begeistert, was sie ihm nicht verübeln konnte. Sie hatte sich in letzter Zeit nur schwer auf die Arbeit konzentrieren können und viele Fehler verursacht. Angesichts der Vorfälle war das nicht verwunderlich, aber ihr Chef wusste von alldem nichts und sie wollte und konnte es ihm auch nicht erzählen. Die Vorstellung, wieder zur Arbeit zu gehen, und so zu tun, als sei alles normal, war für sie im Moment unvorstellbar.

Im Krankenhaus hatte sie das erste Mal seit Wochen wieder einigermaßen gut schlafen können, was auch an dem Schlafmangel liegen konnte. Trotzdem schreckte sie nachts immer wieder auf, wenn sie ein unbekanntes Geräusch hörte, und jede Pore ihres Körpers ging in Alarmbereitschaft. Auch der Weg vom Krankenhaus in die Wohnung war ihr schwer gefallen. Sie hatte am ganzen Körper geschwitzt, als sie einen Mann auf der gegenüberliegenden Straßenseite entdeckte, der in ihre Richtung starrte. Beobachtete er sie? Was wollte er von ihr?

Ihre Gedanken spielten verrückt und ein Adrenalinschub jagte den nächsten. Am liebsten wäre sie davongerannt, was sie natürlich nicht tat. Schließlich war Claudia bei ihr und der Mann, vermutlich völlig harmlos, hatte nur zufällig in ihre Richtung gesehen. Trotzdem hatte sie ihre Emotionen nicht mehr unter Kontrolle.

„Hier!" Claudia hievte den großen Rollkoffer auf ihr Bett. „Soll ich dir beim Packen helfen?"

„Nee, ich schaff das schon."

„Alles klar, dann warte ich drüben." Ihre Freundin lief ins Wohnzimmer und ließ sich auf dem Sofa nieder.

Luisa war dankbar für ihre Hilfe. Im Krankenhaus hatte sie ihrer Freundin alles erzählt. Claudias Gesichtsausdruck hatte sich von anfänglicher Verwunderung in Entsetzen verwandelt. Als sie die ganze Geschichte erzählt hatte, war Claudia sprachlos geworden, was nur äußerst selten vorkam. Luisa hatte mit einem Schwall Vorwürfe gerechnet, weil sie es solange vor ihr geheim gehalten hatte. Stattdessen hatte ihre beste Freundin sie einfach in den Arm genommen und sie nicht mehr losgelassen. Sie war unendlich dankbar dafür. Die Umarmung war genau das, was sie in diesem Moment gebraucht hatte. Für Rechtfertigung und Diskussionen hätte sie nicht die Kraft gehabt, dabei hätte Claudia allen Grund gehabt, sauer zu sein. Anstatt ihre Beziehungsprobleme mit ihr zu besprechen, vertraute sie sich einem beinahe Fremden an, der ihre Situation skrupellos ausgenutzt hatte und sie schließlich umbringen wollte.

Sie konnte es immer noch nicht fassen, wie blind und naiv sie gewesen war. Dass sie ernsthaft geglaubt hatte, Adam interessiere sich für die Auseinandersetzungen mit ihrem Ex. Dass es ihr nicht sonderbar vorgekommen war, was er alles wissen wollte. Und sie bei dem ganzen Psychoterror nie auf die Idee gekommen war, dass er dahintersteckte.

Im Gegensatz zu Jens hatte er Zugriff auf ihre Ersatzschlüssel gehabt, als er in ihrer Wohnung gewesen war.

Auch die Geschichte mit dem Architekturbüro, das er angeblich besaß, aber gar nicht existierte. Wieso hatte sie das nie nachgeprüft? Und dann der vermeintliche Aufenthalt in der Türkei, mit dem er sich die Zeit verschafft hatte, zwei Menschen aus dem Weg zu räumen.

Sie schüttelte den Kopf. Nicht ein einziges Mal hatte sie an seiner Glaubwürdigkeit gezweifelt. Von einer plötzlichen Wut gepackt nahm sie die Haarbürste, die sie eben noch hatte einräumen wollen und schleuderte sie mit einem Schrei gegen den Schrank.

„Süße?" Claudia kam aus dem Wohnzimmer gestürmt. Ein Zittern durchfuhr Luisas Körper. All die Gefühle, die sie die letzten Tage so erfolgreich unterdrückt hatte, kamen plötzlich in ihr hoch. Tränen strömten über ihr Gesicht.

„Hey, ist schon okay." Claudia nahm ihren Arm und chauffierte sie aufs Bett. „Alles wird gut." Sie redete auf sie ein, wie auf ein kleines Kind, das sich das Knie aufgeschlagen hatte und von ihrer Mutter beruhigt werden musste.

Luisa ließ es geschehen und lehnte den Kopf an ihre Schulter. „Es ist alles meine Schuld", flüsterte sie und schüttelte mit dem Kopf. „Weil ich so dämlich war. Nicht gesehen hab, was für ein krankes Arschloch er war."

„Nichts davon war deine Schuld." Claudia drehte sich zu ihr und nahm ihr Gesicht in die Hände. „Hörst du?" Sie sah sie eindringlich an. „Nichts davon war deine Schuld. Du konntest nicht ahnen, wer er ist. Er hat dich manipuliert. Niemand konnte wissen, wie er wirklich ist." Sie ließ einen Augenblick verstreichen. „Okay?"

„Okay." Luisa nickte und wischte sich mit dem Ärmel die Tränen aus dem Gesicht. „Ich dachte nur die ganze Zeit, es sei Jens."

Jens. Ihr Ex-Freund. Auch er war weg. Ermordet von Adam. Er konnte nicht mehr vor ihrer Tür herumlungern, sie ständig beobachten, plötzlich vor ihr auftauchen. Darüber war sie erleichtert. Dennoch, so etwas hatte er nicht verdient. Im Grunde genommen hätte er Hilfe gebraucht. Eine, die sie ihm nicht hätte geben können. Professionelle Hilfe.

„Der hier auch?" Claudias Stimme riss sie aus ihren Gedanken. Luisa sah auf. Ihre Freundin war aufgestanden und hatte ein paar Klamotten in ihren Koffer geräumt. In der Hand hielt sie einen grellgelben Pullover mit der Aufschrift ‚You're fucked up'. Wie passend.

Luisa lachte. „O mein Gott, ich wusste gar nicht, dass ich den noch hab." Sie hatte ihn Jahre zuvor in einem Secondhandshop entdeckt, ihn danach aber nie wieder angezogen.

„Also ich finde, der hat was." Claudia betrachtete ihn mit einem Lächeln. „Leihst du ihn mir?"

„Er gehört dir." Ihre Freundin wusste, wie man sie zum Lachen brachte. Das hatte ihr gefehlt. „Ich glaube, das sind jetzt auch genug Klamotten." Sie stand auf und schloss den Koffer ab. „Bleib ja nicht ewig weg."

„Keine Sorge. Ich komme wieder."

Claudia folgte ihr aus dem Schlafzimmer. Luisa schob den Rollkoffer zur Tür und legte die Hand auf die Türklinke.

„Luisa?"

Sie hielt inne und sah ihre Freundin an, die mit ernstem Gesichtsausdruck im Flur stehengeblieben war.

„Es tut mir leid.“

„Was denn?“ Luisa blickte sie mit großen Augen an.

„Dass ich nicht für dich da war.“ Die Schuldgefühle standen ihr ins Gesicht geschrieben.

Luisa sah zu Boden. „Du hast ja von nichts gewusst. Ich hätte es dir erzählen müssen.“

„Nein, ich hätte von mir aus fragen müssen. Du bist meine beste Freundin. Ich hätte merken müssen, dass es dir schlecht geht und nachfragen sollen. Stattdessen war ich nur mit meinem eigenen Kram beschäftigt.“

Luisa sah ihre Freundin an. „Du bist jetzt für mich da. Das ist alles, was zählt.“

Claudia lächelte. Sie umarmte Luisa erneut. „Ist alles okay zwischen uns?“

„Ja.“

„Fahren wir?“

Luisa nickte. „Nichts wie weg von hier.“

Sie warf einen allerletzten Blick in ihre Wohnung. Zurückkommen würde sie nicht. Höchstens, um ihre restlichen Sachen zu holen. Sie musste die Erfahrungen der letzten Wochen hinter sich lassen und ihr war klar, dass sie sich in der Wohnung nie wieder sicher fühlen würde. Sobald sie in einigermaßen stabiler Verfassung war, würde sie sich eine neue Bleibe suchen und versuchen mit dem Erlebten abzuschließen. Sie wusste, das würde nicht von heute auf morgen gehen und die plötzlichen Angstgefühle würden immer wieder hochkommen, aber sie würde es schaffen. Sie war nicht allein. Claudia war für sie da und auf sie konnte sie zählen. Irgendwann würde sie die Gefühle, die mit den Geschehnissen zusammenhingen, hinter sich lassen. Bis dahin

musste sie lernen, diese, allen voran die Angst, zu akzeptieren. Und das würde sie. Auch wenn es viel Zeit
brauchte und noch ein langer Weg vor ihr lag.

-62-

Julia betrat den Pragfriedhof. Die nächste Teamsitzung war erst für den frühen Mittag angesetzt, sodass sie die Zeit nutzte, um ihre Mutter zu besuchen. Sie bog nach links ab und schritt die Grabreihen entlang, bis sie schließlich vor einem der Gräber stehenblieb. Sie legte den Blumenstrauß aus Callas, Rosen und Chrysanthemen nieder. Ihre Mutter hatte diese Mischung geliebt. Am Muttertag oder zum Geburtstag hatte es nichts gegeben, mit dem man ihr eine größere Freude bereiten konnte. Darum bestückte Julia das Grab regelmäßig mit ihren Lieblingsblumen.

Über zwei Jahre war es nun her, dass ihre Mutter fort war. Julia konnte kaum fassen, wie schnell die Zeit vergangen war. Sie sah nach oben. Die Sonne hatte sich durch die Wolkendecke gekämpft und erste Strahlen berührten Julias Haut. Sie schloss die Augen und genoss die Wärme.

„Schöner Strauß.“

Julia wirbelte herum. Sie hatte keine Gesellschaft erwartet, schon gar nicht von ihrem Vorgesetzten. „Herr Keller, was verschafft mir denn die Ehre?“ Sie erhob sich.

„Hab Mattheus’ Grab besucht.“ Er deutete auf eine Stelle weiter hinten auf dem Friedhof. „Ich hoffe, ich störe nicht?“

„Nein, schon okay." Noch immer war sie überrascht, wie höflich und rücksichtsvoll ihr Vorgesetzter sein konnte.

Er stockte. „Gehen wir einen Kaffee trinken?"

Julia suchte Kellers Blick. Meinte er das ernst? „Erst behandeln Sie mich wie eine lästige Praktikantin, auf die Sie überhaupt keine Lust haben, und jetzt laden Sie mich auf einen Tee ein. Wo ist der Haken?" Sie wurde aus dem Kerl nicht schlau.

„Kein Haken, nur ein Kaffee. Also kein Grund, gleich auszuflippen, ist schließlich kein Date."

„Das wäre auch zu viel des Guten." Keller und sie passten ungefähr so gut zusammen wie Benzin zu einem offenen Feuer. War nur die Frage, wer davon was war. „Aber Sie dürfen mich trotzdem Julia nennen."

„Sie dürfen mich Herr Keller nennen."

Julia verdrehte die Augen. „Meinetwegen. Wo wir gerade dabei sind, Li sollten sie auch beim Vornamen nennen, wenn Sie sich schon den Nachnamen nicht merken können."

„Li ist zu kompliziert."

Julia lachte. „Da ist Wing-Wing natürlich einfacher."

„Schön, dass wir uns einig sind."

Julia meinte, auf Kellers Gesicht den Anflug eines Lächelns ausmachen zu können. Das erste Mal, seit sie zusammenarbeiteten. Zwischenzeitlich hatte sie sich gefragt, ob Keller überhaupt lächeln konnte. Und er besaß Humor, auch wenn dieser etwas gewöhnungsbedürftig war. Damit konnte sie wesentlich besser umgehen, als wenn sie nur doof angemacht wurde. Vielleicht gab es für sie beide doch noch die Chance, als Team zu funktionieren. „Wir vertiefen das beim Tee. Wohin?"

„Ich kenn ein gutes Café. Nehmen wir meinen Wagen?"

„Okay, gehen Sie schon mal vor. Ich komme gleich."

Julia wartete, bis Keller sich ein Stück entfernt hatte. Sie beugte sich hinab. In diesem Moment hatte sie das Gefühl ihrer Mutter ganz nahe zu sein. „Alles Gute zum Geburtstag, Mami."

Nie würde sie den letzten Geburtstag ihrer Mutter vergessen. An dem Tag hatte sie ihr berichtet, dass sie einen Studienplatz an der Polizeihochschule bekommen hatte. Ihre Mutter hatte Tränen in den Augen gehabt. Sie hatte sich zu ihr gebeugt. „Ich möchte, dass du eine Sache weißt", krächzte sie unter Schmerzen. „Egal, was passiert ist oder noch passieren wird ..." Sie hielt inne und suchte nach den richtigen Worten. „Ich liebe dich, mein Engel, und ich bin so unglaublich stolz auf dich!"

***

Seine Kollegin öffnete die Wagentür und ließ sich neben ihm in den Sitz sinken.

„Fahren wir?" Sie sah ihn mit einem Schmunzeln an.

Ehe Keller den Motor starten konnte, schaltete sich das Funkgerät ein. „An alle Einheiten, Carsten Niemeyer wurde in der Vogelsangstraße in Stuttgart-West gesichtet. Erbitte sofortige Verstärkung."

„Das gibt's nicht!" Sein Puls beschleunigte sich.

„Wer ist Carsten Niemeyer?" Julia warf ihm einen irritierten Blick zu.

„Das ist der Kerl, der Mattheus erschossen hat. Und diesmal entkommt er mir nicht."

Keller startete den Motor und verließ mit quietschenden Reifen den Parkplatz. *Diesmal kriege ich dich, du
Schweinehund.* Er gab Vollgas.

ANMERKUNGEN

Zum Thema ‚Stalking‘:

Der Begriff ‚Stalking‘ leitet sich aus dem englischen Verb ‚to stalk‘ ab und bedeutet so viel wie ‚sich anschleichen/sich anpirschen‘. Darunter versteht man das wiederholte Verfolgen, Nachstellen oder penetrante Belästigen einer Person gegen ihren Willen. Motive sind oft Rache, Eifersucht und das Bedürfnis, Aufmerksamkeit zu erregen. Das Ziel ist es, Macht und Kontrolle über die betroffene Person zu erlangen.

Stalking hat viele Gesichter. Wie im Fall von Luisa Rehm können es permanente Anrufe und Nachrichten zu jeder Tages- und Nachtzeit sein genauso wie Liebesbriefe und Geschenke. Oft wird der betroffenen Person aufgelauert oder sie verfolgt. Auch Sachbeschädigung, Bedrohung, Beschimpfung bis hin zu körperlicher und sexueller Gewalt ist möglich. Bei Cyberstalking wird die Person im Internet terrorisiert.

Stalking kann jeden treffen, unabhängig von der Nationalität, dem Beruf, der Religion oder dem Geschlecht, wobei Frauen häufiger betroffen sind als Männer.

Die Täter sind oft Männer und können Nachbarn, Familienmitglieder, (Ex-)Freunde und Kollegen sein. In der Regel kennen die Betroffenen die stalkende Person; es können aber auch Unbekannte sein.

Stalking ist kein Einzelfall. Fast zwölf Prozent aller Deutschen werden im Laufe ihres Lebens gestalkt und das oft über Monate oder Jahre hinweg.

Die Folgen sind gravierend. Sie reichen von Schlafstörungen über körperliche Symptome, psychische Probleme bis hin zu Suizidgedanken. Neben den gesundheitlichen Folgen führt Stalking oft zu sozialer Isolation.

In einem Fall von Stalking ist es wichtig, dass Betroffene klare Grenzen ziehen, die Taten dokumentieren und sich psychologische, juristische oder anderweitige Unterstützung holen. Da es sich bei Stalking um eine Straftat handelt, sollte unbedingt auch die Polizei informiert werden.

ÜBERSETZUNG

„Do kennet Sie fei ned parga, des isch a Hofeifahrd!“

„Da können Sie nicht parken, das ist eine Hofeinfahrt!“

„Hend Se ned gherd, was i gsagd han? Wie sollad de andere do jedzd rausfahra?“

„Haben Sie nicht gehört, was ich gesagt habe? Wie sollen die anderen da jetzt herausfahren?“

„Wenn Sie ned augabligglich Ihrn Karra do wägfahrad, no hol i d'Bolizei!“

„Wenn Sie nicht augenblicklich Ihren Wagen wegfahren, dann hole ich die Polizei!“

„Soso, Sie send also von dr Bolizei? Kennd i mol bidde Ihrn Ausweis säa?“

„Soso, Sie sind also von der Polizei? Könnte ich mal bitte Ihren Ausweis sehen?“

„Wenn i Ihnen d'Schlüssel geb, fahr'n Se dann Ihrn Karra aus d'Eifahrd?“

„Wenn ich Ihnen den Schlüssel gebe, fahren Sie dann Ihren Wagen aus der Einfahrt?“

„Gwies ned.“

„Sicher nicht.“

„D'Bolizei dai Fraind ond Helfr. Von wäaga“, murmelte er.

„Die Polizei, dein Freund und Helfer. Von wegen.“

„I be no nia in dära Wohnong gwäa.“

"Ich bin noch nie in der Wohnung gewesen."

„Zwoi Johr velleichd.“

„Zwei Jahre vielleicht.“

„Scho’ a weng her.“

„Ist schon eine Weile her.“

„Noi, i misch me net ens Privadläaba von andre Leit ei!“

„Nein, ich mische mich nicht in das Privatleben anderer Leute ein.“

„Sagad Se mol, machad des ned Ihre Kollega von dr Schbusi?“

„Sagen Sie mal, machen das nicht Ihre Kollegen von der Spurensicherung?“

„Kennd i velleichd nommol Ihrn Ausweis säa?“

„Kann ich vielleicht nochmal Ihren Ausweis sehen?“

„I werd me ibr Sie beschwära!“

„Ich werde mich über Sie beschweren!“